JAMAIS TROP TARD

JAMAIS TROP TARD

LES FRÈRES MONTGOMERY
TOME DEUX

KIM SAKWA

Traduction par
EMMA VELLOIT, VALENTIN TRANSLATION

Taggart
Press

JAMAIS TROP TARD

Southampton
New York

En remplissant à ras bord le verre de son patron, Stanley Finch repéra les yeux écarquillés de Samantha Gilchrist, qui semblait dire *il faut que tu viennes tout de suite*. Il rit doucement et leva les yeux au ciel. Stan était désormais habitué aux expressions caractéristiques de Sam et il pouvait presque les lire en un clin d'œil. Durant cette dernière année passée à travailler pour la meilleure amie de Sam, Amanda Montgomery – une année qui avait filé en un éclair et avait semblé durer dix ans tout à la fois – Stan avait souvent reçu ce qu'il appelait affectueusement le *Regard fixe de Samantha Gilchrist*.

— Stan, chuchota Sam juste devant la porte du salon. *Psst*, Stan !

C'était plus un chuchotement de théâtre que quoi que ce soit de vraiment discret.

Il jeta un regard à son patron, Alex Montgomery, qui le libéra de ses devoirs de barman improvisé d'un hochement de tête. Stan se dirigea vers le couloir et remarqua que le frère d'Alex, Stephen, le suivait, les yeux plissés d'inquiétude. Comme tous ceux qui vivaient avec ou travaillaient pour les Montgomery, Stan savait que Stephen et Sam avaient un *truc* en cours entre eux et qu'il ne leur restait plus qu'à agir. Il aurait parié que quand il se passerait enfin quelque chose, cela se rapprocherait d'une fusion nucléaire.

Cette nuit-là, la villa des Montgomery – il n'exagérait pas, c'était immense – fourmillait d'activité. Heureusement, l'ambiance était à la célébration. Alex et Amanda n'avaient échangé leurs vœux de mariage que quelques heures avant et un incroyable dîner avait suivi avec un super groupe en live et quelques chansons de la mariée elle-même et d'un bon ami à elle, Jason Wild. Avec trente invités seulement, la soirée n'avait pas été très différente de leurs dîners en groupe habituels.

Malgré tout, c'était une célébration longuement attendue.

La fête venait de passer de la terrasse à l'intérieur et tout le monde était réuni au grand bar dans le salon, à prendre une pause bien méritée avant le dessert. Stan craignait que cette pause soit terminée, du moins pour lui, car Sam était en mode *espionnage* à le tirer dans le long couloir. C'était un peu ridicule, pensa-t-il. La plupart des invités du soir étaient de Calder Defense – l'entreprise privée de sécurité d'Alex et Stephen – et étaient donc des gens bien.

Il essaya de demander à Sam où ils allaient, mais elle posa un doigt sur ses lèvres et continua de marcher jusqu'à enfin s'arrêter devant la bibliothèque. Après un autre regard fixe de Samantha Gilchrist, elle lui fit signe d'entrer et ferma les portes derrière eux.

— Eh bien ? demanda Stan quand elle se tourna vers lui.

— Je viens de recevoir un appel, dit-elle sans se départir de son air mystérieux.

— C'est super, Sam. J'étais justement en train de prendre un verre et de célébrer l'union d'Alex et d'Amanda.

Derrière eux, les portes s'ouvrirent et Stephen entra, sans visiblement s'inquiéter de faire irruption ou pas. Stan n'était pas surpris. Si Samantha était en action, le cadet Montgomery n'était pas loin derrière. Ne s'embêtant pas à fermer les portes derrière lui, Stephen ne dit rien et se contenta de s'appuyer au mur. Sam lui lança un regard exaspéré et montra d'un geste les portes ouvertes. Stephen l'observa avec sérieux, mais ferma les portes malgré tout. Tout cet échange silencieux – la clandestinité imposée par Sam et le sérieux de Stephen – était assez amusant. Stephen avait eu un accident le mois dernier et sa gravité avait semblé changer la donne quant à ses sentiments pour Sam. Visiblement satisfaite, Sam se retourna vers Stan et le regarda droit dans les yeux.

Quiconque n'a jamais rencontré Samantha Gilchrist pourrait être pardonné de ne pas savoir qu'elle était le cercle arctique en chair et en os. Pourtant, quand on la connaissait *vraiment*, on savait que si on arrivait à fissurer sa glace d'une quelconque façon, elle débordait de chaleur à l'intérieur. Mais revenons à son regard. Un regard flippant. Puis, des mots directs :

— C'est au sujet de Jen.

Là-dessus, Stan perdit tout enthousiasme. Soudain, c'était *lui*, le cercle arctique, sans la chaleur interne.

Jenny.

Ne sachant pas quoi faire d'autre, il se tourna pour partir. Il ne voulait pas en savoir plus. Il ne pouvait pas. Mais Stephen se déplaça pour bloquer la sortie au moment exact où Sam attrapait Stan par la chemise. Tout ça aurait pu être chorégraphié.

— Elle a des problèmes, Stan.

Les yeux plissés, il lâcha sa frustration sur la femme devant lui.

— C'est quoi le truc avec toi et tes amies pour qu'il y ait toujours quelqu'un en difficulté ? On vient de régler le problème d'Amanda et maintenant il y en a une autre ?

Avec tact, Stan choisit de ne pas mentionner les propres problèmes de Sam, à la fac de droit.

— La bonne nouvelle, c'est qu'après ça, je n'ai plus d'amies.

Stan devait bien lui accorder ce point. Sam et lui avaient

perdu contact après la fac et s'étaient retrouvés des années plus tard à des funérailles. Quelques mois après ça, Stan avait endossé le rôle du garde du corps d'Amanda 24 heures sur 24, 7 jours sur 7. Depuis, ils étaient tout le temps ensemble, alors il savait que Sam disait la vérité. Mais quand même, ça n'aurait pas pu être n'importe qui *sauf* Jenny ?

Il soupira.

— Écoute, je n'ai plus rien à dire à Jenny et je mettrais ma main au feu qu'elle pense la même chose.

À voir le visage de Sam, elle n'était pas d'accord, mais Stan refusait d'y songer. Il ne voulait pas y aller. Non. Non. Non. Jenifer D'Angelo avait failli causer sa perte – deux fois – et il ne cherchait pas à remettre le couvert. Il lui avait fallu des mois pour faire taire ses sentiments. Dans son cœur et dans sa tête. Cette année, il avait réappris à vivre. À faire confiance aux gens, à apprécier leur compagnie. Amanda, sa fille Callie et Samantha avaient beaucoup aidé.

Honnêtement, il ne saurait dire où il serait sans l'appel de Sam au printemps dernier. Il manqua de rire en y repensant et en se rendant compte que Sam avait utilisé presque les mêmes mots à l'époque : *Stan, j'ai reçu un appel. Mon amie, Amanda. Elle a des problèmes.*

Pile à ce moment, les portes s'ouvrirent et Alex entra.

— Je ne sais pas trop ce qui se passe ici, dit-il d'un ton professionnel, sa joie de marié en pause. Mais je viens de raccrocher avec Gianni D'Angelo. Il veut que sa fille soit évacuée. Maintenant. Les hélicos sont en chemin. Stan, je te charge de ça.

Stan secoua la tête.

— Chef.

L'homme n'avait aucune idée de ce qu'il lui demandait. Comme s'il lisait dans son esprit, Alex le coupa :

— Je me fiche de ce que tu penses ou ressens, là maintenant, Stan. Je lui ai assuré qu'elle serait entre nos mains dans les quatre heures. Crois-moi, il y a beaucoup que tu ne sais pas.

Quand Alex était comme ça, Stan savait que ça ne servait à

rien de protester. À point nommé, l'hélicoptère se fit entendre au loin, rendant tout débat inutile.

— Trevor a ses coordonnées, ajouta Alex, imperturbable. Michael et lui partent avec toi. L'équipe attendra tes ordres à Palm Beach.

Alex fit alors quelque chose qu'il n'avait jamais fait avant. Pas une fois depuis que Stan le connaissait, pas même cette première nuit à l'hôpital quand Amanda était retenue. Il prit Stan dans ses bras et lui serra l'épaule. Étonné, il fallut un instant à Stan avant de lui retourner son affection et de lui taper le dos. Les mots d'Alex, *il y a beaucoup que tu ne sais pas*, passèrent brièvement dans sa tête, puis le son de l'hélicoptère et des pas qui se hâtent dans le couloir le ramenèrent au présent.

— Tu as protégé ma famille, Stan. Je ne comprends pas le timing de beaucoup de choses, mais là, je crois que le tien est arrivé.

2

Palm Beach
Floride

Jenifer D'Angelo se réveilla en sursaut avec un hoquet et bondit. D'abord les yeux sur son bébé, puis sur la chambre. Elle s'assit un instant pour laisser sa respiration ralentir, jusqu'à se rendre compte que ce n'était pas juste son anxiété qui l'avait réveillée. Elle se raidit ; il y avait des lumières sur le trottoir.

Elle tapota sur son téléphone et vit deux appels manqués de son père et quelques-uns – étrange – de Samantha Gilchrist. *Ouah*, pensa-t-elle, *Sam. Ça doit être sérieux.* Elle n'avait pas parlé à Sam depuis, eh bien, depuis qu'elle était tombée sur Stan à Palm Beach au printemps, il y a deux ans. Son père avait dû contacter sa vieille amie, ce qui voulait dire que quelque chose se tramait dans son dos.

N'ayant pas le temps d'y penser, elle se concentra sur l'urgence présente, sauta du lit et se dirigea aussitôt vers le bébé. Elle ne savait pas combien elle était capable d'amour avant de découvrir qu'elle était enceinte. Le petit Hayden était la

6

meilleure chose qui lui était arrivée ; elle aimait sa chaleur constante et son petit poids réconfortant contre sa poitrine.

Elle l'installa dans le creux de son cou et effleura des lèvres sa petite tête douce en passant sa main libre devant le tableau accroché entre le berceau et le lit. En silence, le compartiment secret s'ouvrit et Jenny attrapa son pistolet. Le meilleur achat qu'elle ait fait. Le tableau, bien sûr. Elle avait caché une boîte dans un trou dans le mur et le tableau était pile devant et cachait à la perfection l'arme qui était nécessaire, même si elle n'en était pas ravie.

Elle avait passé des jours à s'entraîner à des sessions de tir en essayant toutes les armes disponibles, jusqu'à être assez à l'aise avec une pour faire un achat. Ce n'était qu'une légère consolation que ce soit le pistolet le plus sûr du lot avec une chambre.

Jenny détestait l'admettre, mais elle avait acheté l'arme pour apaiser la peur constante que son ex-mari, John, cherche à se venger. Elle savait de son instructeur de tir que la seconde qu'il fallait pour insérer le chargeur pouvait faire la différence entre la vie et la mort. Jenny détestait cette arme, mais elle était déterminée à être préparée et cela lui donnait l'impression qu'elle avait une chance de se battre. Au moins, il ne pourrait plus jamais la forcer à monter dans un véhicule.

En serrant Hayden contre elle d'un bras, elle utilisa le canon de l'arme pour écarter les rideaux. Son imitation des policiers des séries télévisées l'étonna elle-même, mais quand elle vit deux SUV à l'arrêt dans la rue, elle fut contente de s'être préparée. En un instant, elle décida que peu importe ce qui se passait, elle n'attendrait pas là-haut.

Se lever et se battre ou céder.

Elle ne céderait pas. Elle descendit et traversa l'entrée, jetant un regard aux lumières de son alarme, qui clignotaient encore pour indiquer qu'elle était activée, ce qui voulait dire que personne n'avait essayé d'entrer. *Mmh.* Peut-être qu'elle surréagissait. Les

SUV pouvaient tout aussi bien attendre un client, peut-être provenaient-ils d'une entreprise de transport appelée pour un vol très tôt ou pour déposer quelqu'un après une soirée tardive. Malgré tout, Jenny restait suspicieuse. Une sensation qui fut confirmée par un regard à travers la vitre de sa porte d'entrée, pour mieux voir. Deux véhicules de plus se stationnaient dans son allée et encerclaient la fontaine. Il était temps de filer.

— Alexa... appelle le 911, ordonna-t-elle à voix basse.

Incapable de voir à travers les vitres teintées des véhicules devant chez elle, elle commença à reculer loin de la porte avant d'entendre l'employé des urgences à travers les haut-parleurs.

— 911, quel est votre problème ?

— Je m'appelle Jenifer D'Angelo, je suis seule avec mon fils de six mois. Je crois que mon ex-mari m'a trouvée. Je suis armée. J'ai un bébé.

— J'envoie des policiers tout de suite, madame D'Angelo.

Viens donc me trouver, salaud. C'en est fini de t'en prendre à moi.

3

Southampton
New York

Après le trajet privé en hélicoptère, Stan, Michael et Trevor embarquèrent dans le jet privé de Calder Defense. Le vol de New York à West Palm se passa sans encombre, ce qui laissa du temps à Stan pour réfléchir. Il lui avait fallu des mois pour mettre fin à son obsession sur Jenny, pour fermer cette porte complètement. Il était une épave. *Lui*, une épave. Mais il avait travaillé dur et avait presque réussi à l'effacer de son esprit. Sauf que la voilà qui surgissait dans sa vie et ses pensées.

De toutes les femmes avec qui il avait eu une relation amoureuse, Jenny était celle avec qui il avait passé le moins de temps, mais celle qui le connaissait mieux que personne. Ce qu'ils avaient eu était infini.

Pathétique. Reprends-toi un peu.

Ils avaient été amis et peut-être qu'ils auraient pu être plus, quand ils étaient à la fac de droit, mais après qu'un événement traumatisant était arrivé à leur amie, Jenny avait fui Stan. Puis, des années plus tard, ils avaient passé deux semaines incroyables après s'être croisés par hasard à Palm Beach, où il venait de terminer une mission. Il descendait le trottoir en pierre et BOUM, la voilà, ses bras parfaitement halés entre ses mains à lui. Elle lui avait littéralement foncé dedans. Son beau visage tourné vers le haut l'avait regardé avec choc.

Jenifer Lynne D'Angelo.

Surpris de voir son vieil amour devant lui, Stan avait brisé toutes les règles qu'il avait suivies tout le long de sa vie d'adulte, simplement pour passer du temps avec elle. Dès qu'elle lui était rentrée dedans et qu'il l'avait touchée, *sentie*, il avait été cuit. C'était un naufrage qu'on pouvait voir venir à des kilomètres ; mais une fois en marche, il était inarrêtable. Inévitable, pour tous les deux. Oui, là-dessus, il pouvait parler pour Jenny sans être présomptueux. Ils étaient – ou du moins avaient été – à cent pour cent sur la même page dès la minute où ils s'étaient rencontrés. Dommage qu'elle ne l'ait pas compris.

Lors des quatorze jours qui avaient suivi, ils avaient été inséparables et chaque jour était meilleur que le précédent. Forts d'une compréhension mutuelle, tacite ou non. Stan n'avait jamais rien connu de tel. Il savait que son instinct ne s'était pas trompé à la fac de droit. Jenny et lui étaient faits pour être ensemble. Ça avait été parfait, mais il y avait un pépin monumental : Jenny avait choisi le mauvais gars à l'époque.

Stan ne connaissait John que de loin, mais il ne l'avait jamais aimé. Il avait un caractère tempétueux, ce qui d'après lui était souvent une indication de complexes sous-jacents. Mais Stan respectait les limites, alors même s'il était intéressé par elle, après qu'elle avait choisi John, il avait gardé ses distances.

Il se trouvait que John était *bel et bien* le mauvais mec pour elle et quand ils s'étaient revus à Palm Beach, Jenny avait déjà entamé les procédures de divorce. En sachant ça, Stan l'avait quittée sans problème et avec enthousiasme après leurs deux semaines de bonheur et s'était dit que plus tôt elle rentrerait chez elle gérer ça et assister à l'audience du tribunal pour acter le divorce, plus tôt elle reviendrait vers lui. Selon Jenny, la procédure aurait dû être terminée, mais elle avait été prolongée pendant des mois à cause de John qui avait fait traîner les choses plus que nécessaire.

Ils s'étaient arrangés pour se retrouver à un hôtel à la fin de la semaine. Stan avait décidé d'y attendre Jenny parce qu'il avait travaillé plusieurs fois pour le propriétaire et avait souvent accès à une chambre ou une suite, selon la saison.

Ils s'étaient mis d'accord pour ne pas communiquer avant le retour de Jenny – ils avaient tous deux besoin d'y voir clair, du moins le plus clair possible et ils savaient déjà qu'ils étaient plus qu'*enfin* prêts pour vivre leur vie ensemble après toutes ces années. Puis, Stan avait reçu un message de Jenny disant qu'elle avait eu un accident de voiture.

Quand il était arrivé à l'hôpital pourtant, John était sur elle. Le cœur au bord des lèvres, Stan les avait observés depuis le seuil de la chambre. Il croyait qu'ils avaient déjà tout réglé. Leur divorce aurait dû être prononcé la veille. Mais étant donné ce qu'il avait vu dans cette chambre, il en avait conclu qu'ils s'étaient clairement remis ensemble.

Stan avait le cœur brisé, mais il n'était pas très surpris – après tout, ce n'était pas la première fois qu'elle lui faisait le coup. Elle l'avait fui par le passé. Alors ce jour-là, dans l'hôpital, avant que Jenny ne puisse le remarquer, il était sorti. Effondré.

Il avait quitté les États-Unis cette semaine-là, s'était rendu au Royaume-Uni, où il avait déjà une très bonne réputation. Il avait bouclé ses affaires, traversé l'océan, relevé ses murs protecteurs d'acier et *BOUM*, il était revenu dans le rang. Stan avait toujours aimé les règles, le protocole, alors travailler pour une agence en sortant de la fac de droit, puis pour des prestataires privés dans la sécurité, avait été parfait pour lui. Ses missions lui permettaient de prendre et donner des ordres, ce qui le réconfortait. Stan ne s'était jamais adonné à une tâche avec autant d'application. Il accepta quelques missions rapides, jusqu'à ce que tard une nuit, Sam l'appelle en lui disant qu'Amanda avait besoin d'aide. C'était pile ce qu'il lui fallait. Même si ça s'était révélé être son poste le plus compliqué, cela l'avait aidé à compartimenter et fermer la porte sur Jenifer D'Angelo.

La verrouiller. Et jeter la clé.

— La connexion est établie, annonça Trevor.

Il avait tiré Stan de ses rêveries juste au moment où une notification apparaissait sur son ordinateur.

Stan observa les documents qui étaient arrivés et secoua la tête avant de remonter jusqu'en haut les données. Il jeta un regard à Trevor.

— Jenifer Lynne, avec un e... D'Angelo ?

Au hochement de tête de Trevor, il insista :

— Dix février...

— Affirmatif, confirma Trevor en vérifiant sa date de naissance.

Ce n'était pas bon signe. En trois heures et demie depuis qu'ils avaient accepté la mission, l'équipe avait compilé un dossier complet. Il ne s'attendait à aucune des révélations devant lui. Il semblerait qu'il y a un peu plus d'un an, Jenny ait loué une maison sur la plage sous un faux nom. Pas facile ces derniers temps, vu que les propriétaires insistaient pour avoir plus qu'un gros acompte et une caution. Sans compter qu'il était difficile de ne pas laisser de traces informatiques. Alors pourquoi ce secret ?

L'information suivante était plus alarmante. Elle avait acheté un pistolet environ au même moment que la location de la maison, avait un téléphone prépayé et trois coffres à différents endroits de la ville. Un comportement anormal pour une citoyenne moyenne. La dernière information était une nouvelle surprise. Son divorce était finalisé. Il l'avait été un mois après son accident.

Vingt-neuf jours, pour être exact.

Stan essaya de ne pas se demander ce qui se serait passé s'il était resté. Il n'avait pas le temps de se lancer dans le bourbier des *et si*. Il était en mission. Le Stan des règles gère. Il disséquera l'information plus tard. Objectivement. Avec logique.

Jenifer Lynne D'Angelo.

Après avoir consulté un peu plus le dossier – reçus, cartes, papiers de divorce – il vit un autre dossier, cette fois verrouillé.

— Qu'est-ce que c'est que ça ?

Il montra l'écran à Trevor.

— Il est crypté.

Il lui lança un regard qui disait *non Trevor, vraiment ?* mais Trevor se contenta de hausser les épaules et Michael lui jeta un oreiller. Toute l'équipe de Calder avait la sensation d'avoir des frères de cœur, mais Trevor et Michael étaient de *vrais* frères. Michael était le plus vieux des deux et l'équipe les appelait affectueusement *les garçons*.

— Désolé, chef.

Étant aux commandes de la mission, Stan était techniquement le chef, mais Trevor utilisait ce surnom pour tout le monde sauf son frère. Se demandant pourquoi Alex avait déjà crypté un dossier, mais ne voulant pas l'embêter la nuit de ses noces, Stan passa à la source suivante.

— Mets-moi en communication avec M. D'Angelo.

Le père de Jenny, Gianni, était la dernière personne avec qui Stan voulait parler, mais il ne pouvait pas l'éviter car il détenait sûrement des informations.

Trevor s'occupa de la communication et installa un appareil entre eux sur la table.

Dix minutes plus tard, la tension de Stan était au maximum. Un exploit pour quelqu'un qui n'avait jamais souffert d'une tension sanguine élevée. Gianni était hors de lui et l'informa que John avait laissé entendre quelque chose de gros pour Jenny – autre chose que son narcissisme habituel, sa manipulation destructrice et ses jeux psychologiques.

Stan détestait les hommes comme lui, qui manipulaient ceux qui sont les plus proches d'eux.

Quand ils étaient ensemble en Floride, Jenny n'avait pas dit grand-chose sur John. En fait, à part les nouvelles de son divorce à venir, elle avait été très silencieuse à son sujet. Vu ce qu'il avait appris depuis, Stan comprenait pourquoi.

— Cet abruti et sa famille lui causent des problèmes, fiston. Je me fiche de leur connexion. Il faut couper les liens.

C'était la troisième fois qu'il disait ça. *Fiston*. À l'époque, M. D'Angelo l'avait toujours appelé ainsi, mais ironiquement, il s'adressait à John avec son prénom.

— Il a pris ma gentille petite fille au cœur bon et il lui a lavé le cerveau pour en faire une femme timide et craintive que je reconnais à peine, parfois. Elle va mieux maintenant, mais elle croit qu'elle mérite d'être seule. Ramène-la à la maison et dès ce soir.

— Oui, monsieur.

— J'ai parlé avec Alex. On pense tous les deux qu'il vaut mieux qu'elle reste chez les Montgomery pour l'instant.

— Je...

Stan allait protester, mais en voyant les lumières de la piste d'atterrissage apparaître, il hésita. Et puis, il ne voulait pas faire étalage de ses affaires personnelles devant les garçons.

— C'est bien compris.

— Une dernière chose, fiston, ajouta M. D'Angelo après avoir marqué une longue pause. Il y a un bébé.

Il avait ajouté cela avec un ton légèrement différent.

— Un bébé ? Monsieur ? *Monsieur ?*

Trev secoua la tête, indiquant que l'appel était terminé. Stan n'avait pas le temps de s'attarder sur la bombe que M. D'Angelo avait lâchée, car le jet toucha le sol quelques secondes plus tard. Il était temps d'y aller.

Les Navigators – ou les *Navs* comme l'équipe les appelait – étaient en place quand ils atterrirent, deux à l'aéroport et deux déjà stationnés devant sa propriété. Stan prit une inspiration. Ils y étaient. Jenny était de retour dans sa vie, qu'il le veuille ou non.

Après les détails réglés en deux-trois clics à l'aéroport, ils se retrouvèrent à remonter une longue allée en pavé qui menait à une superbe propriété devant la plage. Il eut le souffle coupé quand il repéra Jenny qui jetait un coup d'œil par la fenêtre, près de l'entrée. Puis, elle recula, le bébé dans ses bras. Était-ce son bébé à elle ? demanda-t-il. Celui de sa sœur ? M. D'Angelo n'avait rien dit.

— Quelqu'un lui a dit que nous venions ?

Il ne voulait pas l'effrayer, mais il craignait qu'il soit trop tard.

— Non. M. D'Angelo a dit qu'elle n'avait répondu à aucun de ses appels.

Stan secoua la tête, sortit du Nav et parcourut des yeux le périmètre tandis que Trevor faisait des merveilles avec le système de sécurité. Un instant plus tard, les lumières indiquèrent qu'ils pouvaient y aller et Michael s'attela aussitôt à son clavier pour ouvrir la porte.

Sans se laisser réfléchir à son lien avec Jenny, Stan passa en mode autopilote et suivit le protocole. Quand il entra, il vit Jenny à un peu plus de dix pas, un bébé serré contre elle d'une main et un Glock pointé sur lui dans l'autre. Stan sourit avec approbation. Pas mal pour une débutante, pensa-t-il, même s'il avait toujours su qu'elle était bonne élève. Viser le torse laissait la place à l'erreur – si elle manquait sa cible, elle aurait toujours de bonnes chances de toucher quelque chose de vital. Pas dans son cas, espérait-il, mais en général.

— Madame, ils sont à trente secondes, dit une voix à travers des haut-parleurs.

Ah, songea Stan. Elle avait appelé les secours. À point nommé, les sirènes hurlèrent en arrière-plan. Pas grave. Ses gars montreraient leurs accréditations et on les laisserait poursuivre.

— Jenny, dit Stan d'une voix aussi forte et professionnelle que possible.

— Si tu fais un pas de plus, je tire.

Elle ne sait pas que c'est moi. Sa main tremblait et Stan ne pensait pas qu'elle se concentrait sur son visage. Ou d'ailleurs, sur quoi que ce soit d'autre que sa peur.

— Jenny, répéta-t-il d'une voix plus douce. C'est moi... Stan.

Elle frémit et leva les yeux et son souffle se coupa de manière audible. Elle vacilla un instant avant de se reprendre. Son cœur se serra et il tendit la main, comme s'il pouvait l'équilibrer à distance.

— Madame. Connaissez-vous l'intrus ? Madame ?

Maudit opérateur.

— Mon nom est Stanley Finch, expliqua-t-il assez fort pour que l'employé l'entende. Je travaille pour Calder Defense. J'ai été envoyé pour sécuriser le transport de Mme D'Angelo jusqu'à Long Island, sur demande de son père.

— Madame ?

Le visage de Jenny trahissait à parts égales le choc et l'horreur. Stan entendit la voix de Michael dans son oreillette : les officiers de police étaient arrivés.

— Pourquoi es-tu là ? demanda-t-elle la voix pleine de désarroi.

— Ton père m'a envoyé.

— J'ai entendu. Pourquoi *toi* ?

Il sentit sa douleur et secoua la tête.

— Je ne sais pas, Jenny, répliqua-t-il en regrettant de ne pas avoir de meilleure explication.

— Ce n'est pas parce que ta petite amie est passée à autre chose que...

— Quoi ?

Une réaction sincère, mais il se corrigea aussitôt – le protocole.

— Je n'ai pas de petite amie.

Ce n'était *pas* le protocole, mais l'idée que Jenny pense qu'il soit avec quelqu'un d'autre était perturbante. Visiblement, le temps n'avait en rien diminué ses sentiments.

Elle plissa les yeux. Voir la méfiance que Jenny lui accordait était comme une flèche en plein cœur.

— Tu avais quelqu'un, protesta-t-elle d'un ton accusateur.

J'ai vu les photos. Je sais pour toi et Amanda Marceau. Tu étais avec elle après… après le printemps dernier.

Ohhh, je vois. Stan se détendit légèrement et revint à son regard plissé.

— Oui. J'ai passé beaucoup de temps avec Amanda cette dernière année. En tant que garde du corps.

— Non, répliqua-t-elle en secouant la tête avec force. John m'a montré les photos. Tu la tenais dans tes bras. Dans les Hamptons.

Quoi… ? Stan ne savait pas qu'il pouvait ressentir plus de haine encore pour John, mais si.

— Jenny. J'ai accepté le poste des semaines après qu'on… Tu…

Il n'aurait jamais pensé parler de ça, tout en étant visé d'un pistolet en plus.

— Va-t'en.

Elle commença à reculer loin de lui. Ses mots murmurés lui déchirèrent le cœur. Des blessures profondes qui se rouvraient. *Merci, patron.*

— Monsieur.

Il découvrit qu'il était flanqué de deux policiers.

— Papiers à l'intérieur de la poche gauche, indiqua-t-il selon la procédure policière. Épaule et cheville.

Toujours leur dire où se trouvent les armes.

Il se tourna vers Jenny.

— Tu es retournée avec lui, expliqua-t-il sur la défensive.

Même dans ce moment tendu et guère privé, il ne pouvait laisser couler. Soudain, c'était aussi frais qu'il y a quinze mois. Où était le Stan qui respecte les règles quand il avait besoin de lui ? Pour la première fois de sa vie, il détesta son travail. *Mon pote, tu es complètement dépassé, là.*

— Va-t'en, Stan, répéta-t-elle.

— J'aimerais pouvoir, Jenny.

— Madame, intervint l'un des policiers. Pouvez-vous abaisser votre arme ?

Heureusement, elle obéit.

Les policiers discutèrent avec elle, puis lui, avant de partir avec un hochement de tête en lui confiant l'arme de Jenny. Elle l'observa avec méfiance de là où elle était assise, sur sa cage d'escalier, et leva les yeux quand il se tint devant elle. Vu l'heure et pour quelqu'un qui avait été tiré de son lit et s'attendait à devoir se défendre, elle et son enfant, elle était ridiculement belle. Elle s'en sortait bien.

— Préparons tes affaires.

Son expression en disait long : *pas avec toi*. Quel changement depuis la dernière fois qu'il l'avait aidée à faire ses affaires, à l'épo... *Non. N'y pense pas.* Ignorant combien elle le blessait ainsi que les effets physiques d'une proximité avec elle, Stan l'encouragea d'un geste de la main. Elle dut comprendre qu'il était futile de lutter et s'attela à la tâche comme un bon petit soldat, suivie de Stan.

— Où ranges-tu ça ? demanda-t-il en levant le pistolet une fois dans sa chambre.

Sa chambre était un beau sanctuaire rempli de couleurs douces : des meubles chics et imposants et des rideaux fins. Un berceau et une table à langer se trouvaient d'un côté.

Il l'observa agiter la main devant un tableau sans un mot et le cadre se redressa. *Sympa.* Il rangea son Glock dans le creux dans le mur, puis imita son geste et observa le compartiment se fermer. Trevor entra et demanda :

— Madame D'Angelo, puis-je prendre vos affaires ?

— Il y a une armoire à linge dans le couloir avec des sacs déjà préparés. Des bagages cabines et des sacs de voyage tout prêts. Emportez-les tous, s'il vous plaît.

Elle avait parlé sans lever les yeux, tout en prenant une couverture et une peluche du berceau.

— Je peux prendre quelque chose pour le bébé ? demanda Stan.

Il était étonné de la voir aussi prête et se sentait inutile à rester planté là. Il détestait ce sentiment.

Jenny secoua la tête, sans le regarder.

— Il faut juste qu'on se change.

— Besoin d'aide ?

Elle secoua encore la tête et croisa son regard un court moment avant de détourner les yeux.

— Merci, mais je suis devenue une mère célibataire experte.

Il y avait un étrange tranchant à sa voix. Elle attrapa une couche-culotte et se retira dans sa salle de bains.

Stan attendit près de l'escalier en essayant de se débarrasser de son impression sur sa dernière remarque. La façon dont elle avait soutenu son regard une brève seconde. Peut-être analysait-il trop, mais cela ressemblait à une pique. Quelque chose de personnel. Pour lui.

Jenny était prête quelques minutes plus tard. Trevor avait déjà transféré ses sacs et valises dans le véhicule et plaça le siège pour bébé que Jenny avait laissé près de sa pile d'affaires pour partir. Michael passa en revue le périmètre, même si ce n'était pas nécessaire, puisque c'étaient eux les intrus, ce soir-là. Stan appréciait sa minutie. Protocole et compagnie.

— Quand as-tu eu de ses nouvelles pour la dernière fois ? demanda-t-il dans l'entrée une fois les autres problèmes réglés.

Elle serra son fils – c'était un garçon, il avait posé la question – plus fort.

— J'ai essayé de t'appeler, dit-elle au lieu de répondre à sa question.

De l'intérieur, il s'effondra un peu. Oui, il avait bloqué son numéro. Sur le coup, il pensait que cela valait mieux pour eux deux.

— Quand as-tu eu de ses nouvelles pour la dernière fois ? répéta-t-il sans prendre en compte sa confession.

Elle haussa les épaules. Elle avait l'air fatiguée. Belle, mais fatiguée.

— Jenny ?

Elle tressaillit. Il n'avait pas voulu hausser la voix. Gianni avait raison, elle souffrait des conséquences d'une vie avec un abruti de première. Après avoir appris quelques autres détails intimes de sa vie avec John, il n'arrivait pas à croire qu'elle soit retournée auprès de lui. Pire, qu'elle ait eu un enfant avec lui.

Elle n'avait jamais rien dit quand ils étaient ensemble et avait tout gardé pour elle-même. Comme une grenouille dans l'eau, qui s'adapte à la hausse de température jusqu'à ce qu'il soit trop tard, les défenses de Jenny avaient été abattues avec expertise. Malgré son intelligence, l'art de la manipulation lui passait au-dessus. Elle n'avait pas vu la chose venir.

Il voyait bien comment ça avait pu se produire. Il aurait voulu qu'elle y échappe.

Une fois la maison passée en revue, Trevor ouvrit la porte et Stan posa une main sur le dos de Jenny pour la guider dehors. Elle tremblait. Une fois rendue devant le SUV, elle se tourna et écarquilla les yeux en le voyant tendre les bras vers son bébé.

— Je t'assure que je sais comment tenir un bébé.

Elle le regarda étrangement, puis lui confia son fils, comme si ce moment pouvait avoir des conséquences bouleversantes. Enfin, elle tendit la main vers la poignée, mit le pied sur le marchepied et manqua de glisser et de tomber en arrière. Il tendit son bras libre, l'attirant contre lui et que Dieu lui vienne en aide, ça faisait un bien fou de la sentir contre son corps. Par réflexe, il la serra plus fort. Le cœur tambourinant, Jenny dans un bras, le bébé dans l'autre, il eut du mal à croire à l'ironie de la situation. Pourquoi – *pourquoi* – devait-il l'avoir de nouveau dans les bras ?

Une punition pour leurs péchés, supposait-il.

Il le méritait et elle l'avait visiblement payé cher aussi.

— Ça va ? demanda-t-il doucement à son oreille.

Elle hocha sèchement la tête et cette fois, quand elle posa le pied sur le marchepied, Trevor la tira depuis l'intérieur du véhicule. Elle tendit les bras vers son bébé dès qu'elle fut assise et Stan déposa doucement le petit garçon. Cette simple action – si petite et pourtant si intime – ramena Stan à une image qu'il avait tenté très fort d'oublier : Jenny qui roucoulait devant un bébé lors d'une promenade matinale pendant leurs semaines passées à Palm Beach. À cet instant, son envie de fonder une famille avec elle l'avait frappé et devoir écarter de tels fantasmes lui avait porté un coup presque fatal.

Le reste du trajet, Jenny regarda par la fenêtre et l'évita. Il le savait parce qu'il avait du mal à se détourner d'elle. En fait, il l'observa jusqu'à ce qu'elle s'endorme. Une fois endormie, elle avait l'air presque calme, un sursis bienvenu après le mépris qu'il avait lu dans ses yeux.

Quand ils arrivèrent à l'aéroport privé un peu plus tard, Jenny se réveilla en sursaut et parcourut des yeux le véhicule paniquée avant de se calmer. Stan la dévisagea, estomaqué de la voir se reprendre complètement et rapidement après ce réveil en fanfare, comme si elle avait de l'expérience là-dedans. Il se demanda si ce genre de réveil était une normalité pour elle. Soudain, l'avoir à la villa lui sembla être une bonne idée.

Leur pilote attendait, alors il ne fallut pas longtemps avant le décollage. Stan était face à Jenny et l'intérieur de la cabine était calme. Il s'efforça de ne pas la dévisager, en vain, puisqu'il était littéralement une épave à l'intérieur. Il sentait encore ses cheveux, l'odeur de son shampooing et après-shampooing, suite au moment où il l'avait serrée contre lui.

— Je ne veux pas aller chez mon père, dit-elle tout d'un coup alors qu'ils décollaient.

Stan réprima un sourire. Au moins, il pourrait lui donner une bonne nouvelle.

— Tu as de la chance. On m'a demandé de te mener chez les Montgomery.

Elle ne dit rien.

Quand le pilote annonça qu'ils avaient atteint l'altitude voulue, Jenny prit le bébé de son siège de transport et s'occupa de le nourrir et le changer sur le canapé à l'arrière. Stan se leva quand elle revint à son siège et tendit les bras pour prendre le bébé le temps qu'elle s'installe. Cette fois, son hésitation fut moins prononcée, mais tout de même remarquée.

Une fois assise, il baissa son siège pour qu'elle soit allongée le plus possible et installa le bébé contre elle avant de les couvrir tous deux d'une couverture.

Puis, il l'observa dormir.

Il essaya de ne pas le faire, mais merde, il ne pouvait pas s'en empêcher.

Il adorait ça.

4

____

Jenny était fatiguée, perdue et franchement, elle ne savait pas trop ce qu'elle ressentait. Ce n'étaient pas les retrouvailles qu'elle avait imaginées l'année précédente. Bon Dieu, comme les choses avaient changé. Stan, l'homme dont elle était tombée profondément amoureuse, l'homme qu'elle avait toujours aimé, l'avait abandonnée quand elle avait le plus besoin de lui. Elle avait remis en question sa toute nouvelle indépendance et la confiance qu'elle avait tout juste commencé à regagner. Elle avait douté de pouvoir se fier à sa propre intuition.

Quand ils s'étaient séparés après ces deux semaines parfaites, Jenny était rentrée pour dire à John qu'il devait signer les papiers. Qu'elle en avait fini avec ses jeux et se fichait des apparences à présent. Que c'était fini entre eux. Qu'elle avait assez payé et purgé sa peine. Elle ne se laisserait plus balader. Ils ne se remettraient pas ensemble. Jamais.

Elle se fichait que la famille soit mal vue après ça. Les

apparences n'étaient que des apparences. Elle savait que les Monroe, avec leur lignage historiquement célèbre, lui trouveraient une bonne remplaçante. Naturellement, ils lui manqueraient parfois, elle avait un grand cœur, mais comme dans la plupart des relations au sein d'une famille, tout n'était pas noir ou blanc.

Honnêtement, vu comme John avait agi les dernières années jusqu'à leur divorce, elle n'était même pas sûre qu'il l'appréciait toujours. Il l'avait aimée – elle le croyait réellement – mais plutôt comme on aime et s'occupe d'un membre de la famille ou d'un animal. Son amour était protecteur et obligé.

À y réfléchir, elle était convaincue que le reste n'avait été que pour les apparences. L'effet qu'elle faisait à son bras, combien elle parlait bien et représentait bien la famille. Pas en tant qu'avocate, malheureusement. Purement socialement. Jenny s'était retrouvée à ne pas suivre la carrière qu'elle s'était imaginée. Elle se demandait souvent si John avait craint qu'elle l'éclipse. Il avait toujours été compétiteur. La fille, la réputation, le compte bancaire. Avec de la distance, elle voyait combien tout ça était égoïste. Il n'y avait pas de fair-play là-dedans.

En allant plus loin, elle se demandait si insister en la demandant en mariage à la fac de droit avait été autre chose qu'un acte de pouvoir contre Stan, si John avait un jour voulu ça. John avait gagné quand Stan avait perdu. Si c'était ça le but, ça avait marché. John et elle s'étaient mariés juste après la fac et elle n'avait plus eu de nouvelles de Stan. Avec la tête dans le sable si longtemps, ce qui était lentement devenu normal dans les années qui avaient suivi leur mariage se révélait être un choc. Même pour elle. Les œillères avaient commencé à se relever quand elle était partie rendre visite à sa grand-mère au centre de soins palliatifs. C'était il y a deux ans, quand les médecins avaient informé sa famille que sa grand-mère n'avait plus beaucoup de temps.

John ne pouvait pas l'accompagner, ce qui avait été significatif, vu les révélations qui avaient suivi. Dans l'avion pour rentrer chez ses parents, Jenny s'était rendu compte avec un sursaut que c'était le premier voyage qu'elle faisait seule depuis qu'ils étaient ensemble. John et elle voyageaient toujours ensemble. En fait, quand il ne pouvait pas partir, elle repoussait ses plans de voyage jusqu'à ce qu'il puisse.

Sans compter les circonstances épouvantables, rentrer était la pause dont elle avait besoin. Au début, elle était nerveuse de voyager seule, ce qui était bête ; elle était une adulte après tout et elle avait voyagé toute sa vie. Mais John était devenu son directeur de croisière. Il avait vraiment été l'arbitre de sa vie, en réalité, et non le partenaire tendre, drôle et gai qu'elle avait prétendu. Elle s'était menti si longtemps que ça avait été difficile de démanteler l'illusion qu'elle avait créée dans sa tête. Mécanisme de défense à cent pour cent.

Jenny se rappelait s'être sentie plus légère dès que le taxi était venu la chercher pour l'emmener à l'aéroport, puis encore plus dans l'avion et quand elle était entrée dans la maison de ses parents et qu'elle avait été submergée d'une vague de nostalgie et de chaleur. C'était comme si elle avait trouvé un nouvel équilibre solide. Pour la première fois depuis des années, la fille et la sœur qu'elle avait toujours été rentrait. Comme c'était étrange d'avoir perdu l'essence de qui elle était pendant si longtemps. S'émerveillant du bien que cela faisait d'être *elle-même*, Jenny s'était demandé comment une telle chose s'était produite et avait vite compris que la seule différence entre l'ancienne Jenny et la nouvelle, c'était John.

Peu de temps après, elle avait pénétré dans la chambre de sa grand-mère en serrant la main de sa sœur Marisa et avait eu la sensation de se prendre une tonne de briques. Être en la présence de sa grand-mère avait soulevé le voile qui cachait la vérité. Son esprit était enfin clair. En quelque sorte. Elle eut une illumination et tout ce qu'elle avait mis de côté, excusé, couvert, ressortit soudain.

Pas des petites choses. Pas des malentendus. Ni même des vexations. Ça, c'était normal et voué à arriver dans une relation.

Ce que Jenny comprit alors, c'était que ses problèmes de couple allaient bien plus loin et que parfois, ils étaient malfaisants. Lentement, au fil de leur relation, John avait commencé à contrôler tout ce qu'elle faisait, tous ceux qu'elle voyait, même les livres qu'elle lisait et les émissions de télévision qu'elle regardait. Jenny était passée de quelqu'un qui adorait sortir et être entourée de gens à quelqu'un qui ne… faisait rien de cela. De quelqu'un qui avait une opinion et se battait pour ce en quoi elle croyait à quelqu'un qui, eh bien, ne le faisait pas.

Elle n'avait jamais songé aux petits changements que John avait faits au cours des années. Aux changements qu'il avait produits chez elle. Accumulés, les effets étaient époustouflants. C'était le monde de Jenny selon Jonathan Bennet Monroe – et elle n'avait rien vu venir.

Cette révélation était gênante et terrifiante.

Bien sûr, rien d'étonnant à ce que cela arrive en présence de sa grand-mère, qui avait été une des personnes les plus sages que Jenny connaisse. Nonnina, comme ils l'appelaient, avait un penchant pour planter de petites graines. Un peu de sagesse pour mener ses enfants et petits-enfants dans la bonne direction. Comme c'était triste, avait pensé Jenny, qu'à part de rares appels ou célébrations familiales formelles, elle avait sorti Nonnina de sa vie. Elle les avait tous repoussés. Jenny comprit à cet instant qu'elle lui avait beaucoup manqué. Tout ce temps qu'elle aurait pu passer avec elle, avec sa famille… disparu à jamais.

Elle était restée assise, sur le côté du lit, ébahie. D'un côté, elle se demandait ce qui lui avait pris tant de temps et de l'autre, elle savait que le timing était le bon. Elle n'aurait pas pu le voir avant.

John était coincé à la maison sur une affaire, alors Jenny avait pu rester plus d'une semaine seule. Encore quelque chose qui semblait trivial, mais dans son cas, être seule avait beaucoup aidé pour la suite. Les effets ne pouvaient pas être minimisés.

Elle avait vu les dynamiques de sa famille de ses yeux. Son père toujours en cuisine à préparer du café et à chasser Marisa et elle pour qu'elles aient du temps ensemble pendant qu'il s'immergeait dans ses journaux et magazines. Les câlins affectueux, les contacts et les rires. Le soutien pour n'importe quelle petite chose, même ridicule, bête, comme quand Marisa était venue avec des roses qu'elle avait cueillies dans le jardin et que son père avait fait comme si elle avait inventé une nouvelle fleur. Bon Dieu, qu'est-ce qu'elle en avait loupé, des choses. Même si sa mère était déjà décédée, tout cet amour et cette affection remplissaient encore la maison de ses parents. Être là avec lui et Marisa semblait être le bon ordre des choses.

L'au revoir de Jenny à sa grand-mère avait été déchirant. Perdre Nonnina au moment où elle s'était retrouvée était douloureux. C'était comme si sa grand-mère lui avait donné un énorme cadeau d'adieu lors de ses derniers jours. Le dernier impact de Nonnina dans sa vie était profond et elle avait décidé qu'elle ne le laisserait pas être vain.

Quand John était arrivé pour l'enterrement, Jenny avait senti le changement. À l'intérieur, elle était une boule de nerfs. Elle avait été anxieuse tout le temps, elle comprenait maintenant que c'était devenu sa normalité avec John. Comparé à l'ambiance détendue lors de cette semaine passée avec sa famille – alors même que la perte de sa grand-mère était imminente – la soudaine compression en elle à voir John réapparaître avait été un étau. Soudain, elle s'était retrouvée à essayer de gérer le comportement de tout le monde pour que cela convienne à John, pour minimiser les risques de mauvaise réaction. Ça avait été étonnant de voir et sentir la cause évidente de sa condition. Un dénominateur commun : John.

Ce que Jenny avait commencé à suspecter, la raison de son si long déni, était désormais impossible à ignorer. Maintenant que la situation lui apparaissait clairement, elle devait faire quelque chose.

Ne voulant pas continuer à vivre ainsi, elle avait commencé à penser exclusivement à se construire une nouvelle vie pour elle-même. Une nouvelle vie avec un nouveau départ. Un qui inclurait sa famille, mais pas John.

Lors du déboursement de l'héritage de sa grand-mère quelques jours plus tard, Jenny avait appris combien elle avait reçu. Elle s'était surprise en ouvrant un nouveau compte à son nom pour y faire transférer les fonds là-bas. C'était l'étape une.

À leur retour à la maison, une semaine de plus était passée, John voyait du chagrin dans son silence, ce qui lui convenait très bien. Quelques minutes après être entrée dans la maison, avec sa grand-mère constamment en tête, Jenny avait dit à John qu'elle avait besoin d'espace, que c'était mieux pour eux deux. Il lui avait fallu quelques secondes pour rassembler le courage de se corriger, mais quand elle le fit, elle lui dit franchement qu'elle ne voulait pas rester mariée à lui plus longtemps. Sa place n'était pas avec lui. Peut-être que ça n'avait jamais été le cas. L'important, c'était qu'elle reprenne sa vie en main.

John avait cru qu'elle plaisantait, mais elle était très sérieuse et elle avait rapidement rempli les papiers pour demander le divorce. Alors que Jenny profitait d'un éclat de confiance et de liberté renouvelée les mois suivants, John avait fait de son mieux pour gagner du temps, faire traîner les choses plus que nécessaire et rendre tout plus difficile pour elle.

Au bout d'un moment, il ne manquait plus que les signatures sur les papiers et une audience au tribunal pour rendre la chose officielle et Jenny était partie. Elle avait fui pour le restant du mois de mars et lui avait dit qu'elle reviendrait avant leur audience, le 1er avril.

Usée mais espérant avoir enfin mis derrière elle le chapitre de sa vie avec John, Jenny était allée dans un de ses hôtels préférés sur Palm Beach, un endroit qu'elle avait fréquenté avec sa grand-mère quand elle était plus jeune.

Une semaine plus tard, elle avait percuté Stan.

Quand Jenny était rentrée après un voyage mémorable, elle avait attendu John devant l'îlot de la cuisine. Elle se rappelait clairement – jusqu'à la dureté du tabouret sous ses fesses – avoir fixé la porte qui menait au garage, attendant que John la franchisse.

Elle aurait dû savoir qu'il n'en avait pas fini. Ça n'avait jamais été aussi simple avec lui. Il avait un argument pour tout ce qui contredisait ce qu'il pensait être le mieux, un agenda pour ce qui lui convenait, un fil narratif à suivre. Il l'avait eue avec cette tactique tout le long de leur relation et elle n'avait jamais pu voir la manipulation dont il usait. Il l'avait poussée à croire qu'il était supérieur, que sa vision était toujours la bonne, mais elle avait pris du recul.

Il avait cet éclat dans le regard quand il était entré. Pas bon signe. Du moins, pas pour elle. Il avait jeté un dossier sur la table et lui avait dit qu'il l'avait fait suivre, qu'elle avait confirmé ses soupçons sur le fait qu'elle voyait un autre homme. À l'évidence, il savait qui, mais il n'avait pas dit son nom.

Ça n'avait plus d'importance, ils étaient à une signature et une audience de la fin. En partant, elle n'avait pas eu l'intention de passer la semaine avec quelqu'un, mais elle était convaincue que si elle avait heurté un tout autre homme que Stan, elle aurait passé ces semaines à Palm Beach seule et heureuse. Mais depuis l'instant où ils étaient entrés en collision sur ce boulevard, où ses grandes mains s'étaient refermées sur ses bras, c'était trop tard.

Comme si le destin avait fait irruption et dit *Prends ça, Jenny D'Angelo. Ta vie avec John est finie et retrouver Stan et passer deux semaines avec lui solidifiera tout ça.*

Jenny savait que cela avait dû lui rester en travers de la gorge que ce soit Stan par-dessus le marché. Ça n'avait jamais suffi que Jenny ait choisi John à la fac, Stan avait toujours été un point sensible.

Elle était rentrée si sûre d'elle, si certaine que ce serait terminé. Qu'elle pourrait enfin avancer. Mais il y avait John, encore à manigancer pour gagner.

Il l'avait menacée.

Il avait menacé Stan.

Il avait menacé son père et Marisa.

Bon Dieu, il lui avait volé sa vie et avait entaché la seule chose qu'elle considérait sacrée. Que Dieu la pardonne – *que Nonnina la pardonne* – elle avait faibli.

Pile quand elle pensait avoir le pouvoir d'avancer, un compte en banque, un esprit clair et un véritable amour dans sa vie, John avait repris le contrôle. Le choc, la peur et la sensation qu'il irait au bout de ses menaces avaient fait taire Jenny, qui avait pris le temps d'essayer de trouver comment se sortir de là.

Le lendemain, John avait insisté pour aller ensemble à l'audience et elle avait senti un instinct qu'on est censé suivre. Un qui hurlait *COURS*, qui aurait dû la faire fuir même si ça lui donnait une mauvaise image. *Ne le laisse pas te faire entrer dans ce véhicule, quoi qu'il arrive.*

Elle avait eu ce sentiment quand John l'avait guidée dehors et dans l'allée. Un regard à la voiture et elle avait su qu'elle ne devait pas monter. Il lui avait tenu la portière ouverte et elle avait plaqué ses mains sur le cadre en métal, s'y appuyant, refusant de monter. Une seconde plus tard, John l'avait saisie et l'avait forcée à entrer avant de claquer la portière. Quand elle avait essayé de sortir, elle s'était rendu compte qu'il avait mis la sécurité enfant. Il avait démarré la voiture vers une destination inconnue et des cris avaient suivi, principalement de son côté à elle, puisqu'il n'avait guère parlé ou écouté. Elle avait vu que sa terreur l'encourageait, ce qui était écœurant et lui ouvrait les yeux en même temps.

John avait agi comme ça plusieurs fois, mais elle ne s'était jamais rendu compte d'à quel point il était malfaisant avant cet instant. Cela avait été sa dernière pensée avant l'impact.

Quand elle s'était réveillée à l'hôpital, John était assis dans la chaise à côté de son lit. Il lui avait dit qu'ils avaient eu *un accident* ce qui rendit Jenny malade – elle savait que c'était intentionnel. Elle se rappelait toujours la douleur vive qu'elle avait ressentie quand elle avait essayé de se redresser ce jour-là. C'était un miracle qu'elle ne soit pas plus blessée ; elle s'en sortait avec quelques bleus et une potentielle commotion cérébrale qui ne se matérialisa jamais. Malgré tout, John avait eu cet éclat dans l'œil, ce *tu vas voir*. Et il lui avait montré. Leur audience avait été décalée et il lui avait pris son téléphone. Elle avait été tentée d'appeler la police, mais vu ce qu'il avait fait et les menaces proférées envers sa famille et Stan, elle avait choisi de ne pas le faire.

Elle n'avait jamais dit un mot sur ce qui s'était passé. À qui que ce soit. Bien sûr, John avait prétendu être désolé et le lendemain, il avait grimpé dans le lit avec elle, un moment qui semblait presque préparé, pour la prendre dans ses bras et l'embrasser. Elle était sous le choc et dégoûtée et même si tout était un peu confus pour elle, elle lui avait dit de dégager et l'avait repoussé du mieux possible.

Tout ça avait été perturbant. Et toute la journée et la nuit où elle était restée en observation, Jenny avait été privée de son téléphone et savait que John le fouillait forcément et envahissait son espace privé.

La première chose qu'elle avait faite après avoir été autorisée à sortir et avoir récupéré son téléphone avait été d'appeler Stan. Même s'ils avaient décidé de rester dans leur coin jusqu'à ce que les papiers du divorce soient signés, après tout ce qui s'était passé avec John et la nature suspecte de leur accident, elle devait le prévenir. Elle voulait aussi entendre sa voix. Elle s'était toujours sentie en sécurité en l'entendant. Mais elle était tombée aussitôt sur le répondeur, comme les cinq fois après ça. Et les appels du lendemain. Rapidement, entendre sa voix sur son répondeur ne l'avait plus réconfortée.

Blessée, perdue et abandonnée, il avait fallu une semaine à Jenny pour se rappeler qu'elle comptait quitter John avant que Stan ne rerentre dans sa vie. Qu'elle n'avait pas besoin de lui pour poursuivre ce plan-là. Elle ne savait pas si John espérait qu'elle change d'avis et n'aille pas au bout du divorce ou s'il avait simplement voulu jouer avec elle aussi longtemps que possible. La rendre nerveuse, l'un de ses passe-temps préférés. Mais vu combien ses tactiques étaient passées de menaces à une vraie violence, elle préféra ne pas lui donner d'autres avantages ou occasions et partit. Elle s'enregistra dans un hôtel sous un faux nom.

Elle avait appelé son père et lui avait raconté l'avancée rapidement en lui disant simplement que la procédure avait été décalée à la dernière minute et qu'il faudrait un mois de plus avant que le divorce ne soit finalisé. Elle avait continué de laisser des messages vocaux et SMS à Stan, mais il n'avait jamais répondu. Pas une fois. C'était difficile de feindre qu'elle n'en était pas blessée ; en vérité, elle était dévastée. Elle s'était demandé si elle n'avait pas tout inventé dans sa tête, s'il avait été un mec bien. Elle s'était monté la tête pour John, alors ça n'était pas si tiré par les cheveux.

Puis, elle découvrit qu'elle était enceinte.

Jenny n'avait pas couché avec John depuis des mois, alors elle n'avait pas le moindre doute sur le fait que c'était le bébé de Stan. À ce stade, elle avait accepté qu'il ne ferait pas partie de sa vie, mais ça ne changeait pas combien elle voulait ce bébé. Elle décida donc de le garder seule.

Avec du recul, il y avait quelque chose de satisfaisant à devoir être adulte et faire une chose pareille, prendre ses responsabilités pour ses gestes. *Tous* ses gestes. Le tout en s'assurant qu'elle, son bébé à naître et ceux qu'elle aimait étaient en sécurité. Elle avait appris à se protéger, avait créé un plan pour partir au cas où quelque chose se produirait. Elle avait juré qu'elle serait toujours prête à partir de maintenant. Et même si John ne l'avait pas embêtée, elle savait qu'elle ne pouvait pas lui faire confiance. Jamais. Pas après ce qu'il avait fait.

Alors si avant c'était John qui l'avait gardée enfermée, son isolement cette dernière année avait été entièrement de son fait à elle. Son père et Marisa étaient les seuls qui savaient où elle était à Palm Beach, un endroit chargé des souvenirs du temps passé avec Stan, mais aussi avec sa famille. Nonnina surtout. Marisa et son père étaient venus pour la naissance d'Hayden et ils se parlaient tout le temps, mais Jenny ne voulait pas revenir à la maison pour l'instant, même s'ils n'arrêtaient pas de lui en parler. Dans sa tête, elle se donnait jusqu'aux un an d'Hayden. Puis, elle estimerait que ce serait sans danger. Elle avancerait et rentrerait peut-être même.

Ça avait été très solitaire, surtout avant la naissance d'Hayden, mais elle avait travaillé dur pour repousser tout le monde, en partie pour leur sécurité, mais aussi parce que ses vieux mécanismes comportementaux lui donnaient la sensation qu'elle avait peut-être mérité la punition de la solitude. Souvent, elle avait entendu la voix de John dans sa tête : *Tu sais, Jen, c'est ta faute si tu subis ça, comme toujours.* Elle s'était habituée à être marginalisée, à être celle qu'il faut blâmer et visiblement, elle avait de profondes blessures qu'il fallait encore panser. La plus récente, celle de la désertion de Stan, avait tout aggravé.

Quelques mois après la naissance d'Hayden, le père de Jenny lui avait envoyé par mails plusieurs articles qui évoquaient la relation d'Amanda Marceau et Alexander Montgomery. Jenny lui avait déjà parlé de Stan et des semaines à Palm Beach, plutôt pour lui assurer qu'Hayden n'était en rien lié à John. Quand elle avait vu les articles, elle avait tout de suite été ramenée en arrière au jour de son divorce et avait revu John qui lui tendait un dossier alors qu'elle quittait la salle d'audience et chuchotait : *Il t'a utilisée, Jen.*

Jenny ne savait pas de quoi il parlait, mais sur le coup, elle refusait de lui donner la satisfaction d'une réaction. À la place, elle l'avait à peine regardé et avait glissé le dossier sous son bras, se concentrant sur le cliquetis de ses talons sur le sol en marbre tandis qu'elle s'en allait loin de lui. Elle avait quitté le tribunal la tête haute et avait jeté son sac avec le dossier dans le coffre. *Prends ça, espèce d'abruti imbu de toi-même.*

C'était une belle performance, mais dès qu'elle était rentrée dans sa chambre d'hôtel, elle avait ouvert le dossier. Il y avait des dizaines de photos, des clichés variés de Stan qui tenait Amanda Marceau d'un air protecteur, une main levée pour chasser le paparazzi. Sur certains, une petite fille était accrochée à sa jambe et Samantha se trouvait à côté d'eux.

Il lui avait fallu un long moment pour cesser de voir cette image dans sa tête. La douleur la traversait chaque fois qu'elle pensait à Stan serrant une autre femme. Une enclume dans son torse, dont le poids pouvait être paralysant.

— Alors je suis censée faire *quoi*, papa ? avait-elle demandé quand elle l'avait appelé.

Pour être honnête, elle était un peu sur la défensive et dégoûtée par tout ça.

— Écoute, Jenny. Quelque chose semble bizarre là-dedans. Stan est à cent pour cent un mec droit. C'est un homme. Un vrai homme.

Jenny avait levé les yeux au ciel en pensant *ouais, les vrais hommes droits abandonnent toujours sans un mot la femme qu'ils prétendaient aimer.* Avant qu'elle ne puisse évoquer ses pensées, son père avait repris :

— Je l'ai su dès qu'il a commencé à venir il y a des années et Nonni aussi. Je vais tirer au clair cette affaire, mon bébé. Je te le jure.

Mais son père n'avait jamais pu éclaircir quoi que ce soit. Stan avait disparu avec Amanda Marceau et Samantha Gilchrist et c'est tout. Fini.

Après ça, durcir son cœur envers Stan était devenu une tactique de survie et pour cela, elle avait refusé de l'imaginer tenir dans ses bras leur bébé. Et là voilà qui était désormais piégée dans un cauchemar ambulant : voir Stan avec leur bébé dans les bras ! C'était une torture et elle voyait qu'il avait remarqué sa réaction. Honnêtement, elle ne pouvait pas s'en empêcher. L'homme dont elle avait rêvé de partager la vie, celui qui lui avait offert un bébé, tenait leur fils pour la première fois. Et il n'en savait rien.

Il avait pris grand soin d'Hayden quand ils étaient passés du SUV à l'avion, puis l'inverse. Mais c'était Stan, du moins ce qu'il y avait de bien chez lui : courtois et consciencieux à l'extrême.

Toutes les fois où il avait veillé sur elle, à la fac, l'année précédente à Palm Beach et dans les Keys, son attention pour les détails avait été plus grande que tout ce qu'elle avait connu. Même si pour être honnête, il était comme ça à la fac aussi. Toujours devant les autres, à savoir exactement quoi faire, quoi dire, ce qu'elle voulait et ce qu'il lui fallait.

Peut-être était-ce en partie ce qui l'avait poussée vers John. La certitude de Stan. C'était submergeant. Même ainsi, elle se demandait comment elle avait pu s'être autant trompée avec lui. Stan avait toujours été cet homme parfait et incroyable dans sa tête et elle avait vécu avec ces fantasmes si longtemps que la vérité était choquante et douloureuse.

Elle avait cru avoir érigé un mur d'acier solide autour de son cœur au sujet de Stan, mais il venait de revenir dans sa vie et il lui était déjà difficile de rester détachée. Sentir la chaleur de sa grande main sur son dos quand ils avaient quitté la maison, ses bras puissants l'attraper quand elle avait perdu pied, étaient de douloureux rappels de combien cela lui avait manqué. Combien *il* lui avait manqué. Elle aurait aimé qu'il ne la touche pas, même si elle mourait d'envie d'un contact humain autre que celui d'Hayden.

Ils franchirent les portes du domaine des Montgomery au lever du soleil. Son père lui avait expliqué par message qui étaient les Montgomery et ce qu'il leur avait demandé. Il jubilait un peu d'avoir raison sur le fait qu'Amanda Marceau et Alexander Montgomery avaient un truc. En fait, ils s'étaient mariés quelques heures plus tôt. Une fois que les photos étaient devenues virales, son père avait appelé Calder Defense, l'entreprise de sécurité d'Alexander Montgomery. Il n'avait pas dit comment il avait pu avoir le patron lui-même, mais il avait été très clair sur le fait que son isolement auto-imposé prenait fin immédiatement. Marisa était en voyage d'affaires mais avait envoyé un message aussi pour confirmer tout ce que son père avait dit. Surtout la partie sur la fin de son isolement.

On lui avait assuré qu'elle se trouvait avec des *amis* quoi que cela veuille dire dans ce scénario et qu'elle devait prendre un peu de temps pour décompresser. Bien sûr, il ne pouvait pas s'empêcher d'ajouter que Stan *travaillait* pour les Montgomery et n'avait jamais eu de relation amoureuse avec Amanda. C'était une super nouvelle, vraiment, mais pour Jenny, c'était un peu trop tard et ça ne changeait pas le fait qu'il l'ait quittée.

À son grand désarroi, ce fut encore Stan qui l'aida à descendre de voiture. Chaque fois qu'il la touchait, chaque fois qu'il prenait doucement Hayden de ses bras, cela devenait plus dur pour elle de rester calme. Après tout ce temps, voir son fils glissé dans le cou de son père la rendait pratiquement folle. Il lui adressa un regard appuyé qui semblait demander *ça va ?*, face à elle dans l'allée en pierre, et elle hocha la tête, même si ce n'était pas vrai du tout. Il lui tendit le bébé.

Une fois à l'intérieur, la magnifique entrée sur deux étages en marbre et le grand escalier ne furent pas ce qui la surprit le plus, mais plutôt Sam, habillée d'un joli pyjama avec de la dentelle et d'un châle assorti, assise sur l'une des grandes marches. Sa tête reposait sur ses mains sur la marche d'après et elle semblait endormie. Un homme brun terriblement beau, dans un pyjama de luxe, était assis en face des portes à côté d'elle et les observait avec intensité. Jenny le regarda se pencher, secouer doucement son amie et lui chuchoter quelque chose. Aussitôt, Sam bondit et l'homme prit soin de poser ses mains autour de ses épaules pour la stabiliser et qu'elle ne vacille pas et ne tombe pas dans l'escalier.

— Jen, souffla Sam. Oh mon Dieu, je suis tellement contente de te voir.

Jenny ne savait pas trop quoi dire. En vérité, elle était un peu sous le choc, pas juste de voir Sam pour la première fois depuis des années, mais à cause de tous les événements de la nuit. Et peut-être de tout ce qui s'était passé ces quinze derniers mois. Qu'elle soit perdue ne soit pas étonnant.

Sam secoua la tête et tendit la main.

— Quoi qu'il ait dit... ce n'était pas vrai... Quoi qu'il ait fait...

on gérera ça. Je suis tellement désolée qu'on ait été injoignables. C'était inévitable, ajouta-t-elle avec un regard pour Stan.

Jenny garda le silence. On ne passait pas de la méfiance à la confiance en un claquement de doigts. Elle avait appris ça à la dure. En fait, elle le tenait de Sam.

— C'est un garçon ou une fille ? demanda Sam en changeant de sujet.

Intelligent.

— Un garçon.

Là, c'était facile. Sam sourit. Elle était si belle quand elle souriait. Mortellement sérieuse le reste du temps. Si on ne la connaissait pas, on la pensait dure comme la pierre.

— Comment s'appelle-t-il ?

Elle tendit la main pour le toucher doucement.

— Hayden.

Jenny était trop fatiguée pour penser à ce qu'elle disait et comprit son erreur trop tard quand Stan tourna la tête vers elle d'un coup. Son regard croisa le sien et il entra dans leur petit cercle, avec un peu trop de force à en croire le regard menaçant du petit ami de Sam.

— Tu as appelé ton fils comme *mon* père ? cracha-t-il. Tu ne pouvais pas retourner le couteau dans la plaie un peu plus ?

Au début, Jenny fut vexée, mais elle comprit ensuite que sa mauvaise compréhension lui rendait service.

— Pour un homme intelligent et futé, tu es un idiot.

Elle avait presque grogné les derniers mots en serrant Hayden plus près d'elle. Entourée d'étrangers ou presque, perdue au sujet de Stan et avec un besoin de protéger son fils à l'extrême, elle se retrouvait dans le rôle de maman poule, sur la défensive.

Le petit ami de Sam s'interposa devant elle et l'empêcha de voir Stan.

— Je prends le relais à partir d'ici.

Son accent vieillot britannique la surprit. Elle ne s'attendait pas à ça.

— Ne t'en mêle pas, Stephen, gronda-t-il.

— La journée a été terriblement longue, Stan. Forte en émotions pour tout le monde. Madame D'Angelo y compris.

Même si Stephen avait raison, puisqu'elle ne l'avait jamais rencontré, cela faisait bizarre de l'entendre parler d'elle avec familiarité. Mais il y avait quelque chose de réconfortant aussi dans la façon dont il utilisait son nom, avec autorité mais aussi fraternité. Comme si elle se trouvait sous le parapluie protecteur des Montgomery. Ce qui était le cas, à l'évidence.

— Ne. T'en. Mêle. Pas.

Jenny entendit le défi dans les mots mesurés de Stan et soudain, la testostérone crépita dans la pièce. *Oh là là.* Elle avait l'impression qu'une alarme silencieuse s'était déclenchée, car leur groupe de quatre se transforma rapidement en foule. Une grande foule. Trevor et Michael, qui les avaient accompagnés de Palm Beach, franchirent les portes au même moment que deux autres hommes qui se hâtaient depuis deux directions opposées : l'un depuis l'étage, l'autre depuis un couloir sur la gauche.

— Calmons le jeu. Tout de suite, dit l'homme qui descendait l'escalier.

Ainsi venait le seul et l'unique Alexander Montgomery. Elle avait vu les photos. Il était encore plus beau en personne et avait une voix et cadence similaire à celle du copain de Sam, Stephen. Pas de doute : ces deux-là étaient les frères Montgomery.

— Bienvenue chez nous, madame D'Angelo. Je suis Alexander Montgomery.

L'homme qui venait du couloir agrippa Stan par les épaules depuis l'arrière. Il était très beau aussi, ce qui semblait être un thème dans la villa des Montgomery. Ce gars chuchota quelque chose à l'oreille de Stan, ce à quoi il répondit :

— Ne t'en mêle pas, Gregor.

Elle commençait à avoir la sensation que Stan était bloqué sur la fonction « répéter ».

— Votre père nous rejoindra pour un brunch à 10 heures, madame D'Angelo. En attendant, allons tous nous reposer.

Tout le monde semblait avoir reçu un ordre. Jenny laissa

Sam poser son bras dans son dos et la guider à l'étage et l'homme que Stan avait appelé Gregor garda les mains sur les épaules de Stan, le retenant visiblement.

En regardant par-dessus son épaule tout en montant les marches, Jenny vit Gregor tirer hors de la pièce Stan, qui la regardait toujours avec un regard méprisant.

Imbécile. Quel homme bête.

5

Southampton
New York

Stan tremblait. *Lui*. Il tremblait carrément. Il avait l'impression d'être un chien enragé, les poils hérissés. Elle avait appelé son bébé Hayden ! Quel culot ! C'était à *lui* d'utiliser ce prénom-là !

Il n'avait jamais ressenti de colère envers Jenny avant. Pas une fois. Pas à la fac de droit quand elle avait choisi John. Pas après Palm Beach quand elle avait encore choisi John.

Mais là, c'était le cas. Elle avait sali et entaché ce qu'ils avaient eu. Affubler le garçon qu'elle avait eu avec John du nom de *son* père était l'insulte finale.

— Il faut que tu fermes l'œil. Et prennes du recul, dit Gregor en le tirant en arrière.

Ce dont il avait besoin, c'était d'un punching-ball. Et d'au moins une heure.

Stan se débarrassa enfin de la poigne de Gregor et jeta un regard par-dessus son épaule à l'escalier, mais seul Michael s'y trouvait, à porter la dernière valise de Jenny.

Ils se dirigèrent vers l'aile de la maison dédiée à l'équipe et en dépassant la chambre de Gregor, stratégiquement la première à droite, Stan comprit que celui-ci l'escortait à sa propre chambre.

Cette partie de la villa comportait six suites, une salle de sport, une salle de jeu et un salon ouvert avec une cuisine. Bien assez pour accueillir le cercle rapproché sur la côte, même si le reste pouvait facilement être logé dans d'autres parties du domaine.

Gregor lui lança un regard sévère et Stan ravala un rire moqueur. Malgré son air désinvolte et sa frime, Gregor avait un côté sérieux mortel et il fallait s'y habituer.

— Ça va, mec ?

Stan repoussa sa colère un instant et hocha sèchement la tête, choqué de son propre comportement.

— Ouais. Merci.

Stephen avait raison. La nuit précédente – avant que les ordres pour le sauvetage de Jenny soient donnés – avait été le point culminant d'une mission de quinze mois terriblement compliquée. Il avait commencé à travailler pour Amanda un mois après avoir quitté Jenny.

En pensant à Amanda, il secoua la tête en se rappelant ce que Jenny avait dit, qu'elle pensait qu'elle et lui avaient ou avaient eu un truc. *Tu la tenais dans tes bras. Dans les Hamptons.*

John. Quel connard. Bien sûr qu'il lui avait montré des photos, sans doute choisies stratégiquement pour qu'Amanda et lui aient l'air d'avoir une relation.

Stan se rappelait bien l'été précédent. Il était très occupé, ce qui était une aubaine vu comme il était dévasté que ce soit fini entre Jenny et lui. Il avait perdu deux fois avec elle. Mais ayant peu de temps pour réfléchir à autre chose qu'à Amanda, Callie et Sam, il avait fini par mettre ses sentiments de côté, par fermer cette porte pour de bon.

Du moins, le croyait-il. La revoir... être près d'elle... c'était difficile, pour ne pas dire pire.

Seul dans sa chambre, Stan jeta son portefeuille et sa montre dans une boîte à cet effet sur la commode devant sa salle de bains, se doucha et régla son réveil sur 9 heures. Trois heures de sommeil. Il avait déjà vu pire. Et puis, puisqu'Alex et Stephen s'étaient montrés, il n'avait plus à être en charge de tout 24 heures sur 24.

Il n'y avait rien de mieux que de se plonger dans le travail.

Dommage que cette mission-là soit trop personnelle.

6

Palm Beach, Floride
Quinze mois plus tôt

— Jenny ?

Stan était abasourdi de voir la fille sur laquelle il avait *bien plus* qu'un faible à la fac lui rentrer littéralement dedans. Mais elle était là, pas seulement devant lui, mais dans ses bras, *carrément.*

— Stan, dit-elle en levant les yeux vers lui.

Elle semblait aussi surprise que lui.

— Qu'est-ce que tu fais ici ? Je veux dire, tu habites là maintenant ? Tu es en vacances ? Tu es..., bégaya-t-il.

Imbécile, qu'est-ce que tu fais ?

Jenny sourit, ferma ses jolis yeux bruns et secoua la tête, envoyant valser sa longue chevelure blonde.

— Je n'arrive pas à croire que je suis tombée sur toi.

— Tu as le temps pour qu'on mange ensemble, ou un café ? demanda-t-il sans la lâcher.

Jamais il ne la lâcherait juste comme ça. Pas après que le destin l'avait mise sur son chemin.

Elle hésita un instant, puis s'extirpa avec grâce de ses mains et jeta un regard à sa montre. Un bijou simple mais beau sur un poignet délicat. En levant ses yeux surmontés de beaux cils noirs vers lui, elle répondit :

— Un repas, ça serait super.

Après sa réticence initiale, il ne s'attendait pas à ce qu'elle dise oui. Il manqua de bégayer encore une fois. *Lui. Stan, qui avait l'habitude des initiatives.* Jenny lui adressa un petit sourire nerveux, comme si elle était aussi déroutée que lui.

Ne voulant pas lui laisser le temps de changer d'avis, il chercha un endroit proche, remarqua qu'ils étaient dans un coin qui accueillait de nombreuses boutiques et restaurants avec terrasse. La plage était aussi accessible à pied.

— Ici ou près de l'eau ? demanda-t-il.

Il se perdait déjà dans ses beaux yeux marron, qui brillèrent quand elle répondit :

— Près de l'eau.

Il tendit la main pour prendre ses sacs et la guida dans la bonne direction. Soudain, Jenny et lui marchaient côte à côte et avançaient vers son restaurant préféré donnant sur la plage, qui se trouvait être dans l'hôtel où il séjournait. Là-bas, il savait que les plats étaient époustouflants et l'atmosphère spectaculaire. Ils entrèrent par l'arrière au lieu de traverser le hall d'entrée et Stan confia les sacs de Jenny à une hôtesse pour les stocker pendant le dîner, le tout avec un pourboire.

Puis, comme si cet après-midi ne contenait pas assez de surprises, l'hôtesse regarda Jenny et demanda :

— Voulez-vous que je les monte dans votre chambre, madame D'Angelo ?

Stan ne savait pas quelle partie de la phrase il préférait : que Jenny séjourne ici aussi ou qu'elle utilise son nom de jeune fille.

Ils s'assirent dehors à sa table préférée, retranchée dans un coin privé avec une vue dégagée sur l'océan et la piscine. Pendant que le serveur prenait leur commande de boissons et déposait les menus sur la table, Stan dut se remémorer de ne pas la dévisager.

— Qu'est-ce que tu fais là ? demanda-t-il enfin, incapable de ne parler de rien.

Elle inspira profondément, regarda autour d'elle et haussa les épaules.

— Je voulais être dans un endroit où je me sens heureuse.

Il garda le silence, attendant qu'elle s'explique.

— Nonnina est décédée l'été dernier.

— Oh, Jenny, je suis tellement désolé.

Il tendit la main pour effleurer la sienne. Cela brisa la glace entre eux et il put se détendre.

— Elle était incroyable.

Il avait de bons souvenirs de la grand-mère de Jenny. Nonnina ne sortait pas les chips et cookies quand ils étudiaient, elle préparait un festin : lasagnes, rigatoni au poulet et champignons, et son tiramisu maison à tomber par terre.

— Merci. Elle t'adorait elle aussi, dit-elle avec un rire. Mon père aussi.

Elle se tut après cela et, enhardi par son rire, par les souvenirs des sessions de travail avec elle, il demanda :

— Comment va ton père ? Marisa ?

— Ils vont bien.

— Juste bien ? Quelque chose ne va pas ?

Elle pencha la tête.

— Mon Dieu, Stan... je... je n'arrive pas à croire que je suis assise face à toi, là.

Il savait exactement ce qu'elle ressentait.

— Jenny...

— J'ai quitté John.

Bingo ! En plein dans le mille. *Dieu merci.*

— Je suis désolé.

Une réponse de façade, parce qu'il ne l'était pas du tout. Jenny avait pris peur et l'avait fui à la fac. Puis, deux nuits après l'incident de Sam, John l'avait demandée en mariage et Jenny avait dit oui. La fac n'avait jamais été pareille et lui non plus.

Elle haussa les épaules.

— Ce n'est pas acté encore, il nous reste une date d'audience et avec un peu de chance, c'est fini.

Il avait de la peine pour elle, car il se doutait que se séparer des Monroe ne serait pas mince affaire. Ils avaient toujours été une famille indigeste avec de gros contacts politiques.

— Alors tu es là pour le week-end ?

Elle sourit.

— Je suis là jusqu'au 1ᵉʳ avril.

Il rit. OH OUI, la vie s'éclairait. Son soleil était juste en face de lui et partageait ses rayons qui mettaient du baume à son âme. Oui, les portes étaient ouvertes et il était de nouveau amoureux. Mentalement, il prolongea son séjour pour être ici en même temps qu'elle. Il devrait appeler sa sœur et lui faire savoir qu'il ne rentrerait pas avant quelques semaines.

Le serveur revint avec leurs verres et prit leur commande.

Pour le restant du repas, Jenny ne parla plus de son divorce et il ne posa pas de questions. Ils passèrent un excellent moment ensemble, rattrapèrent le temps perdu sur la famille et les amis en commun, comme le décès tragique d'un ami à la fac de droit ; puis, il l'escorta à sa chambre.

— Ça te dit d'aller te promener plus tard ? proposa-t-il, incapable de dire au revoir.

Elle sourit.

— Ça me plairait beaucoup.

7

Southampton
New York

Entourée de ce qui semblait être une petite armée, Jenny fut menée en haut de la grande cage d'escalier des Montgomery, Hayden toujours dans les bras. En regardant autour d'elle, elle fut impressionnée par l'environnement ; elle aurait cru être dans un hôtel 5 étoiles. Des appliques décoraient les murs et leur éclairage léger dévoilait de grandes portes en bois avec des bancs. Un tapis traversait tout le long du couloir, avec de belles plantes en pot de chaque côté. Alexander ouvrit la quatrième porte à droite, puis s'écarta pour qu'elle entre.

— Excusez ma femme de ne pas vous accueillir personnellement, dit-il avec son vieil accent britannique. Nous avons célébré nos noces jusque tard dans la nuit.

— Oh, non ! s'exclama Jenny.

Elle avait momentanément oublié ce que son père lui avait dit sur le mariage et était mortifiée d'avoir été une distraction lors de leur nuit. Elle se sentait aussi coupable d'avoir pensé tant de mal d'Amanda pendant si longtemps, sans raison, vu ce que lui avait dit son père.

— Je suis tellement désolée.

Il secoua la tête.

— Pas besoin de vous excuser. Ce n'est qu'une formalité.

Ne sachant que penser, elle laissa couler cette étrange remarque, ainsi que le dialogue entre son hôte et son frère en français. Elle n'avait pas beaucoup de temps pour réfléchir à tout ça, car Sam la poussa doucement dans une jolie suite décorée de teintes douces telles que le blanc, le beige et le bleu pervenche. Contre le mur tapissé se trouvait un lit king size avec des draps en lin sur mesure et des oreillers parfaitement placés. Une causeuse douillette, deux fauteuils et une table basse dressaient le tableau d'un espace accueillant à l'avant du lit. Les grandes baies vitrées étaient drapées d'un tissu de qualité et donnaient sur une partie de la propriété. Un berceau et une table à langer avaient été disposés dans une petite alcôve entre le lit et la salle de bains.

Le petit ami de Sam – l'autre Montgomery – les suivit avec ses affaires et les plaça dans le grand dressing. Il lui fit un signe de tête, adressa un dernier regard à Sam et quitta la pièce.

— Ton copain semble...

— Ce n'est pas mon copain, la coupa Sam en agitant la main.

— Oh.

Jenny fit la grimace.

— Je peux t'aider avec Hayden ? proposa-t-elle pour changer de sujet.

Joli détournement Samantha, mais je ne te laisserai pas faire.

— Attends, tu veux dire que M. Grand, taciturne et ridiculement sérieux n'est pas ton petit ami ?

Sam secoua la tête et elle insista :

— Il le sait ?

— Je ne sais pas trop ce qu'il sait.

Elle haussa les épaules puis admit avec un joli sourire doux qu'elle réservait uniquement à ceux qui étaient les plus proches d'elle :

— Ce n'est pas vrai. Il y a bien quelque chose entre nous. C'est juste... eh bien, on n'en parle pas, disons.

— Je suis contente pour toi, Sam. Tu le mérites.

Sam repoussa son commentaire d'un geste de la main.

— Écoute, on a tous eu des difficultés au fil des années. Je suis désolée pour John. Il y avait quelque chose de *trop bien* chez lui et sa famille, si tu vois ce que je veux dire. C'est souvent ce genre de personnes qui cachent un côté obscur sous la surface. À moins que leurs psychoses grossissent avec le temps.

— Donc tu as parlé avec mon père, devina-t-elle en haussant un sourcil.

— Argh, je suis désolée, Jen, s'excusa-t-elle d'un ton contrit.

Jenny haussa les épaules. Il était tard et elle était épuisée.

— J'ai l'impression d'avoir eu ce que je méritais.

— Pourquoi dis-tu cela ?

Sam semblait horrifiée.

— C'est simple. J'ai choisi John plutôt que Stan.

Le karma est dur. Mais elle semblait être la seule à continuellement payer.

— Tu avais peur. Si nous avions su ce que nous savons maintenant, on aurait tous fait les choses différemment.

Par chance, aucune d'elles n'avait envie de détailler davantage les abysses de leur vie et comment elles en étaient arrivées là. Sam l'aida à défaire ses affaires et changer Hayden, lui dit de se reposer un peu et promit de la revoir dans quelques heures.

Jenny n'arrivait pas à dormir et resta allongée au lit avec Hayden, qui commençait à s'énerver sans qu'elle comprenne pourquoi. À 9 heures, quand Hayden eut enfin dormi un peu, elle se doucha, les habilla tous les deux et se dirigea en bas. En chemin, elle rencontra Helen, l'infirmière chargée du bébé d'Amanda, qui prit immédiatement Hayden dans ses bras. Le temps qu'elles se séparent en bas de l'escalier, elle avait complètement captivé l'attention du petit garçon. Même quand Helen reposa Hayden dans ses bras, il tourna la tête pour voir où elle était partie et tendit ses petites mains vers elle. Jenny sourit. Helen avait visiblement choisi le bon poste.

Dès qu'elle traversa le hall d'entrée, elle entendit des bavardages. Les portes-fenêtres étaient ouvertes à l'arrière et une agréable brise maritime emportait l'odeur de l'été de la côte. De grands meubles en fer forgé avec des coussins blancs étaient agencés sur la terrasse en pierre qui faisait toute la longueur de la maison. Plusieurs espaces distincts avaient été créés via un bar et des tables disposées stratégiquement. Deux grandes tables carrées, chacune capable d'accueillir seize personnes, étaient remplies. Jenny aimait ce genre de mise en place, plutôt que les tables ovales ou rectangulaires. Personne n'était à l'écart comme ça. Au moins, tout le monde pouvait se voir. Quand elle franchit les portes, les hommes se levèrent.

Jenny ne savait pas trop dans quoi elle s'était fourrée, mais tout le monde souriait et semblait détendu.

Tout le monde sauf Stan.

Elle posa le regard sur son père, qui la rejoignit et la guida vers une chaise près de lui. Il la serra dans ses bras fort, l'embrassa sur le front et tendit les bras vers son petit-fils. Pendant qu'elle le suivait, Alexander s'occupait des présentations de manière simple et formelle. Vu la quantité de gens réunis, il fit un beau travail. C'était un peu écrasant, mais elle ne pouvait nier la tendresse qu'elle ressentait. Jenny ne se rappelait pas la dernière fois qu'elle avait été reçue avec autant de sourires amicaux et de contacts humains. Quand elle dépassa Sam et Amanda, elles se levèrent toutes deux et la serrèrent dans leurs bras. Ses précédentes hypothèses corrigées, il était facile de rendre à Amanda son étreinte, en toute honnêteté. L'animosité que Jenny avait ressentie pour elle avait disparu depuis qu'elle avait appris qu'elle et Stan n'avaient rien eu ensemble.

Peut-être que ce repas ne serait pas si terrible, finalement.

8

Southampton
New York

Il boudait. Et alors ?

Pour sa défense, Stan ne s'était pas senti aussi impliqué depuis longtemps. Avec un peu de chance, ça passerait vite. Sinon, il serait de mauvaise humeur jusqu'à la fin du repas.

Peut-être même jusqu'au dîner.

Stan en était venu à adorer – vraiment – ce nouvel arrangement avec les Montgomery. Il travaillait encore jour et nuit, mais ses responsabilités quotidiennes suivaient un schéma agréable mêlé d'un peu de tout. Faire partie du cercle rapproché, qui comprenait Alex, Stephen, Gregor, Michael, Trevor et Evan, était un véritable honneur. Mais partager une table avec Jenny le tuait.

D'abord, elle était superbe avec ses cheveux blonds lisses et ses grands yeux marron. Bordel, elle lui avait toujours fait de l'effet. Un regard pour elle de l'autre côté de l'amphithéâtre pendant un séminaire des années avant avait causé sa perte. Comme s'il avait un signal lumineux fixé sur elle qui hurlait *C'est la femme de ma vie*. Avec le recul, il aurait aimé qu'il dise plutôt *DANGER ! DANGER !*

Elle portait une jolie robe et même si elle n'avait pas pu dormir plus de trois heures, elle avait l'œil vif et était splendide. Sérieusement, que quelqu'un le frappe. Et pour couronner le tout, elle portait son petit garçon. Un garçon qui aurait dû être à lui.

De retour dans les bras de sa mère, le bébé était serré contre sa poitrine, la tête enfouie dans son cou. La main qu'elle avait posée sur son dos était vierge de bijoux, à part un joli bracelet en agent de Tiffany & Co, attaché à son poignet. Il savait d'où il venait parce qu'ils y étaient allés ensemble sous prétexte d'offrir à sa sœur un cadeau d'anniversaire. Jenny l'avait regardé tandis que *lui* regardait les bagues. Il avait voulu lui offrir ce bracelet, mais elle ne l'avait pas laissé faire. Deux coups pour le prix d'un en dix secondes. Pas son bébé, pas son cadeau. Et cela résumait sa chance quand il s'agissait de Jenifer Lynne D'Angelo : PAS À LUI.

Oui, d'accord, il était donc agacé. Pas un beau visage à porter et un sentiment encore pire.

Gregor lui donna un coup de coude et indiqua le panier en lin argenté devant eux, qui regorgeait de pâtisseries.

— Je vois que tu es encore un peu embrumé.

Stan lui lança un regard plissé. Plus tôt, Gregor avait dit qu'il avait besoin d'y voir plus clair et maintenant ça ? *Embrumé ?* Qu'est-ce que c'était censé vouloir dire ?

— Tu as quelque chose à me dire ? demanda-t-il, de manière un peu plus ronchon qu'il ne l'aurait fait normalement.

Il passa le panier à Gregor, qui lança un regard à Alex. Quoi qu'ils se dirent, cela poussa Gregor à répondre :

— Non. Tout va bien, mec.

Se rendant compte qu'il renvoyait des ondes hostiles, Stan tenta une approche directe. Autant *essayer* d'être cordial. Et puis, Jenny partirait avec son père après le repas et ce serait terminé.

Encouragé par son humeur améliorée, il fit la conversation

sur les plannings à venir avec ceux à son coin de la table. L'équipe était sur la côte Est depuis quelques mois, le temps des vacances de Callie, alors ils s'habituaient encore à cette nouvelle base et résolvaient quelques problèmes logistiques. C'était une chose de vivre ici avec Amanda l'été dernier, il avait un seul travail : la garder en sécurité. Mais maintenant, sous l'égide des Entreprises Montgomery et surtout de Calder Defense, il avait une entreprise de sécurité à gérer et une troupe entière à sa suite. Les choses se réglaient et cela rendrait leur transition l'année suivante plus facile, puisque l'été sur la côte Est était voué à se reproduire.

Stan sentit soudain qu'on tirait sur la manche de sa chemise et quand il baissa les yeux et vit Callie, toute tension restante en lui se dissipa complètement. Comment pouvait-il ressentir de l'animosité quand l'une des meilleures choses de sa vie était juste là ? Stan la souleva sur ses genoux et elle chuchota :

— Je peux avoir un croissant, s'il te plaît ?

Il rit et écarta ses cheveux de son front.

— Maman t'a dit d'arrêter, c'est ça ?

Il appréciait de voir Callie aussi à l'aise avec lui, même si c'était logique, puisqu'il avait fait partie dans sa vie de manière plus consistante que son propre père ces quatorze derniers mois. En regardant Callie, puis Zander, Stan fit quelques calculs. *Attends.* Quelque chose venait de surgir dans son cerveau et ça n'avait aucun sens. Il jeta un regard à Jenny et chercha les différences entre Zander et Hayden, essayant de jauger l'âge d'Hayden. Vu la chronologie, Zander devait avoir quelques mois de plus que le garçon de Jenny. Alors si Zander avait cinq mois, Hayden devait avoir quoi, trois... quatre mois ? Stan secoua la tête. *Impossible.* Hayden avait un regard vif et tenait sa tête tout seul, il ne ressemblait pas à un nourrisson...

— Tu m'écoutes ? gloussa Callie, interrompant les calculs frénétiques de Stan.

Elle toucha son visage avec sa petite main et haussa les épaules.

Absolument pas. Il sourit et appuya sur son nez.

— Désolée, ma poupée.

Un éclat dans les yeux, elle répéta :

— Maman a dit que les fraises au chocolat et la tarte chiffon étaient pour le dessert et que je pouvais avoir l'un *ou* l'autre.

Il jeta un regard de l'autre côté de la table, où Amanda, Alex, Stephen et Sam observaient, tout sourires. Oui, Callie les menait tous par le bout du nez. Exactement comme l'avait sûrement prédit la petite fille, il céda, prit le panier et tira le drap en lin pour qu'elle puisse choisir parmi les pâtisseries. Les quatre qui les observaient rirent et il les rejoignit bien vite.

Sa marchandise en main, Callie glissa de ses genoux et sautilla autour de la table avant de s'arrêter entre Stephen et Alex. Son père avait Zander dans les bras, alors elle grimpa sur les genoux de Stephen, puis commença à arracher des petits bouts pour nourrir son frère dans un chœur de *ohhh* autour de la table. Oui, Callie était une enfant gentille.

L'attention de Stan fut attirée par son propre nom, prononcé par le père de Jenny qui parlait à Amanda.

— Vous le croyez, vous, elle pensait que vous et Stan aviez un truc !

— *Papaaaa.*

Jenny ne semblait pas ravie qu'on révèle sa vie personnelle à table. Stan détourna le regard, mais ne put s'empêcher de sourire. *Bienvenue au cirque, Jenny.*

D'un autre côté, M. D'Angelo marquait un point. Comment avait-elle pu croire qu'il sortait avec Amanda ? Il avait acheté à Jenny une bague le jour où ils s'étaient quittés ! Une jolie bague. Une *groooosse* bague.

Pour autant que Stan le sache, cette bague se trouvait toujours dans le coffre de l'hôtel à Palm Beach. Le manager, Henry, l'avait appelé un mois plus tard en lui disant qu'il ne savait pas ce qu'il devait faire de cette bague. Puisque Stan était au Royaume-Uni, Henry avait dit qu'il la garderait en sécurité jusqu'à son retour. À l'époque, il pensait qu'il irait la chercher un jour, qu'il la garderait sous la main comme forme de punition.

— Écoute-moi bien, Jenifer Lynne D'Angelo, reprit le père de Jenny. Ça suffit. Qu'on règle ça une bonne fois pour toutes.

— Pourquoi ?

Stan se tourna vers elle, quelque chose qu'il avait essayé de ne pas faire. Elle semblait mortifiée. Il sentait sa douleur. Jenny avait raison : pourquoi ? Autant laisser couler.

M. D'Angelo écarquilla les yeux.

— *Pourquoi ?* J'en ai plus qu'assez que tu penses que John a le pouvoir de me faire du mal. J'écraserai ce rat si vite qu'il ne saura pas ce qui l'a frappé. Je veux te voir. Je veux voir mon petit-fils. Je veux que tu recommences à vivre. À *vraiment* vivre. J'ai une grande maison en bas de la rue qui est presque vide. Quant à Stan, ajouta-t-il en le montrant, *cet* homme peut veiller sur lui-même. Tu as fait pile ce que voulait John, mon bébé. Tu ne le vois pas ?

Stan observa Evan faire son geste habituel : poser son téléphone sur la table et appuyer sur enregistrer avant de l'approcher du père de Jenny. Bien sûr, le psy de l'entreprise ne laisserait pas une occasion comme ça filer.

À présent, M. D'Angelo avait l'attention de toute la table, y compris quelques invités de mariage qui traînaient encore et n'étaient pas partis. Cherchant à arborer un air détaché, Stan se concentra sur le grand arbre en pot à côté des portes-fenêtres et commença à compter les feuilles. Même si bien sûr, il était tout ouïe. Très alerte.

— Papa ! siffla Jenny. Ce n'est ni le moment ni l'endroit.

— Vraiment, Jenny ? Parce qu'à mon avis, c'est pile le moment et l'endroit. J'ai appelé Alex pour une raison. La sécurité en est une. Je sais que tu t'inquiètes encore et que tu regardes toujours par-dessus ton épaule. Mais tu es en sécurité ici. Le bébé est en sécurité ici. C'est ma priorité. Mais si j'ai appelé Alex, c'est aussi pour que tu sois avec des amis. Tu as été isolée trop longtemps. Et je ne vous laisserai pas, Stan et toi, vivre dans un brouillard de quiproquos.

Stan tourna la tête vers M. D'Angelo d'un coup, les yeux plissés. *Quels quiproquos ?*

Comme si elle avait lu dans ses pensées, Sam intervint :

— Quels quiproquos ?

Ses yeux allèrent d'abord vers M. D'Angelo, puis vers lui et Jenny.

— Jenny et Stan…, commença M. D'Angelo.

— Papa ! le coupa Jenny.

— Attendez, firent Amanda et Sam à l'unisson les yeux écarquillés. Stan et toi ?

Eh ben quoi ? songea Stan. Ils avaient eu un truc. C'était fini. Malgré tout, la colère monta. Vu l'expression de Jenny et le silence, elle ressentait la même chose. Des deux tables préparées pour le repas, celle à droite bavardait joyeusement alors qu'à la leur, on pouvait entendre une mouche voler.

— Quand ? demanda Sam.

Puisque ni Jenny ni Stan ne pipèrent mot, M. D'Angelo s'en chargea :

— Le printemps de l'année dernière.

Il semblait un peu exaspéré que personne ne soit au courant.

Amanda et Sam se regardèrent, visiblement le cerveau en ébullition. Oui, les filles, ce printemps-là. Stan leva les yeux au ciel et secoua la tête d'un air frustré, agacé par cette conversation. Étrangement, Alex, Stephen et Gregor semblaient impassibles. Gianni avait dû le leur dire. Stan se demanda pourquoi Jenny avait pris la peine de le dire à son père. Clairement, ce n'était pas comme si leur *amourette* – autant la dévaloriser aussi – avait eu beaucoup de conséquences. Ils avaient passé deux semaines incroyables. *Sublimes.* Il admettrait toujours que c'était vrai. Mais elle était repartie trouver son mari et c'était terminé. Pourquoi M. D'Angelo ressentait-il le besoin de le dire à tout le monde ? Il ne comprenait pas.

Soudain, tous les regards étaient sur lui. Stan se rembrunit. Il savait qu'il était sur la défensive. Voire agressif. Le poil de nouveau hérissé, il adressa un hochement de tête courtois, mais résolu et conclut :

— Je. N'ai. Rien. À. Dire.

Même s'il refusait de la regarder, il entendit malgré tout son *excusez-moi* et le bruit de sa chaise qui grince avant qu'elle ne rentre.

Eh bien, à plus.

Après un long silence gênant de tous ceux assis à table, Gregor se tourna vers lui.

— Allez, mec.

Quand il haussa les épaules, Gregor secoua la tête et souffla.

Son comportement commençait sérieusement à agacer Stan.

9

Southampton
New York

Jenny referma la porte-fenêtre derrière elle et Hayden au moment où la première larme coulait. Elle fut mortifiée de les entendre se rouvrir alors qu'elle s'approchait du hall d'entrée.

— Jen, attends.

C'était Sam.

Elle fit volte-face.

— Je ne peux pas gérer ça maintenant. Je ne sais même pas *pourquoi* on devrait gérer ça, Sam.

Sa voix se brisa et elle essuya ses larmes, mais elles continuaient de couler. La barrière émotionnelle qu'elle avait érigée n'était clairement pas aussi forte qu'elle le pensait vu la rapidité avec laquelle des sentiments qu'elle pensait enterrés depuis longtemps remontaient à la surface. Soudain, Helen était là à tendre les bras. Son air sympathique en disait long : *allez pleurer un bon coup, mais laissez le bébé.*

Pendant son mariage, Jenny avait perfectionné l'art de pleurer à l'intérieur. Les piques subtiles de John la blessaient comme des lames de couteaux et même si elle avait appris à cacher ses réactions, elle était morte de l'intérieur un peu plus à chaque fois. Depuis le divorce, depuis qu'elle vivait seule et qu'elle avait Hayden, elle avait commencé à guérir, en partie en s'autorisant à reconnaître ses blessures, à examiner ses erreurs et pleurer ouvertement les déceptions qu'elle avait subies. Cela avait été cathartique et avec le temps, elle en était devenue plus forte et meilleure. Mais si elle avait mis son mariage derrière elle, elle n'était toujours pas prête à se pencher sur ses sentiments pour Stan.

Avant, Jenny était sûre d'avoir surpassé ça, mais être près de lui était difficile voire pire, et elle n'était pas prête à voir leur histoire récente étalée en public.

— Je ne sais pas ce qui s'est passé, mais quoi que ce soit... ce n'est clairement pas terminé, dit Sam.

— Je veux juste rentrer chez moi, gémit Jenny.

Une fois encore, elle essaya de couper court au flot de larmes. Pourtant, le regard compatissant de Sam quand elle la prit dans ses bras ouvrit les valves encore plus. Jenny recouvrit son visage de ses mains et s'appuya à son amie. C'était la première fois que Jenny se laissait pleurer pour Stan devant quelqu'un d'autre, ce qui voulait dire que c'était la première fois qu'on la réconfortait pour ça. Elle n'avait jamais craqué devant Marisa ou son père et avait plutôt bouché le trou dans son cœur pour pouvoir continuer. Pleurer dans les bras de Sam rendait la chose plus réelle. Recevoir du soutien – une validation – faisait bien plus mal que de pleurer leur relation dans la solitude. Au moins, à l'époque, tout ce qu'elle avait, c'étaient les histoires dans sa tête.

Le gros de sa vie, Jenny avait vécu de rêves et fantasmes créés par son imagination, un autre mécanisme qui l'avait apaisée pendant son mariage avec John. À y réfléchir, ça n'avait peut-être pas été le meilleur outil, mais avant ce voyage chez elle qui lui avait ouvert les yeux, ces échappées temporaires avaient été salvatrices. Même après Palm Beach. Combien de fois avait-elle imaginé Stan la soulever du sol, espérant malgré tout qu'il surgisse et lui dise que tout ça n'était qu'un terrible malentendu ?

Rien de ce qui s'était passé après l'accident n'avait de sens. Elle avait beau retourner tout ça dans sa tête, elle n'arrivait pas à comprendre. Dès l'instant où ils s'étaient rentrés dedans, c'était évident que leurs sentiments ne s'étaient pas estompés au fil des années. Ils avaient été quasiment inséparables dès le début. Comment pouvait-elle réconcilier cet homme, celui avec lequel elle avait été à Palm Beach avec cet homme froid, détaché et en colère ? Comment pouvait-elle oublier les souvenirs de cette excursion aux Keys en milieu de semaine, qui avait gravé dans son esprit que sans l'ombre d'un doute, Stan et elle étaient *faits* pour être ensemble ? Elle avait examiné ses souvenirs presque sans relâche après être rentrée et avoir mis fin à son lien avec John une bonne fois pour toutes, mais elle n'avait pas trouvé de réponse.

Une chose était devenue très claire ce matin : Stan l'avait vraiment abandonnée. Jenny le savait déjà, mais ses mots insensibles et son comportement au repas étaient la claque qu'elle n'avait pas reçue à l'époque. Ça lui permettrait de passer à autre chose, mais c'était terrible.

Cet instant calme avec Sam fut interrompu par la porte-fenêtre qui s'ouvre et des gens qui commencent à entrer. Sam l'attrapa par la main et la mena dans le couloir vers une jolie pièce ensoleillée avec des fenêtres du sol au plafond. Jenny s'installa dans un coin dans une causeuse confortable et serra un des gros coussins décoratifs en forme de sphère sur ses genoux. Elle retira ses chaussures et glissa ses pieds sous elle. Elle était reconnaissante de cette distraction et regarda autour d'elle, ce qui l'aida à se reprendre.

Sam prit un pichet sur une table près des portes, mais Jenny secoua la tête.

— Ça ira. Cette pièce et si jolie. Et quelle belle vue.

En regardant par la fenêtre, elle vit le terrain du domaine qui s'étendait sur des centaines de mètres jusqu'à l'eau et vit la même distance au nord et au sud de la propriété.

— *Belle* ? Vraiment ? fit Sam avec sarcasme.

Jenny lâcha un petit rire et haussa les épaules.

— Qu'est-ce que je suis censée faire, Sam ? Rester assise ici et pleurer toute la journée ? Je ne le ferai pas. Du moins, je l'espère, ajouta-t-elle en levant les yeux au ciel.

Elles s'esclafferent toutes deux et quelqu'un frappa à la porte avant de l'entrouvrir. Amanda glissa sa tête à l'intérieur.

— Je peux entrer ?

Sam lança un regard à Jenny qui acquiesça.

— Bien sûr. C'est ta maison.

Amanda s'avança droit vers la causeuse et s'assit à côté d'elle.

— Je suis tellement désolée, Jen. Je ne l'ai jamais vu comme ça. Ça va aller ? demanda-t-elle sincèrement inquiète.

— Je survivrai, répondit Jenny.

Mais ce nouveau visage sympathique réveilla de nouvelles larmes.

— Je l'aimais vraiment.

Elle couvrit de la main sa bouche en essayant d'étouffer un nouveau sanglot. Il lui fallut un bon moment, les mains de nouveau sur les yeux, mais ses pleurs s'arrêtèrent et elle put inspirer profondément pour se calmer.

Sam et Amanda gardèrent le silence, mais elles étaient clairement surprises de ce commentaire.

— Alors… qu'est-ce qui s'est passé ? demanda Sam.

— Autant vous le dire puisque c'est si évident maintenant. On s'est croisés par hasard à Palm Beach il y a quinze mois et on a repris les choses là où on les avait laissées à la fac de droit. Du moins, c'est ce que je croyais. Il m'a emmenée aux îles Keys.

— Oh, Jen.

Sam savait le sens derrière ça.

— Je me demande pourquoi Alex voulait tant envoyer Stan hier soir, commenta Amanda l'air perplexe. Ou d'ailleurs, pourquoi ton père insiste pour que tu restes ici. Non que tu ne sois pas la bienvenue. J'adore que nous soyons de nouveau toutes ensemble. On s'amusait tellement quand je rendais visite à Sam.

L'expression d'Amanda changea alors, comme si elle se rappelait soudain comment ils étaient passés de l'insouciance au sérieux.

Jenny expira bruyamment.

— Eh bien, je suis sûre de savoir pourquoi ton mari a envoyé Stan *et* pourquoi mon père me veut ici.

Elle marqua une pause. Avec Stan tout près, Jenny ne pouvait pas lui cacher Hayden. Elle ne se sentait pas mal qu'il n'en sache rien – après tout, *elle* l'avait appelé. C'était lui qui l'avait jetée, qui était parti sans même un au revoir, sans même donner de raison. Elle avait essayé de lui dire. Ce n'était pas sa faute s'il ne savait rien pour son fils. Mais elle ne pouvait pas le dire à Sam et Amanda avant Stan.

Ce n'était pas facile de vivre et avancer sans Stan, mais au moins, il n'était pas présent. Être près de lui, dans la même pièce que lui, sans qu'il parvienne à être courtois, rendait la chose presque impossible. Elle ne savait même pas vraiment pourquoi il se comportait comme ça. C'était *lui* qui l'avait quittée *elle*.

Tout en réfléchissant, elle se rappela quelque chose qu'il avait dit la veille. *Tu es retournée avec lui.* Comment avait-il pu penser ça, alors que c'était lui qui ne lui avait pas répondu.

Se rendant compte que Sam et Amanda attendaient toujours qu'elle poursuive, elle leur adressa un petit sourire et déclara, bien que ce soit évident :

— Stan et moi avons des affaires encore en cours.

— Eh bien, on est toutes les deux là pour toi, proposa Amanda en lui prenant les mains. Jen, Stan et moi n'avons jamais été ensemble. Pas même un peu. JAMAIS.

Jenny sourit, acceptant l'étreinte offerte par Amanda et quand celle-ci s'écarta, elle lui confia :

— Evan s'est mis en mode pro, alors si tu ne veux pas de session de thérapie, je te suggère de te cacher ici un moment.

— Evan ? Le gentil docteur qu'on m'a présenté ?

— Lui-même. Il est gentil. Il se trouve être l'un des meilleurs psychiatres du monde. C'est une longue histoire, mais pour la faire courte, Evan fait partie intégrante de notre famille et de l'équipe de mon mari, ce qui revient au même.

— Tu veux dire du cirque, corrigea Sam en riant.

Amanda leva les yeux au ciel.

— Oui, c'est bien plus approprié.

Elle regarda sa montre et s'excusa :

— Je dois saluer nos derniers invités. Tout le monde va partir dans l'heure.

— Amanda, je suis tellement désolée de m'être immiscée dans ton week-end de noces.

— Ne sois pas bête. Nos vies n'ont été que collision après collision. C'est normal, je t'assure.

— Tu veux rester un peu ici ? Je dois dire au revoir aussi, s'excusa Sam.

Jenny hocha la tête. Elle n'était pas prête à affronter l'extérieur. Du moins, pas pour l'instant.

— Hayden commence à faire ses dents et peut piquer de grosses crises. Vous pourrez faire savoir à Helen où je me trouve ?

Elles s'esclaffèrent toutes les deux.

— Helen est une maman de compétition sous stéroïdes et elle *adore* les bébés. Tu devras sûrement la chercher. Crois-moi, Hayden est entre de bonnes mains.

Là-dessus, elles partirent et Jenny se retrouva seule avec sa nouvelle réalité : comment allait-elle dire à Stan qu'il était le père d'Hayden ?

10

Palm Beach, Floride
Quinze mois plus tôt

Après le déjeuner, composé d'un repas de trois heures où ils rattrapèrent ce qu'ils avaient manqué de la vie de l'autre, les détails de celle avec John exceptés, Stan avait raccompagné Jenny à sa chambre. Elle ne s'attendait à rien de moins. C'était Stan, gentleman jusqu'au bout. Nonnina le lui avait toujours fait remarquer. En fait, quand Jenny avait dit à sa grand-mère qu'elle était fiancée, elle avait cru que c'était avec Stan. Vu les conséquences de l'agression de Sam, ce n'était pas déraisonnable que Nonnina ait pensé que Stan avait pris le taureau par les cornes et accéléré leur relation à la hâte.

Elle et Stan étaient encore excités de tout se dire et de rattraper le temps perdu pour être ensemble, alors l'ascenseur termina son ascension et le couloir fut traversé sans qu'elle s'en rende compte. Ils jetèrent un coup d'œil dans sa chambre et confirmèrent que ses sacs de shopping avaient été montés, puis Stan s'appuya au cadre de la porte et proposa une promenade le soir sur la plage. Elle accepta presque aussitôt. Franchement, elle avait hâte.

Il lui fallut *bien* plus de temps pour s'habiller que d'habitude, mais elle sélectionna finalement une tenue qu'elle venait d'acheter pendant sa sortie shopping : un pantacourt, une chemise sans manches et des sandales à lanières. Quand elle retrouva Stan en bas de l'escalier de dehors, il était appuyé à la rampe, habillé d'un jean et d'une chemise en tartan bleu foncé et vert. Les flammes du feu éclairaient son visage et ses yeux noisette, qui ressortaient avec les deux couleurs de sa chemise. Elle avait toujours aimé combien ils semblaient verts parfois et bleus d'autres fois.

Il tendit la main et elle la prit, sourit comme si c'était la meilleure chose qui lui soit arrivée. En plongeant les yeux dans son regard droit et apaisant, Jenny sentit que c'était exactement là qu'elle était censée être. Enfin. Avec lui.

Ils marchèrent main dans la main sur un pont en bois et descendirent un escalier vers la plage avant de retirer leurs chaussures en arrivant sur le sable. Stan les rapprocha de l'eau pour bénéficier du sable mouillé, sur lequel il était plus facile de marcher. Il ne lâcha pas sa main et franchement, elle n'en avait pas envie. Elle continua de lui jeter des regards, lui qui était juste à côté d'elle. Il était beau, l'incarnation même du quarterback américain devenu un homme solide, assuré et en contrôle jusqu'à la moelle. Ce soir-là, il était inhabituellement calme, voire même pensif, ce qui était très différent du bavardage animé du midi.

— Ça va ? demanda-t-elle après quelques minutes de silence.

Elle détestait avoir l'air nerveuse et pleine d'espoir. Il s'arrêta de marcher et la regarda, puis baissa les yeux vers leurs mains jointes.

— Jenny... Wow...

Il encercla sa taille de ses grandes mains et la souleva loin d'une méduse qui s'était échouée sur le rivage. Quand il la reposa, elle s'appuya à lui et l'entendit grogner légèrement quand leurs corps se touchèrent complètement. Elle était d'accord à cent pour cent : ça faisait un bien fou de se toucher. Il l'attira plus près et ne la lâcha pas. Soudain, ils se trouvaient si proches, son cœur tambourinait de manière incontrôlable, mais quand elle leva les yeux vers lui, il secoua la tête.

— J'ai des problèmes, là, Jenny.

— Oh, on en a tous les deux.

Ses yeux soutinrent les siens, transmirent leurs intentions et il se pencha pour l'embrasser. Elle gémit dès l'instant où ses lèvres la touchèrent. Si elle avait été en charge des choses, le baiser aurait été sauvage et passionné, mais l'approche de Stan était largement mieux, parfaitement lui. Pourquoi en serait-il autrement ? Stan faisait tout avec expertise.

Il la tint près de lui, posa sa paume sur sa nuque, mêla ses longs doigts à ses cheveux, la guidant dans une lente ascension de geste contrôlé et passionné. Elle gémit chaque fois qu'il la titillait avec sa bouche et ses lèvres, transformant le baiser en quelque chose de plus profond tout en prenant son temps. L'impact était tellement plus conséquent. Il s'écarta et essuya les lèvres de Jenny du pouce. *Oh là là.*

Ses yeux brillaient et le sourire sur son visage était sûrement accordé au sien. Puis, il lui prit la main et recommença à marcher, sans dire un mot. Il la souleva quelques minutes plus tard lorsqu'une autre méduse apparut, cette fois en la serrant contre lui. C'était léger, comme s'il n'avait pas pu s'en empêcher parce qu'il était trop heureux d'être avec elle. C'était incroyable.

Il ne l'embrassa pas de nouveau, mais quand ils se dirigèrent vers l'escalier où ils avaient laissé leurs chaussures, il secoua les siennes et la maintint en équilibre le temps qu'elle les remette.

— Il y a un super bar dansant sur place, lui apprit-il avec une nonchalance contrôlée. Ça te dit d'y aller ?

Jenny dissimula un sourire. Elle connaissait ce bar, elle y avait passé toutes ses soirées depuis son arrivée. Il avait des murs entiers de fenêtres qui s'ouvraient complètement, créant une ambiance dedans-dehors. Ajouté à cela la super ambiance, la musique et la danse… elle était partante.

— Oui, s'il te plaît.

Quand ils passèrent devant les toilettes, elle fit un geste de la tête.

— Je t'attends là.

— Ça ira, l'entrée est à vingt pas.

— Tu veux boire quelque chose ?

— On partage ?

Une vieille habitude, qu'elle avait presque oubliée avant de dire ces mots.

Il sourit.

— On prend quoi ?

Ce n'était pas la première fois.

— Choisis.

Il la laissa avec un hochement de tête ferme – sa manière de dire oui.

Dans les toilettes, Jenny faillit ne pas se reconnaître dans le miroir. Ses yeux éclatants, ses joues roses et le bonheur absolu sur son visage étaient étonnants. *Merci, Nonni, je sais que c'était toi.*

Puis, elle entra dans le bar, Stan était face à elle, les coudes appuyés au comptoir, à la jauger du regard avec plaisir. Bon Dieu, la voilà, des années plus tard, enfin à ne plus avoir peur de la puissance de ce truc entre eux. Physiquement, l'alchimie était extraordinaire, ça avait toujours été, mais cela s'ancrait dans des sentiments mutuels et profonds. Des sentiments qu'à l'évidence, ils entretenaient toujours.

La piste de danse était bondée, pas seulement des invités de saison, mais aussi des habitués – le bar ne pouvait pas avoir un tel succès sans attirer les locaux. Le DJ passait de l'électro et quand un vieux titre qu'ils adoraient à la fac surgit, Stan sourit, ses yeux brillant comme des rayons laser. Elle était grisée de savoir où cela les mènerait. Ils avaient appris la danse érotique à la fac, grâce à une amie de Sam, Amanda, qui lui rendait visite parfois. À l'époque, elle étudiait la danse classique et elle et ses camarades se lâchaient en faisant l'opposé. Amanda avait appris à Sam et à Stan tout ce qu'elle savait. Que le DJ mette *cette* musique, pile à *ce* moment était un autre signe de l'au-delà.

Stan s'écarta du bar et avança à pas de loup, déjà en rythme. Après ce baiser sur la plage, l'excitation de ce qui venait était enivrante. Il attrapa sa main et la mena au centre de la piste déjà bien occupée. Aucun mot n'était nécessaire : quand il se tourna vers elle, leurs yeux se croisèrent et, renonçant à une lente montée en puissance, ils collèrent leurs corps l'un à l'autre comme s'ils n'avaient jamais cessé d'être aussi proches. Puis, le meilleur commença. Le rythme stable de la musique et leurs mouvements experts les occupèrent une bonne partie de la nuit.

Quand le bar ferma, elle était transpirante et avait chaud, mais elle ne se rappelait pas la dernière fois qu'elle s'était autant amusée. Ils n'avaient pris qu'un verre à eux deux et passé le gros de leur temps sur la piste, mais Jenny était dans les vapes et ivre d'amour, si bien qu'elle avait l'impression d'avoir plus bu que ça. Stan la raccompagna dans sa chambre, la pressa contre la porte, leva ses mains au-dessus de sa tête et l'embrassa à lui en faire perdre la tête. Elle haletait quand il eut fini. Puis, il s'écarta légèrement, toujours en tenant ses bras au-dessus de sa tête et la regarda comme un artiste qui jauge son travail.

Après un long moment, il demanda :

— Je peux t'emmener aux Keys demain matin ?

Jenny le dévisagea, momentanément surprise, comprenant à peine ce qu'il venait de dire.

— Attends. Tu pars ? *Maintenant ?* Tu vas retourner dans ta chambre ? Sans moi ?

Il lui adressa un sourire penaud.

— Jenny, je...

Il s'esclaffa et frotta son front au sien.

— Ne me fais pas céder déjà. S'il te plaît. Pas déjà.

D'accord, elle pourrait supporter ça. Il ne voulait pas presser les choses et voulait prolonger l'attente. Même si elle mourait d'envie à l'intérieur d'elle-même, elle savait qu'il avait raison. Une autre nuit ou deux, peu importe le nombre, ne les tuerait pas ; après tout, ils ne s'étaient croisés que quelques heures plus tôt.

— Alors ? insista-t-il.

Ah, oui. Il y avait eu une question. Les Keys.

— Je n'y suis toujours jamais allée, dit-elle avec un sourire espiègle.

Ils en avaient toujours parlé. Conduire jusqu'aux Keys, se prélasser au soleil, jouer dans l'eau et sur la plage, un peu comme dans les publicités à la télévision. Bien sûr, c'était il y a des années. Stan n'avait pas oublié non plus et soudain, cela devenait une réalité pour eux deux.

Visiblement, sa réponse le rendait ridiculement heureux.

— Je serai là avec du café à 7 heures. Ça te va ?

— Il est plus de 2 heures du matin !

— Tu peux dormir dans la voiture.

— On peut prendre le petit déjeuner avant ?

— Et si on s'arrêtait sur la route et que je rapportais un croissant avec ton café ? Putain, je te prendrai tout le panier de pâtisseries.

Jenny sourit. Il se rappelait ça aussi. Il se pencha et frotta son visage contre le sien avant de lui donner un dernier baiser et de murmurer *bonne nuit* tout contre ses lèvres.

— Stan ? l'appela-t-elle quand il commença à s'éloigner.

Il se retourna avec un sourire, marcha à l'envers, toujours en mouvement mais son attention pleinement rivée sur elle.

— Je suis tellement contente d'être tombée sur toi aujourd'hui.

— Moi aussi, Jenny. Moi aussi.

11

Southampton
New York

La réunion se déroula dans un salon secondaire tard cet après-midi-là. Normalement, ils seraient allés dans le salon principal, la cuisine ou même la terrasse, mais ce salon-là avait des portes et pour une étrange raison, Alex avait insisté pour que tout se tienne en privé. Puisque tous ceux qui n'appartenaient pas au cercle principal étaient partis à part le personnel de maison et l'équipe élargie en position à l'extérieur, Stan ne voyait pas trop *qui* ne devait pas entendre – ou *pourquoi* – mais on ne discutait pas avec Alex.

Maintenant qu'il n'y avait que les habitués, ce qui comprenait Rosa, qui gérait la maison et Helen qui surveillait Callie et les bébés sur la terrasse, tout le monde se mit à l'aise. Le salon était divisé en deux espaces pour s'asseoir ; l'un disposait d'un grand canapé avec des fauteuils de chaque côté et l'autre d'une table de jeu et d'une grande méridienne au coin. Ils avaient utilisé cette pièce quelques fois depuis qu'ils s'étaient installés sur la côte Est et tout en étant assez grande pour les accueillir tous, elle restait agréable et intime.

Stan garda le silence pendant que tous s'installaient. Alex s'assit dans un coin du canapé, Amanda à côté de lui. Sam se glissa dans le coin opposé et Stephen rapprocha le fauteuil d'elle un peu plus avant d'y prendre place. Stan était entré avec Gregor et ils s'assirent dans les deux fauteuils à côté d'Alex. Quand Evan arriva, il se mit à côté de Stephen. Les garçons s'étaient étalés sur la table de jeu dans le coin, ordinateurs et tablettes sortis, c'était le meilleur arrangement, mais ça n'expliquait toujours pas pourquoi Alex avait demandé cette réunion en premier lieu. Ils étaient tout le temps ensemble de toute façon. Une réunion formelle impliquait quelque chose d'important.

Alex adressa un petit signe de tête à son frère, lui indiquant de prendre un siège supplémentaire de la table de jeu et de le placer à côté d'Evan. Stan se demanda qui d'autre les rejoindrait, puis la porte s'ouvrit et M. D'Angelo entra. Même si Stan admirait et respectait le père de Jenny, il avait espéré qu'il soit rentré à présent, en emportant sa fille avec lui. Si cette affaire était toujours active, Alex devrait le soulager de ses fonctions, puisqu'il était douloureusement évident qu'au sujet de Jenny, il ne pouvait pas faire son travail efficacement. La nuit précédente, très bien, fait. Mais avec cette nouvelle journée, rien n'était noir ou blanc pour Stan, tout était laid et entaché de couches et teintes de gris.

M. D'Angelo s'assit à côté d'Evan, qui posa son téléphone sur l'accoudoir de la chaise, sans doute pour enregistrer ce qui allait suivre. Quand la porte s'ouvrit encore et que Jenny entra, Stan lança un regard à Alex, qui lui rendit son regard, semblant clairement dire *calme-toi*. *Ce que tu veux, patron.*

— Pourquoi est-ce qu'on fait ça ? demanda Jenny en avançant dans la pièce.

Sam tapota l'assise à côté d'elle. Stan lâcha un grognement involontaire. Les bras croisés, il marmonna :

— On est juste une graaaande famille trèès heureuse.

Après avoir dépassé son père, Evan et Stephen, Jenny se tourna avant de s'asseoir avec les filles. En le regardant droit dans les yeux et avec beaucoup de cran, elle lança :

— Je ne comprends pas pourquoi tu es si en colère après moi.

Il se rembrunit, pas moyen d'éviter ça, ni de le cacher vu que tout le monde savait ce qui s'était passé. Sa voix était chargée de dédain quand il répondit :

— Peut-être parce que tu m'as arraché le cœur – *chérie*.

Tout le monde le regarda avec diverses expressions choquées. Bon, lui-même était un peu surpris de l'avoir dit à voix haute.

— Attendez une seconde, coupa M. D'Angelo en regardant Alex. Vous n'avez rien dit ?

Alex secoua la tête, un geste qui lui ressemblait bien, au moment où Gregor ouvrait sa grande bouche :

— Notre ancien détenteur de clé semble avoir des *difficultés*.

Détenteur de clé se référait à l'époque où Stan était en charge pendant que les frères Montgomery et leur super acolyte étaient indisposés.

— Ça vous dirait de cracher le morceau ? Vous n'arrêtez pas d'en parler dans mon dos.

— Que t'est-il arrivé entre avant et maintenant ? fit Jenny, perplexe. Qu'est-ce qui t'a transformé en cet homme... insensible, amer et... en colère ?

— Toi, Jenny. *Tu* es arrivée. Deux fois ! explosa-t-il en se levant, furieux.

Son espoir de passer à autre chose et de mettre les vingt-quatre dernières heures derrière lui était retombé en poussière. Comment osait-elle prétendre ne pas savoir comment elle l'avait mené par le bout du nez, lui avait arraché le cœur, *encore*, et avait exhibé son salaud de mari devant lui.

— Attendez, attendez, intervint M. D'Angelo en secouant la tête.

— Papa, *non*, l'avertit Jenny les yeux soudain fous. Il ne...

— Bien sûr que si, mon cœur.

M. D'Angelo semblait perdu et Stan aurait voulu savoir de quoi ils parlaient.

— Non. *Non*, il ne sait pas.

— Sait *quoi* ? demanda Stan en se tournant exaspéré.

Ils parlaient de lui, à l'évidence.

— Pour le bébé, dit simplement M. D'Angelo.

Stan tourna d'un coup la tête vers M. D'Angelo.

— Comment ça, pour le bébé ?

À en croire son cœur battant, il connaissait déjà la réponse. M. D'Angelo n'avait jamais été fâché après Stan toutes les années où il l'avait connu, mais sa frustration se vit quand il dit :

— Je t'ai dit pour Hayden. Hier soir.

— Tu as fait quoi ? s'écria Jenny en se levant, horrifiée.

Les filles semblaient perdues, puis soudain, elles écarquillèrent les yeux en comprenant. Toute leur attention était rivée sur le père de Jenny. Les hommes, eux, restèrent stoïques, observant tout le spectacle avec une grande concentration.

— Vous m'avez dit *quoi* sur Hayden hier ? demanda Stan.

Il se sentait de plus en plus pris dans une étrange émission de caméra cachée. Devant le regard perplexe de M. D'Angelo, Stan répéta ce qu'il avait entendu – la seule chose qu'il avait entendue à propos de Hayden.

— Vous avez dit : *il y a un bébé*. Ce sont vos mots exacts.

Stan les entendait encore dans sa tête. Il avait traité l'ordre et extrait Jenny et le bébé.

— Qu'est-ce que je suis censé savoir d'autre ? insista-t-il, tremblant de colère, d'impatience et de suspicion sur ce qu'on allait lui dire.

M. D'Angelo secoua la tête, toute colère disparue. Ses épaules s'affaissèrent et il jeta un regard compatissant à Stan.

— Je suis désolé, mon fils. Tu as mal compris...

— Papa !

Stan se retourna pour faire face à Jenny.

— Dis-moi ! Qu'est-ce qu'il y a sur Hay...

Il vacilla et s'arrêta net. Tout ce qui avait mijoté sous la surface remonta. *Hayden*. Le nom de son père. *Je veux appeler notre fils Hayden*. C'était ce qu'il lui avait dit la dernière fois qu'ils avaient été ensemble. *Pour un homme intelligent et futé, tu es un idiot*. C'était ce qu'elle avait dit la nuit précédente. Stan secoua la tête.

— Non. *Impossible*. NON ! répéta-t-il en montrant Jenny du doigt. Tu es retournée avec John.

Le regard de Jenny sembla vide et elle se concentra sur quelque chose derrière lui.

— Je ne suis pas retournée avec lui, Stan, dit-elle calmement, en s'asseyant à nouveau entre les filles. J'y suis retournée pour terminer les choses.

Ses yeux s'emplirent de larmes quand elle les leva vers lui et haussa les épaules.

— C'est juste qu'il n'en avait pas fini.

Stan se sentit soudain malade. Une image de John dans le lit d'hôpital avec Jenny défila devant lui, mais cette fois il regarda de plus près, vit la crispation de ses yeux, ses mains qui le poussaient et ne le serraient pas.

— Il l'a menacée, ajouta M. D'Angelo, avec un tremblement de colère sous son calme apparent. Il a menacé de te faire du mal, de s'en prendre à moi ou à Marisa.

Stan continuait à secouer la tête, essayant de comprendre ce qui se passait. Jenny avait les yeux baissés, les mains serrées sur ses genoux.

— Mais je t'ai vue. Avec John. À l'hôpital.

Elle releva la tête et son expression surprise et pleine d'espoir lui serra le cœur.

— Tu es venu à l'hôpital ? souffla-t-elle. Tu y étais ?

— Oui, dit-il calmement, soudain en proie au doute.

— Comment l'as-tu su ?

— Tu m'as envoyé un message, murmura Stan, encore plus perdu qu'avant.

— Non, nia lentement Jenny en secouant la tête. Je n'avais pas mon téléphone. Si tu étais là, pourquoi n'es-tu pas venu me chercher ?

Son cœur nouvellement ranimé se serra à ces mots. Des larmes coulèrent sur les joues de Jenny et elle les essuya.

— Je pensais..., bafouilla Stan, essayant de tout reconstituer, je pensais qu'après l'accident, tu...

— Ce n'était pas un accident, cracha Gianni.

Soudain, tout ce que Stan pensait savoir s'envola.

— Papa !

Stan ne reconnut pas sa propre voix quand il demanda :

— Jenny ?

Sous le coup de l'émotion, elle se couvrit la bouche d'une main. Au bout d'un moment, elle haussa de nouveau les épaules, un mécanisme de défense, réalisa-t-il, qui tentait de minimiser ce qui s'était passé. Jenny prit une profonde inspiration avant de parler.

— Il...*John* m'a envoyée à l'hôpital.

Ses mots le frappèrent comme s'il avait reçu un coup. Stan trébucha en arrière ; il aurait pu tomber si Gregor ne s'était pas placé derrière lui. Alex et Stephen se tinrent à ses côtés, solidaires, tandis que Stan se pliait en deux, les mains sur les genoux, reprenant son souffle, repoussant la sensation de malaise au creux de son ventre. Sa tête lui tournait et il appuya ses paumes sur ses yeux. On s'était joué de lui. Il s'était fait avoir. Et il l'avait laissée entre les griffes du monstre. La femme de sa vie ! Qu'avait-il donc fait ? Lorsqu'il se redressa et la regarda à nouveau, il eut l'impression que ses entrailles étaient déchiquetées.

— Hayden ? demanda-t-il, ayant besoin d'entendre la confirmation de ce qu'il savait déjà.

Elle essuya ses larmes, prit une grande inspiration et le regarda droit dans les yeux. Tout était désordonné, mais elle réussit à prononcer les mots :

— Ton fils est né le 17 janvier, à 4 h 09 du matin. Tu es le père inscrit sur son acte de naissance.

Puis elle se leva et quitta la pièce.

Il resta là, momentanément abasourdi, regardant son dos s'éloigner tandis qu'il essayait de reprendre ses esprits.

12

Palm Beach, Floride
Quinze mois plus tôt

Stan était debout à 6 heures. À 6 h 50, il avait préparé un sac de voyage, commandé ce qu'il fallait pour Jenny et se tenait devant sa porte.

À attendre.

Il ne savait pas pourquoi, mais il avait la sensation que le temps filait et qu'il devait agir. Trois minutes plus tard, Jenny ouvrit la porte, le visage frais, belle et prête à partir.

— On échange ?

Il lui tendit une grande tasse de voyage de café crème et un paquet de sablés roses, espérant que ses préférences n'aient pas changé au fil des ans.

Elle lui jeta un regard prudent et lui tendit son sac.

— Où est mon panier de pâtisseries ?

Il rit.

— Il t'attend dans la voiture entre nos deux sièges.

Elle lui lança un sourire à faire fondre les cœurs.

— Tu as déjà préparé la voiture ?

— Elle est lavée, le plein est fait, elle est prête à partir.

Il avait passé un appel avant de se doucher la veille et avait demandé aux gars de s'en occuper dès le matin. Stan soignait toujours les valets et en retour, ils s'occupaient de lui. La vie fonctionnait ainsi. Si l'on traitait bien les gens, ils nous le rendaient au centuple.

Jenny prit une gorgée de son café, puis lâcha un soupir ravi.

— Oh, tu te rappelais ça aussi. Il est tellement bon, merci.

Oui, tout allait se passer super bien. Il avait hâte d'expérimenter chaque petite chose avec elle à ses côtés. Sur ce, il prit sa main libre et la guida en bas.

La Rover était juste devant quand ils sortirent. Stan aida Jenny à monter et alla même jusqu'à prendre la ceinture pour l'attacher.

— Merci, monsieur, dit-elle tout sourire.

En la regardant dans la voiture, il peina à accepter que ce soit réel. Il jeta son sac à côté du sien à l'arrière et donna à Rodney un billet de cent pour ce service matinal. Ce n'était pas comme s'il dépensait quoi que ce soit pour sa chambre, alors il pouvait au moins donner un pourboire généreux.

Le temps était parfait quand il sortit de la propriété de l'hôtel : ensoleillé, avec une faible humidité et un air sec. Jenny s'occupa de placer leurs boissons, brancher leurs téléphones et appuyer sur l'écran de navigation propre avant de prendre le panier qu'il avait pris pour lui faire plaisir. À la voir du coin de l'œil, il crut que son cœur allait exploser de joie.

— *Mmh*, des croissants au chocolat, aux amandes et des classiques, *mmh*, des pains aux raisins, des roulés à la noix de pécan. Qu'est-ce que tu veux ?

Il lui adressa un sourire. *Toi*, songea-t-il.

— J'ai tout ce que je pourrais vouloir, Jenny.

Pas besoin de tourner autour du pot. C'était un voyage qu'il s'était imaginé faire avec elle des années auparavant. Il pensait toujours à elle quand il allait aux Keys, mais ça n'avait jamais été rien d'autre qu'un rêve mélancolique depuis son mariage avec

John. Jamais il n'avait imaginé qu'il aurait de nouveau cette occasion.

— C'est ce que tu dis, mais *ceci* se trouve être des pâtisseries françaises fraîchement préparées, le taquina-t-elle en agitant le panier devant lui.

Il lui adressa un clin d'œil.

— Je finirai ceux que tu choisis.

Elle rit.

— Attention, j'adore goûter à tout et partager.

— Je sais.

— Et j'adore le petit déjeuner aussi, surtout sur la route.

Soudain, Stan la sentit changer d'humeur et elle se tut pour regarder par la fenêtre.

— Ça va ? demanda-t-il.

Elle resta silencieuse pendant un long moment et lorsqu'elle se tourna vers lui, elle affichait un sourire éclatant, mais factice.

— Comment pourrais-je ne pas aller bien ? demanda-t-elle en plissant le nez.

Elle s'en tint là, et comme il savait exactement ce qu'elle voulait dire, il n'insista pas. Elle s'occupa alors du panier, prit quelques bouchées ici et là et lui tendit des échantillons. Les yeux sur la route, les mains sur le volant, il se pencha vers elle et elle le nourrit. Ils firent un rapide arrêt une heure plus tard, après quoi Jenny bascula son siège un peu en arrière, s'arrangeant pour être recroquevillée face à lui.

En la regardant dormir pendant qu'il l'emmenait à l'endroit dont ils avaient toujours parlé, il se demanda quand il s'était senti aussi heureux pour la dernière fois. Certes, à l'époque, ils étaient jeunes, jouaient et fantasmaient, mais s'il n'y avait pas eu cette nuit-là, il y a si longtemps, Jenny et lui auraient été ensemble. Il en était sûr. Si elle avait été libre, légalement libre, il l'aurait conduite aussitôt à l'autel.

Il s'arrêta encore au nord de Homestead. Il avait promis à Jenny un petit déjeuner et elle en aurait un, dans le restaurant préféré de Stan, avant qu'ils n'atteignent la portion de l'autoroute qui leur ferait traverser l'eau.

— Jenny, l'appela-t-il en repoussant ses cheveux de son visage. On y est, bébé.

Elle ouvrit les yeux, puis sursauta.

— J'ai raté toute la route.

Son visage se décomposa et elle eut l'air paniqué.

Sa réaction le surprit, comme plus tôt lorsqu'elle lui avait dit qu'elle aimait les petits déjeuners en route. Il savait qu'il devait aller au bout des choses avec elle, et il le ferait certainement. Pour l'instant, il choisit de la mettre à l'aise.

— Je ne te laisserai jamais rater ça. Je le jure.

Elle sourit, mais quelque chose dans ses yeux le fit s'interroger.

— On va se faire le petit déjeuner que tu voulais, puis je t'emmène sur l'autoroute qui traverse la mer.

Comme il lui avait toujours dit qu'il ferait.

Lorsqu'il l'aida à descendre, il la serra contre lui pour la rassurer. Peut-être était-ce lui qui en avait besoin. Il se pouvait aussi qu'il veuille simplement la prendre dans ses bras.

— Bonjour, Stan ! fit une voix familière derrière le comptoir quand ils entrèrent.

Stan n'était peut-être pas un habitué, mais il s'arrêtait toujours là en allant et en revenant des Keys. C'était la première fois qu'il entrait avec quelqu'un et Bev, la propriétaire, l'avait remarqué.

— Populaire, hein ? fit remarquer Jenny.

— Je suis passé plus d'une fois, plaisanta-t-il.

Il ne voulait rien dire de spécial par là, mais le même air étrange traversa son visage.

— Quoi ? demanda-t-il.

Il comprit tout à coup ce à quoi elle devait penser. Elle fit une grimace pleine d'émotions.

— Je ne devrais pas être surprise. C'est moi qui me suis enfuie.

— Jenny Lynne, tu n'as aucune idée de ce dont tu parles.

Elle haussa les épaules et balaya la question d'un petit bruit, mais il savait qu'elle était blessée.

— Asseyez-vous, vous deux, dit Bev. Qu'est-ce que je vous sers à boire, ma jolie ?

— La même chose que moi, lui dit Stan.

Il fit un geste vers une table et se glissa sur la banquette en face d'elle, prenant ses mains dans les siennes.

— Si tu as quelque chose à me demander, n'hésite pas. Je ne te ferai jamais de mal, Jenny.

Elle secoua rapidement la tête et, au lieu de répondre, observa autour d'elle.

— Jenny ?

La dernière chose qu'il souhaitait, c'était un malentendu entre eux.

Elle le regarda avec sérieux et la tristesse dans ses yeux lui brisa un peu le cœur.

— Parfois, quand tu poses des questions, les réponses que tu obtiens ne sont pas si bien.

— Parfois, elles le sont.

Bev arriva avec des cafés et la carte.

— Ah là là, Stanley Finch, qui est cette charmante créature ?

— Bev, je te présente Jenifer D'Angelo.

— Eh bien, jeune fille, vous devez être quelqu'un de très spéciale pour Stan. Depuis toutes ces années, je ne l'ai jamais vu amener quelqu'un.

Stan fit un clin d'œil à Jenny et lui frotta les mains de manière rassurante.

— Je vous laisse quelques minutes, dit Bev avant de s'éloigner.

Stan n'était pas du genre à dire *je te l'avais dit* et il en serait resté là, si Jenny n'en avait pas reparlé, l'air contrit.

— Je suis désolée.

— Pas besoin d'excuses. Mangeons un peu.

Ils commandèrent la partie gauche du menu, grâce à

Madame-J'aime-un-peu-de-tout. Stan n'y voyait pas d'inconvénient, il avait toujours aimé partager des repas avec Jenny, de manière formelle ou informelle. C'était comme s'ils avaient repris là où ils s'étaient arrêtés.

Une recharge de café plus tard, Bev leur servit du pain doré croustillant, un œuf poché et un *grand déjeuner*, qui comprenait des œufs, trois viandes différentes, des galettes de pommes de terre, des pancakes et du pain grillé.

— Tu avais raison, le petit déjeuner sur la route valait la peine d'attendre, capitula Jenny lorsqu'ils eurent fini de manger.

La tension retombée, Stan lui adressa un nouveau clin d'œil et lui embrassa le dos de la main avant de se lever pour régler l'addition. Après que Bev les eut chargés de vœux chaleureux et de café frais pour la route, ils repartirent. Peu de temps après, le premier tronçon de la route sur l'eau apparut au loin et Stan fut étourdi une minute, époustouflé une fois de plus de ce qu'ils étaient en train de faire. Lorsqu'il jeta un coup d'œil à Jenny, elle lui rendit son sourire, et à son regard, il sut qu'elle ressentait la même chose.

Il appuya sur quelques boutons, augmenta un peu le volume et quand la musique débuta, ils échangèrent un regard complice. Jenny lui adressa un rapide sourire, puis se tourna vers sa fenêtre et il sut qu'elle pleurait. Il avait remarqué qu'elle était douée pour les larmes silencieuses. Mais il ne dit rien, il lui prit la main et la laissa tranquille. Pour l'instant, il avait la femme de sa vie à ses côtés et s'apprêtait à faire le meilleur trajet de deux heures qu'il ait jamais fait. Il voulait faire ça avec elle chaque année. Peut-être même plusieurs fois par an.

Au bout d'un moment, elle se retourna.

— Tu te souviens de la première fois où tu as dit que tu voulais m'emmener ici ?

Stan n'avait même pas besoin de réfléchir à cette réponse.

— À la fin de notre deuxième année, dit-il sans hésiter. Sam jouait de la musique et se prélassait avec tu sais qui.

Jenny acquiesça. Ils ne prononçaient jamais le nom d'Aaron à voix haute.

— Tu marchais d'un bout à l'autre de ton appartement, continua Stan, en levant les bras comme tu le faisais toujours lorsqu'une chanson te faisait vibrer. C'était sur...

Il appuya sur quelques boutons pour relancer la chanson et pointa du doigt l'écran.

— Ça, et quand tu t'es arrêtée pour regarder par la fenêtre, je me suis mis derrière toi, je t'ai prise dans mes bras et je t'ai dit : *Ma Jenny, un jour nous irons là-bas ensemble. Je te conduirai sur cette longue autoroute et ce sera le début de notre incroyable vie ensemble.*

Jenny acquiesça, un petit sourire aux lèvres, la tête appuyée sur le siège.

— Je suis vraiment désolée, Stan. Ce que je ressens en ce moment, c'est ce que j'ai ressenti à l'époque. Cette énergie que nous avons quand nous sommes ensemble. C'est comme si tout était parfait. Je ne sais pas comment j'ai pu me perdre.

— Tout a été chamboulé, dit Stan en haussant les épaules.

C'était vrai. Sam avait été agressée par quelqu'un en qui elle avait confiance, quelqu'un en qui ils avaient tous confiance. Stan avait pensé qu'ils étaient tous sur la même longueur d'onde, lui, Jenny, Sam et Aaron.

— Nous sommes ici maintenant, c'est tout ce qui compte.

Ces simples mots aidèrent à dissiper un peu plus les fantômes qui planaient dans l'air entre eux. Ils apprécièrent le paysage et les villes qu'ils traversaient dans un silence bienveillant pendant le temps qui suivit. En début d'après-midi, ils franchirent le dernier pont menant à Sugarloaf Key. Jenny, qui avait manifestement balayé ce qui la gênait plus tôt, était de nouveau animée, examinait énergiquement leur environnement et poussait des exclamations de surprise en les voyant passer devant des hôtels sans s'arrêter.

— *Où* allons-nous ? demanda-t-elle enfin.

— Oh, *maintenant* tu veux le savoir ? la taquina-t-il.

Elle sourit.

— Honnêtement, pas vraiment. Tu t'es toujours occupé de tout. Mais je pensais qu'on irait à l'hôtel.

— J'ai quelque chose de mieux.

— Bien sûr que tu as quelque chose de mieux.

Quelques minutes plus tard, il se garait dans l'allée de son coin de paradis sur terre.

— Nous y sommes. À la maison.

— Attends, dit-elle en s'accrochant à son avant-bras. C'est à toi ?

C'était au tour de Stan de sourire.

— Oui, madame.

— Oh, mon Dieu, Stan, souffla-t-elle. Tu as réussi.

Oui, il avait réussi. Il avait aussi pensé à elle à chaque étape.

— Deux fois, en fait. Je l'ai reconstruite il y a quelques années.

— Un ouragan ?

— Oui. Pete, le propriétaire de la station balnéaire que nous venons de dépasser, m'a vendu cette partie de sa propriété il y a des années.

Il avait envoyé un mail à Pete la veille pour lui dire qu'il arriverait avec une invitée.

Jenny tendit la main vers la portière, impatiente.

— Attends, l'arrêta-t-il en riant, tout en contournant la voiture pour aller la chercher.

Il l'aida à descendre, prit leurs sacs et se dirigea vers la porte d'entrée pendant qu'elle admirait la maison.

Il devait admettre que c'était le parfait bungalow au bord de mer, avec un porche qui faisait le tour de la propriété et un espace de vie à l'arrière. Une chambre, deux salles de bains, un joli bureau, une cuisine ouverte et une salle de séjour, le tout parfaitement agencé avec la quantité d'espace nécessaire.

— Je suis si heureuse pour toi, Stan. Tu t'es fait une très belle vie. C'est magnifique.

Il savait qu'il s'était bien débrouillé et que cela paraissait bien de l'extérieur, mais en fin de compte, Stan avait été seul la plupart du temps depuis la fac de droit. Il avait eu des rendez-vous galants, une relation occasionnelle de courte durée – en insistant sur la courte durée – mais il ne s'était jamais remis de Jenny. Jamais. Il avait évité de l'admettre pendant des années, mais il se sentait soudain capable de le faire.

— Je voulais faire ma vie avec toi, dit-il, sans rien cacher.

— J'ai eu peur.

Il le savait. Ils avaient tous eu peur à l'époque.

— Tu as peur maintenant ?

— Je suis beaucoup mieux qu'avant.

Stan ne savait pas si elle faisait référence à ce qui s'était passé à la fac ou à ce qu'elle avait vécu plus récemment. Elle avait manifestement quelques démons à régler, mais n'était-ce pas le cas de tout le monde ? Quels qu'ils soient, il l'aiderait à apaiser chacun d'entre eux et ferait tout ce qui était en son pouvoir pour étouffer ce qui la menacerait. Et ce, jusqu'à la fin des temps.

Il lui fit rapidement visiter, fier de lui montrer ce qu'il avait accompli. Sa sœur, Reagan, une architecte d'intérieur à succès au goût impeccable et coûteux, l'avait aidé à concevoir les plans. Bien qu'il s'agisse techniquement d'une maison de plage, elle avait été décorée avec élégance dans des tons neutres crème et beige, avec des touches de marron foncé et de bleu. C'était assez masculin, mais il savait que Jenny l'aimerait et s'y sentirait à l'aise. Il avait raison et la joie de Jenny était contagieuse.

Elle s'extasia sur la balancelle du porche d'entrée avec son épais coussin, les plans de travail en marbre blanc et l'îlot de la cuisine avec ses boîtes et ses bols décoratifs en cristal. Ils traversèrent le salon attenant, avec un canapé, une table basse et une télévision murale, puis son bureau, rempli d'instruments nautiques et aéronautiques collectés aux quatre coins du monde, avantages qu'il tirait de son travail dans la sécurité privée. Jenny les toucha avec soin avant de s'asseoir sur la causeuse en face de son bureau, lui faisant signe de s'installer face à elle. Lorsqu'il s'assit sur son fauteuil pivotant, elle sourit et approuva d'un hochement de tête.

Quand elle entra dans sa chambre, elle s'émerveilla devant les tables de nuit de la taille d'une commode et les lampes en verre coloré qui avaient mis un an à arriver, tandis qu'il posait leurs sacs sur la banquette rembourrée au bout de son lit.

— J'a. Dore, dit-elle en montrant d'un geste la pièce.

Il sourit en pensant : *Je t'aime*. Il n'y avait rien dont il soit plus sûr au monde. Il attendrait que tout soit définitif avec John, puis il la traînerait au palais de justice, ou organiserait un mariage de cinquante ou cinq cents personnes si c'était ce qu'elle voulait. Bon sang, il s'en fichait. Il voulait juste Jenny.

— Attends. Encore une dernière pièce.

Il fit un signe de la tête en direction de la salle de bains. Celle à l'arrière de la maison était agréable, mais celle-ci était plus grande. Deux lavabos, une douche surdimensionnée avec un immense banc et des toilettes privées. Mais le clou du spectacle était la baignoire sur pied. Jenny avait toujours adoré les bains et cette beauté était un véritable coup de foudre. Elle fronça son joli visage et sourit en passant ses doigts sur le rebord de la baignoire pour l'apprécier.

— La maison est incroyable, Stan. Vraiment, s'extasia-t-elle lorsqu'ils revinrent dans la chambre.

— Tu veux aller te promener ? Aller faire des courses ?

— Oui. Je peux passer à la salle de bains d'abord ?

— Bien sûr.

Elle ouvrit son sac et en retira une trousse de toilette pendant qu'il retournait allumer la lumière de la salle de bains, ouvrait le placard et en sortait quelques serviettes qu'il posa sur le meuble où elle alignait déjà ses affaires devant le miroir. Bon sang, il adorait ça.

Il attendait dans la cuisine en regardant par la fenêtre au-dessus de l'évier quand il l'entendit entrer. Il se retourna, ouvrit les bras et elle avança vers lui. Ils restèrent ainsi un long moment. Il n'arrivait pas à croire qu'à peine vingt-quatre heures avant, cela n'aurait été qu'un fantasme concocté dans sa tête et qu'ils étaient là, dans la réalité, à rattraper le temps perdu. Le sentiment d'urgence qu'il avait ressenti plus tôt n'avait pas disparu, mais il se concentra sur l'aisance et même la tranquillité, que lui procurait le fait d'être ensemble.

— Stan, dit-elle en levant les yeux. Veux-tu...

Bien sûr que oui. Et avant qu'elle n'ait fini de demander, il le fit. Il opta pour quelque chose de léger. Aussi léger que possible. Il la désirait depuis si longtemps et il marchait sur une corde raide maintenant qu'il savait qu'il l'avait enfin pour lui. Dès que ses lèvres touchèrent les siennes, il la souleva sur l'îlot et passa entre ses jambes. Il gémit lorsqu'elle les enroula autour de sa taille.

— Jenny, murmura-t-il. S'il te plaît, chérie. J'ai bien l'intention de te faire l'amour ce soir dans ma... notre... chambre.

— Je te fais perdre le contrôle ? chuchota-t-elle. *Monsieur Regarde-moi manger une seule chip.*

Il gloussa. Oui, c'était bien lui.

— Je ne suis pas sûr que ça s'applique à toi.

— Toi ? Toi et tes règles ? Impossible.

L'affirmation était ridicule étant donné qu'il avait enfreint chacune des règles qu'il s'était imposées depuis qu'il l'avait rencontrée au coin de Brazilian Avenue et de South County Road la veille. Elle n'en avait pas officiellement fini avec John et Stan était assez intelligent pour ne jamais dire que quelque chose était terminé tant que ce n'était pas le cas. Il ne pouvait pas risquer que Jenny lui échappe à nouveau. Pas cette fois. Pas de problème pour les coups tordus.

Elle gémit et ses ongles effleurèrent son cuir chevelu avant de saisir sa tête.

— C'est la deuxième fois, donc je dirais que tu tiens bon, monsieur Finch. Embrasse-moi et serre-moi dans tes bras pendant quelques minutes, et après on pourra y aller.

Il obéit. Il n'était pas sûr que quelque chose ait un jour été aussi bien que de tenir Jenny dans ses bras tout en profitant d'un long baiser langoureux. Rien au monde ne lui faisait plus envie que de la porter jusqu'au lit et de lui faire l'amour. C'était difficile de ne pas le faire, mais il savait qu'une fois qu'ils auraient franchi cette limite, ils resteraient à l'intérieur pendant un certain temps. S'ils devaient jouer à rester cloîtrés pendant quelques jours, ils auraient d'abord besoin de provisions.

— Tu t'en tiens à ton plan ? demanda-t-elle quand il s'écarta pour respirer.

— Il y a une méthode dans ma folie. Tu me remercieras demain.

Elle lui tint le visage et secoua la tête.

— Je te remercie maintenant. Je ne me suis jamais sentie comme ça depuis… jamais tout court.

Sa candeur l'envahit comme un baume, et juste comme ça, son cœur se gonfla encore plus.

— Viens, ma belle, allons faire les courses.

Il l'aida à monter dans la voiture et l'attacha.

— Hé, dit-elle en se tapotant les lèvres avant qu'il ne puisse fermer la portière.

Il s'exécuta volontiers et, à partir de ce moment, la journée prit une tout autre dimension. Jenny semblait avoir dépassé ce qui la gênait auparavant. Il n'avait jamais pris autant de plaisir à choisir des gâteaux, des fruits et des légumes, des steaks et des fruits de mer ; ils s'amusèrent même dans le rayon des surgelés, réduisant leur choix de glaces et de sorbets à deux chacun. Sur le chemin du retour, ils s'arrêtèrent chez Pete et l'un des employés sortit une boîte de pâtisseries surgelées qui lèveraient pendant la nuit avant d'être cuites.

Jenny l'aida à tout transporter et passa un temps considérable à organiser le réfrigérateur, le congélateur et le garde-manger. Elle déplaça même les bols sur l'îlot. Sa maison n'avait jamais atteint ce degré de confort. Bien sûr, il y avait déjà séjourné pendant de longues périodes, mais l'ambiance y était différente. *Jenny.*

Il la taquina lorsqu'elle redressa à nouveau les fruits dans les bols.

— Tu as toujours été ordonnée, mais là, c'est un nouveau niveau.

— C'est une question de contrôle.

— Bon ou mauvais ? se demanda-t-il à haute voix.

Simple bizarrerie de la personnalité ou technique de stabilisation ? Il y avait une nette différence. Elle haussa les épaules, ignorant la question.

— Tu me montres la plage ?

Il voulait lui montrer le monde entier.

— Nager, marcher, ou les deux ?

Elle fit une adorable grimace qui proclamait son indécision. Jenny n'aimait pas choisir. Il gloussa et lui fit signe d'aller dans la chambre :

— Va te changer. J'ai des maillots dans la salle de bains de derrière.

Il se dirigea vers la salle de bains-buanderie, qui abritait également tout le nécessaire pour la toilette. Reagan avait adoré concevoir cet espace. Comme dans la cuisine, elle avait placé des plans de travail en marbre blanc au-dessus de la machine à laver et du sèche-linge, et des étagères ouvertes par-dessus. De l'autre côté, un grand banc rembourré renfermait des casiers pour les chaussures. Des crochets étaient fixés au mur entre la porte arrière et la douche. C'était bien d'avoir une douche à portée de main en revenant de la plage.

— On cuisine ce soir ? s'écria Jenny de l'autre côté de la maison.

— Bien sûr !

Il prit des serviettes, des chaises et une petite tonnelle, s'aventura sur la plage et les installa à l'endroit idéal. Alors qu'il remontait le petit sentier, il la vit sortir par la porte arrière, en maillot de bain et petite robe transparente de plage. Ses cheveux blonds voletaient dans la brise et elle secoua la tête. Il savait ce qu'elle pensait. *Comment en sommes-nous arrivés là, toutes ces années plus tard* ? C'était l'expérience la plus incroyable qu'il ait jamais vécue, même sans avoir fait l'amour avec elle. Il lui tendit la main et l'attira à lui, la fit tourner et rire. *Jenny*. Putain, c'était incroyable.

La température s'était considérablement réchauffée, alors ils sortirent marcher, gardèrent les pieds dans l'eau et ne firent demi-tour qu'une fois loin sur la plage. À leur retour, ils retirèrent tout sauf leur maillot et abandonnèrent les vêtements dans une pile sur les chaises qu'il avait installées. L'eau était chaude, mais Jenny voulait rester proche du rivage, alors ils séchèrent au soleil en se tenant les mains entre leurs chaises longues. Il se réveilla peu de temps après en sursaut, paniqué avant de se rendre compte qu'il n'avait pas rêvé.

Jenny lui serra la main.

— Ça va ?

— On ne peut plus. Douche ?

Elle rit.

— Tu annonces juste que c'est l'heure de la douche ? Ou tu m'invites à la prendre avec toi ?

— Jenny Lynne, tu es en train de dire que tu prendrais ta douche avec moi ? la taquina-t-il en connaissant sa réponse.

Elle roula sur le ventre et plissa les yeux pour se protéger du soleil en posant son menton sur son poing.

— Je ferais n'importe quoi avec toi, Stan.

Bon Dieu, pourquoi as-tu fui, Jenny ? Ça aurait pu être si bien, tout ce temps.

— Si tu veux dîner, mieux vaut prendre celle-ci seuls. Après ça, elles sont toutes à moi.

— Ça marche.

Stan attrapa un short et un polo avant de se rendre à la douche de derrière pour qu'elle puisse utiliser celle de la chambre. Ils se retrouvèrent dans la cuisine une heure plus tard, où il alluma le système de haut-parleur pour diffuser de la musique dans toute la maison. Il avait déjà préparé une salade, jeté quelques légumes dans un panier en fer pour les griller et sorti les steaks pour qu'ils soient à température ambiante. Ces préparatifs s'avérèrent essentiels, car Jenny entra dans une robe dos nu au décolleté plongeant. Elle avait pris le soleil et ses joues et ses épaules étaient un peu roses. Elle était peu maquillée, d'après ce que Stan pouvait voir, juste de l'eye-liner et un peu de gloss. Toute concentration perdue, il s'approcha d'elle, se pencha pour l'embrasser et la souleva. Ses jambes s'enroulèrent autour de sa taille, ses bras autour de son cou, ses doigts s'emmêlèrent dans ses cheveux. C'est ainsi que le dîner prit fin.

Il la porta jusqu'à la chambre et tamisa les lumières en franchissant le seuil. Il la posa à côté du lit et recula pour s'assurer qu'ils étaient sur la même longueur d'onde. À en croire ses yeux et son hochement de tête à peine perceptible, ils ressentaient la même chose – même livre, même page, même phrase, même mot.

Il glissa ses mains dans ses cheveux, prit sa tête et glissa sa langue en elle, passant à un tout autre niveau. Le gémissement profond qu'elle poussa se répercuta directement dans son sexe, même s'il n'avait pas besoin d'encouragement. Il était si dur qu'il voulait la pénétrer immédiatement. Elle commença à tirer sur sa chemise et il l'enleva une seconde plus tard, l'attirant contre son torse. La tête lui tournait sous l'assaut des sensations... sous l'assaut de *Jenny*.

Ils s'embrassèrent pendant de longues minutes avant qu'il ne la fasse reculer et ne détache le haut de sa robe pour révéler ses petits seins ronds et parfaits. Il la toucha avec révérence, effleurant sa peau nue du dos de ses mains, avant de palper délicatement chacun de ses précieux seins. Il grogna peut-être en la serrant un peu. La possessivité prenait le dessus et ses pensées se réduisaient à : *mienne, mienne, mienne.*

Il frôla ses hanches, emportant avec lui sa robe et son string alors qu'il s'agenouillait. Il pressa sa bouche sur son mamelon nu une seconde avant de la serrer dans ses bras. Sa tête contre son ventre, elle joua avec ses cheveux, puis commença à tirer. Comme il avait hâte de la toucher, il s'exécuta, l'odeur de son désir le faisant gonfler encore plus.

Il l'allongea sur le lit, lui plia les jambes au niveau des genoux, puis lui prit les hanches en la tirant vers le bord. Il s'agenouilla et vit qu'elle brillait d'un éclat rose lorsqu'il l'effleura et glissa sur son sexe humide. Incapable d'attendre une seconde de plus, il l'écarta pour pouvoir la regarder et la toucher.

— Stan ? demanda-t-elle d'une voix rauque.

— Chut, je m'en occupe, bébé. S'il te plaît.

Il la sentit se détendre à nouveau, puis commença à la toucher doucement, méthodiquement, en faisant pression doucement tout en encerclant son clitoris du bout de ses doigts humides. Sans jamais changer de tactique, il laissa les choses se faire lentement. Il s'était contenté d'embrasser la peau douce de l'intérieur de ses cuisses, mais soudain, il ne put s'empêcher de porter sa bouche aux lèvres douces sous ses doigts, de les sucer et d'utiliser sa langue pour taquiner et tapoter son entrée. Elle gémit, s'agrippant à lui tandis que sa langue pénétrait en elle, l'aidant à basculer dans le plaisir. Il attendit qu'elle se calme et reprenne son souffle, puis il lui prit les fesses et fit glisser son érection sur elle. De ses mains, elle demanda à ce qu'ils reculent et il répondit à sa demande avant de glisser lentement en elle. Jenny enroula ses jambes autour de lui et bascula ses hanches pour le pousser plus profondément en elle. Mon Dieu, il faillit s'évanouir sous l'effet du plaisir. Physiquement et mentalement.

Ce n'était pas la performance lisse et raffinée qu'il avait imaginée. C'était frénétique et émotionnel et ils soufflèrent le nom de l'autre si souvent que c'en devint presque un refrain. Il jouit dans un éclair de lumière qui l'aveugla presque alors que Jenny le tenait serré contre elle.

Elle sanglota ensuite dans ses bras. Il ne pouvait pas savoir si c'était l'aboutissement d'être enfin ensemble ou si c'était une libération de ce qu'elle avait gardé en elle depuis si longtemps. Il avait toujours pensé qu'il était son refuge et les événements de cette journée l'avaient confirmé. Elle aussi était son refuge et il devait admettre que même lui pleura un peu en la tenant dans ses bras.

93

13

Southampton
New York

Après avoir quitté Stan – et le reste du groupe – figé par le choc dans le salon, Jenny eut tout juste le temps de tourner dans le couloir avant de s'affaisser contre le mur et de reprendre son souffle. Elle n'était pas prête. Pas pour ça. Rien de tout ça. Ces vingt-quatre dernières heures, toutes les blessures qu'elle avait prudemment recouvertes et enfouies avaient été déterrées et rouvertes. Elle ne s'était jamais attendue à cette réaction de Stan. Pas après son comportement au brunch, ni après son hostilité quand elle était entrée dans le salon. Mais l'horreur sur son visage quand il avait compris la vérité, qu'il avait été dupé, qu'elle l'avait elle-même été, était trop réelle. Et il ne l'avait pas abandonnée des mois auparavant. Du moins, pas comme elle l'avait pensé.

John. Jenny aurait dû savoir qu'il avait un but supérieur quand il était entré dans son lit ce jour-là. Elle frémit rien que d'y penser, se sentit de nouveau sale et écœurée. Rien n'était jamais comme il semblait avec John. Son dernier acte avait été si brillant qu'elle ne s'était même pas rendu compte qu'il avait joué un nouveau coup. *Tu es retournée avec lui* s'était écrié Stan la veille. Pas étonnant qu'il ait dit ça. John l'avait détruite. Deux fois. Elle ferma les yeux et de nouvelles larmes coulèrent sur ses joues. Elle recouvrit sa bouche pour empêcher les bruits de faire surface. Tout ce temps qu'ils avaient perdu, encore.

— Jenny ! Jenny... attends !

Elle tourna la tête en direction de Stan et, comme une proie paniquée, le dévisagea, paralysée par le son de sa voix qui crie son prénom, par la montagne russe d'émotions endurée ces vingt-quatre dernières heures. Si son expression reflétait celle de Stan, alors elle devait avoir l'air de quelqu'un qui vient de subir une collision et l'atmosphère entre eux était toujours chargée d'énergie. Le souffle court, il tendit la main vers elle en l'approchant, sans cesser de trembler.

— Jenny.

C'était un croassement.

— Je ne savais pas.

Échouant dans un lac de détresse, son souffle se coupa dans un sanglot et Stan afficha un air triste tout en refermant ses bras sur elle pour l'attirer à lui. Elle pleura en toute franchise, perdue dans la chaleur et la protection de son étreinte. Elle sentit ses épaules à lui trembler avec les siennes, ses bras forts se crisper et sa main se poser sur l'arrière de sa tête pour la soutenir. Puis, elle se souvint. John avait joué à son propre jeu, oui, mais Stan avait abandonné si facilement. Il avait quitté l'hôpital. Avait refusé ses appels. Ne voulant soudain rien de plus qu'être seule, loin de lui, elle cria et s'arracha de ses bras. Le cœur tambourinant, elle le repoussa et s'enfuit en courant.

— Jenny !

Elle tourna au dernier coin du couloir et se retrouva dans l'immense hall d'entrée, dont le sol en marbre tournait à cause de ses larmes qui bloquaient son champ de vision.

— Jenny ! répéta Stan.

Ses bruits de pas et sa voix se rapprochaient. Elle le sentit refermer la distance et dans sa hâte, elle trébucha dans l'escalier.

— *Jenny.*

Il était si proche.

En rampant littéralement, elle monta deux marches avant de sentir ses mains sur ses bras. La seule chose qu'elle avait toujours voulue : Stan. La seule chose qu'elle avait souhaitée si désespérément l'année précédente, peinant à accepter ce qui s'était passé. Ça aurait dû être différent. Cela aurait pu être si bien. Elle frappa ses mains quand il la fit se retourner. Elle essaya de lui dire d'arrêter, mais les bruits qui sortaient n'étaient que des pleurs terribles et inintelligibles. De nouveau, elle se retourna sur ses mains et ses genoux et tenta de fuir, en quête d'un moment pour clarifier ses pensées. Puis, les mains de Stan se refermèrent sur ses bras et son anxiété monta en flèche. Peu importe que ce soit Stan, qu'elle sache qu'il ne lui ferait pas de mal, tout ce qu'elle ressentait, c'était la peur qu'elle avait ressentie quand John l'avait attrapée par-derrière et poussée dans la voiture. L'hystérie prit le pas, malgré la voix douce de Stan.

— Jenny.

Il était juste là, dans son espace personnel. Son visage devint flou tandis qu'elle le repoussait, luttait contre lui. Elle vit ses yeux se plisser puis s'écarquiller, sa bouche former le mot *Evan !* sans qu'elle puisse entendre quoi que ce soit par-dessus le chahut de son sang qui tambourinait dans son crâne. Il la dévisagea, observant chaque nuance de son visage. La poigne de ses mains s'adoucit.

Soudain, la cohue envahit la pièce quand tout le monde leur tomba dessus. Stan fut écarté par Stephen et Gregor, et Evan s'agenouilla devant elle, lui cachant la vue. Il fit un geste entre eux deux et ses grands yeux bruns apparurent tandis que sa vision revenait clairement.

— On inspire, un... deux... trois. Et on expire, un... deux... trois. Voilà.

Il encadra de ses mains son visage, rétrécissant son champ de vision.

— Encore une fois, Jenny. Concentrez-vous, là. On inspire, un... deux... trois. Et on expire, un... deux... trois.

Evan la relâcha et vérifia son pouls.

— J'aurais dû faire quelque chose plus tôt, entendit-elle son père dire avec inquiétude.

— Laissez-moi aller la voir, s'enquit Stan.

Jenny regarda derrière Evan pour voir Stan qui luttait contre les hommes qui le retenaient, l'air épuisé et déterminé. Une pointe de douleur et de regret lui déchira le torse en voyant l'homme qu'elle aimait toujours avec tant de force lutter ainsi. Mais ce fut de voir son père bouleversé qui l'affecta le plus. Il vieillissait juste sous ses yeux et elle se savait être la cause de son déclin. Comprendre qu'elle ne pouvait pas lui faire traverser davantage la fit parler.

— Ça va, papa, dit-elle comme si son cœur avait cessé de s'emballer et que son souffle s'était ralenti.

Sceptique, Evan haussa un sourcil ; il n'y croyait pas, mais Jenny insista. Elle chuchota de sorte que seuls lui et les filles, juste derrière lui, puissent l'entendre :

— S'il vous plaît. Je ne veux pas qu'il s'inquiète. Il... John m'a déjà attrapée comme ça. Je crois que raconter cette journée et qu'on me le refasse, ça a réveillé quelque chose chez moi.

Evan hocha la tête, prit son pouls et la regarda droit dans les yeux.

— Et si on vous faisait monter ? Vous avez besoin d'aide ?

— Non.

Elle regarda à gauche et à droite, où les filles se trouvaient. Elle vit alors que Gregor et Stephan tenaient toujours Stan en arrière et qu'Alex parlait à voix basse avec son père.

— Qu'y a-t-il ? demanda Sam quand Jenny lui serra la main.

— Hayden.

Elle avait besoin de son bébé.

— Je vais le chercher, proposa Amanda.

Sam et Evan l'aidèrent à se lever et commencèrent à la conduire à sa chambre.

— Jenny, l'appela Stan.

Elle se tourna et croisa ses yeux pour la première fois depuis que la panique avait commencé à grimper. Elle y vit un miroir de la peine et l'angoisse qu'elle ressentait. Quel bazar tout ça était devenu. Au moins, tout était sur la table, il n'y avait plus de secrets.

Amanda revint avec Hayden et, reconnaissante, Jenny prit le bébé et l'attira contre elle. Avec lui dans ses bras, elle était prête. Elle hocha la tête et les filles la suivirent et l'escortèrent en haut. Quand elle atteignit le palier, elle lança un dernier regard en arrière et croisa encore une fois le regard anxieux de Stan. *Je sais,* songea-t-elle. *Je suis désolée. J'ai besoin de plus de temps.*

Les filles la bordèrent dans son lit, même si elle n'avait rien demandé, et se reposer contre les oreillers se révéla être très réconfortant et apaisant. On n'avait pas pris soin d'elle comme ça depuis des années – à part lors du moment passé avec Stan. Evan examina son pouls encore une fois, puis la regarda droit dans les yeux et lui ordonna fermement mais avec chaleur de se reposer. Après ça, Amanda transféra Hayden dans ses bras et les filles s'assirent toutes les deux en tailleur sur le lit, à côté d'elle.

— Jen ? Dis-nous ce qui s'est passé ? demanda Sam.

Amanda l'encouragea d'un hochement de tête.

Jenny se tourna sur le côté et posa Hayden à côté d'elle. Elle baissa les yeux vers son bébé, embrassa le sommet de sa tête et réfléchit à par quoi commencer. Elle raconta le moment où elle était rentrée chez elle pour dire au revoir à Nonnina. Ce qui l'avait conduit à son mariage avec John et des détails qu'elle n'avait partagés qu'avec Marisa auparavant – et uniquement quand John était officiellement hors de sa vie. Sam et Amanda s'empressèrent d'apporter leur soutien avec des *Oh, Jen* ou *Je suis vraiment désolée.*

Jenny parla encore et elles écoutèrent. Toutes les trois, elles restèrent assises sur le lit à pleurer, rire et compatir pendant des heures. À un moment, Helen et Rosa entrèrent avec Zander et Callie. En voyant que leur temps entre filles n'était pas terminé, les deux femmes laissèrent Zander, qui était heureux de retrouver les bras de sa maman, et dirent à Callie qu'elles avaient de grandes choses prévues pour elle. La petite fille d'Amanda vit clair dans leur jeu, mais suivit le mouvement, visiblement perspicace pour une enfant de son âge. Elle serra dans ses bras sa mère, tapota la tête des garçons et leur lança un regard qui indiquait qu'elle s'en allait mais s'attendait à être récompensée pour sa coopération.

Quand Jenny arriva enfin à sa rencontre avec Stan à Palm Beach, on aurait dit qu'elles étaient de retour à la fac, à s'extasier et glousser d'excitation. Au cours de son récit, Jenny se rendit compte que c'était agréable de se souvenir de ce moment avec lui comme de l'événement incroyable, exaltant et bouleversant qu'il avait été – sans qu'il soit entaché par son abandon.

Elle leur raconta tout, y compris le jour où Stan l'avait conduite à l'aéroport et fait monter dans l'avion. Elle n'oublierait jamais ce jour. Elle avait adoré sa force calme. Un abri au beau milieu de sa tempête à elle. Si différent de ce qu'elle avait cru qu'il était devenu.

Quand elle termina cette partie de l'histoire, elles étaient toutes trois allongées et regardaient le plafond. Amanda et elle avaient mis les garçons dans le berceau d'Hayden un peu plus tôt et ils dormaient. Jenny leur raconta ensuite les détails crus de son retour, le dernier mois avant que le divorce soit prononcé, et la nouvelle vie qu'elle avait bâtie tout en se préparant pour Hayden, qui était encore loin d'arriver.

À un moment, Amanda devint très sérieuse et secoua la tête en lui prenant les mains.

— Jen, j'ai l'impression de te l'avoir pris. Alors que tu étais seule, à te protéger toi et Hayden, Stan s'occupait de nous.

— Ce n'est pas ta faute, Amanda. J'y ai beaucoup songé. C'est moi qui ai choisi John en sachant que c'était Stan que j'aimais vraiment. J'avais juste peur.

Elle ne reparla pas de ce qui s'était passé, mais elles savaient toutes pourquoi.

— On ajoutera ça à la liste de tournants et retournements de situation de nos vies.

Amanda et Sam échangèrent un regard.

— Quoi ? Il y a autre chose ?

— Une autre fois, s'enquit Amanda. Concentrons-nous sur comment reprendre ta relation avec Stan comme il se doit.

Jenny secoua la tête, pleine de peurs.

— Tant d'eau a coulé sous les ponts, Amanda. Je ne crois pas qu'on puisse retourner en arrière.

— Fais-moi confiance là-dessus. *Tout* est possible. Tu l'aimes encore, non ?

Jenny n'hésita pas :

— Bien sûr que je l'aime encore, mais je crois que ce qui est arrivé l'année dernière a causé des dégâts permanents. On ne peut pas revenir sur les blessures du passé.

Elle haussa les épaules et soupira tristement.

— Non, refusa Amanda. Hors de question.

Quelqu'un frappa à la porte et Sam alla voir tout en répliquant :

— Je suis d'accord avec Amanda.

Elle entrouvrit la porte, chuchota quelque chose à la personne en face et la referma, un petit sourire aux lèvres.

— C'était Stephen, dit-elle en remontant sur le lit.

— Ton petit ami qui n'est pas ton petit ami, lança Jenny.

Amanda rit.

— N'est-ce pas ?

Jenny leva les yeux au ciel. *C'est exactement ça.*

— Hé, ça suffit, les réprimanda Sam en les tapotant. Le repas va être prêt. Les gars nous attendent sur la terrasse. Tu en penses quoi, Jenny ?

— Je devrais y aller ?

Elle avait bien envie de rester au lit dans sa chambre toute la soirée, mais l'idée de passer ces longues heures seule la rendait anxieuse. Depuis son arrivée chez les Montgomery, elle commençait à découvrir qu'après son isolation, être seule devenait accablant et rebutant.

— Vous en pensez quoi, vous ? demanda-t-elle, ne sachant pas à quoi s'attendre.

— Viens, dirent-elles à l'unisson.

Jenny sentit un petit sourire apparaître sur son visage. Elle les adorait, ses anciennes amies, et être réunie avec elles faisait beaucoup de bien, comme si elle avait atterri exactement où elle était censée être. Mais pouvait-elle affronter Stan ? Elle avait grosso modo piqué une crise devant lui et fui. John s'était toujours énervé quand elle changeait d'avis ou *surréagissait*, même si elle n'avait jamais eu l'impression d'avoir surréagi à quoi que ce soit. Plutôt le contraire, en fait : elle avait sans arrêt surveillé ses réactions en sa présence. Malgré tout, il la disait inconstante, émotive et naïve. Elle savait qu'elle n'avait jamais été cette personne, que John l'avait simplement manipulée pour qu'elle croie être irrationnelle. Les mauvaises habitudes ont pourtant la vie dure.

— Je n'ai pas surréagi, si ? demanda-t-elle en doutant d'elle-même.

— Oh, mon cœur, non... tu avais tous les droits d'être bouleversée tout à l'heure, la rassurèrent les filles en parlant en même temps.

— Fais-moi confiance, reprit Sam, pendant qu'on parlait, les garçons en ont fait de même. Stan a même essayé de monter deux fois, mais il a été intercepté chaque fois. Il a pour ordre strict de te laisser de l'espace.

— Le temps du repas est sacré en général chez nous, expliqua Amanda. Et puis, j'ai le sentiment qu'après ce qui s'est passé, il adoptera un comportement exemplaire.

Jenny était déroutée, mais elle savait qu'elle ne devrait pas. Stan acceptait sa responsabilité dans cette situation au lieu de la blâmer pour tout. C'était le Stan qu'elle avait connu.

Elle regarda ses amies et comprit qu'elle ne s'était pas sentie aussi connectée aux autres depuis longtemps. Même avec toute ce tumulte entre Stan et elle et sa crise plus tôt, sa présence avec les filles et leur entourage élargi semblait ce qu'il faut pour elle.

— J'imagine que je ne peux pas rester là-haut toute l'éternité.

Mieux valait affronter Stan sur le moment, avec du monde ; et puis, ce n'était pas comme si elle devrait s'asseoir avec lui en privé. Du moins, pas tout de suite.

Avant de partir se rafraîchir avant le dîner, Sam et Amanda prirent Jenny dans leurs bras pour une étreinte longue et émouvante qui resta longtemps avec elle. Une fois les filles parties, elle s'assit sur le bord du lit et inspira profondément. Elle savait déjà que les repas ici étaient semi-formels, alors elle choisit de nouvelles tenues pour elle et Hayden, puis fit sa toilette.

La journée avait été forte en événements, mais elle se sentait un peu mieux d'avoir tant parlé avec Sam et Amanda, mieux qu'il n'y ait plus de secrets entre Stan et elle.

14

Southampton
New York

Stan n'avait jamais vu sa vie comme un échec. *Jamais.* Pas vraiment. Pas à la fac de droit quand il avait perdu Jenny avec John, pas même quand il avait cru à tort qu'elle avait choisi John plutôt que lui l'année précédente. Il s'était considéré comme un *loser* les deux fois, mais il n'avait pas estimé que sa vie était un *échec.* Pourtant, après ses erreurs de compréhension, c'était indéniable. Il avait échoué. Il avait failli à ses responsabilités auprès de Jenny, de leur fils, de sa famille. La pilule était difficile à avaler.

Quand il avait suivi Jenny, il voulait juste apaiser toute la douleur qu'il avait causée. La serrer dans ses bras quelques brèves secondes était un bon début, mais elle avait fui. Quand il l'avait rattrapée et qu'elle avait hurlé, les yeux écarquillés et frappés de terreur, il lui avait fallu un moment pour assimiler qu'elle était coincée dans quelque chose qui n'avait rien à voir avec lui. Tout ce qu'il avait vu chez elle lui revint à l'esprit : le réveil en sursaut, les tressaillements en entendant une voix forte, puis ça. Ce bâtard l'avait attrapée par-derrière. Il avait fallu le retenir sérieusement pour qu'il ne s'élance pas après lui. Mais il ne pouvait pas s'emporter et partir abattre John, il devait veiller sur son fils et Jenny. C'était prioritaire. *Ils* étaient prioritaires.

Encore une fois, Gregor et Stephen étaient intervenus pour l'écarter pendant qu'il observait, impuissant. Quand M. D'Angelo, lui-même bouleversé, lui avait tapoté l'épaule avec sympathie, Stan avait inspiré profondément.

— Donne-lui un peu de temps, fiston.

Stan avait hoché la tête tout en regardant Jenny monter l'escalier.

De retour dans sa chambre, il mit un short de sport et un tee-shirt et se dirigea vers la salle de sport. Alors qu'il était d'habitude un livre fermé, l'humeur de Stan formait un nuage noir palpable. Les lumières de la salle s'allumèrent quand il ouvrit d'un coup les portes et appuya sur le bouton d'un coup de poing en passant. Il prit les bandes de boxe et fila vers les punching-balls, déchirant la bande des dents. Quand il termina de protéger ses mains, il lança le rouleau à l'autre bout de la pièce avec un grognement et frappa de toutes ses forces, encore et encore.

De nombreuses minutes plus tard, il resta debout, essoufflé, s'accrochant au punching-ball pour l'immobiliser. Et soudain, Alex était là, appuyé de l'autre côté du punching-ball à le regarder fermement. Pas surpris de le voir, Stan le salua d'un geste de la tête. Si quelqu'un savait ce que ça faisait de perdre le contrôle d'une situation, que tout tourne terriblement mal, c'était bien son patron. Ils échangèrent un regard avant que Stan n'essuie son front avec son bras et se remette à frapper. Encore une fois, il tapa avec tout ce qu'il avait, martelant le punching-ball jusqu'à ce que ses bras piquent et deviennent engourdis, puis vacilla contre l'objet, l'attrapa et relâcha toute l'anxiété dans un cri. Il tomba à genoux, épuisé, couvert de sueur et leva les yeux quand deux autres paires de pieds apparurent devant lui. En levant la tête, il découvrit Stephen et

Gregor. *Naturellement.* Stephen tendit la main et Stan le laissa le tirer et accepta une serviette et bouteille de Gregor. Il s'essuya le visage et le torse, se frotta la nuque et vida la moitié de la bouteille.

Il les fixa une seconde.

— J'ai sauté dans le piège.

Cette idée le rendait encore malade et l'épouvantait. John avait utilisé ses propres doutes contre lui. Pour la millième fois depuis qu'il avait appris la vérité, il revisualisa ce jour-là. Il se rappelait avoir marché jusqu'au bureau d'accueil de l'hôpital. Le temps d'arrêt de la réceptionniste quand il avait dit qu'il venait rendre visite à Jenny D'Angelo. À l'époque, il avait cru que c'était une réaction à son visage paniqué et son ton pressant, mais il savait la vérité. John avait dû lui donner comme instruction de l'alerter de son arrivée, il l'avait peut-être même payée pour le laisser entrer et mettre au courant John, pour qu'il puisse le voir sur le lit avec Jenny, pratiquement *dans* le lit. Il avait été si frappé par cette image qu'il s'était figé dans le couloir. De vieilles blessures s'étaient rouvertes et avaient obscurci son jugement. Perdu dans une furie d'émotions, il avait bloqué le numéro de Jenny ce jour-là.

— Je l'ai abandonnée, dit-il en croisant les yeux de Stephen, puis ceux de Gregor et d'Alex.

Ce qui avait commencé comme un murmure s'amplifia quand il répéta :

— Je l'ai abandonnée. Je l'ai laissée seule se défendre face à un serpent. UN SERPENT !

Il se plia en deux et secoua la tête. Il savait que Jenny était fragile quand il l'avait accompagnée dans cet avion. Mais s'il avait été conscient de l'étendue de la psychose de John, il serait parti avec elle et tant pis pour ce qu'on en dirait. Elle avait tout gardé pour elle. Et Hayden, Hayden était *son* garçon. Ce garçon était à *lui.* Stan s'esclaffa doucement et sentit un sourire ironique traverser son visage. Au moins, l'insistance d'Alex que ce soit *lui* qui aille chercher Jenny et la détermination de M. D'Angelo à ce qu'elle reste ici devenaient soudain censés. Malheureusement, son amusement ne dura qu'une petite seconde.

Stan passa violemment ses mains dans ses cheveux et secoua la tête.

— La femme de ma vie était enceinte et je l'ai abandonnée. Je l'ai abandonnée et j'ai coupé les ponts. Et tout ce temps, j'étais avec Amanda, à la protéger pendant *sa* grossesse. Comment est-ce que je peux encaisser ça ?

La culpabilité qu'il ressentait était insoutenable.

— Je n'ai pas de réponse, Stan. Je ne peux pas revenir sur ce qui s'est passé et comment ça s'est passé. Pour une raison ou pour une autre, tu étais fait pour aider ma famille au prix de la tienne. C'est une dette que je..., que *nous*, corrigea Alex en désignant Stephen et Gregor, ne pourrons jamais combler. Jamais.

Stan savait que c'était vrai. Il le sentait à leur sérieux sans faille. La gravité de ce qui s'était passé et le fait qu'ils n'en comprennent l'étendue que maintenant étaient déchirants.

— On peut réparer les choses.

— Elle pense que je l'ai abandonnée.

Il leva les mains en l'air.

— Qu'est-ce que je dis ? C'est bel et bien ce que j'ai fait !

Il se sentait malade.

— Alex a raison, s'enquit Evan en rejoignant le cercle, l'air déterminé. On va réparer les choses.

— Comment va-t-elle ? s'enquit-il, anxieux.

— Elle est forte Stan, et même si ce n'est techniquement pas permis par le code déontologique de ma profession, je te considère comme ami aussi : tu ne l'as pas perdue.

Stan inspira sèchement.

— Je dois la voir, Evan.

— Il faut lui laisser un peu d'espace pour l'instant, Stan.

— Non. Il faut que je répare ça. Je l'ai abandonnée. J'ai été hostile depuis son arrivée dans le domaine. Si tu fais attention....

Stan s'arrêta net en voyant Evan rire. Il ne voyait pas ce qu'il trouvait drôle, mais la réaction du docteur et la chaleur honnête qu'il ressentit quand Evan tapota son bras lui fit marquer un arrêt et réfléchir.

— Faire attention ? Oui, Stan, j'ai fait attention.

Stan comprit que le gentil médecin devait savoir aussi pour le bébé. Lui et les filles étaient-ils les seuls dans le noir ?

— Ça peut être réparé. J'en suis sûr. Mais il faut bien s'y prendre.

Stan inspira profondément, toujours en secouant la tête, essayant encore d'encaisser tout ce qui s'était passé.

— Je l'ai bloquée. Et quand j'ai caché Amanda, le reste du monde a disparu avec nous.

Sa concentration sur la protection des filles avait été une bénédiction sur le coup, cela lui avait permis de repousser toute pensée de Jenny au fond de son esprit. Pourtant maintenant, il regrettait amèrement.

— Stan, tu ne peux pas t'en vouloir.

— Non. Je peux. J'étais tellement pris par notre potentiel futur féérique que je ne me suis jamais arrêté sur ce que Jenny pouvait bien me cacher, ce que John lui avait fait traverser pour qu'elle veuille tant partir et aussi soudainement.

— Pourquoi l'aurais-tu demandé ? Tu ne te sens comme ça qu'à cause de ce que tu as appris aujourd'hui – des choses que tu ne pouvais pas savoir avant. Jenny a choisi de ne pas partager ça avec toi à cet instant pour une raison, Stan. C'est compréhensible.

Stan secoua la tête.

— Je dois la voir. Je dois lui parler.

— Tu *dois* lui laisser de l'espace. Tu *dois* laisser les choses se calmer. Aussi difficile que ça puisse paraître, Stan, ça ne fait que vingt-quatre heures que tu l'as ramenée ici. Tu lui parleras en temps voulu.

— Oui, mais la rapidité... c'est notre truc, Evan.

Il l'avait amenée aux Keys avant même vingt-quatre heures la dernière fois.

— Je comprends. Mais patience, sauterelle. Qu'elle sache la

vérité maintenant n'enlève pas la douleur ressentie pendant plus d'un an. Pas juste à cause de ce qui s'est passé à l'hôpital. Il faut prendre en compte les années avec John. Il a fallu l'accident pour que l'abus devienne physique, mais une lente escalade de manipulation et de harcèlement a fait son effet sur notre Jenny. Ces schémas sont difficiles à détruire. Les repères internes et mécanismes de défense prennent souvent le relais quand quelqu'un traverse ce genre de choses. Même avec des circonstances parfaites, elle aurait du travail à faire là-dessus.

Evan échangea un regard avec Alex, puis termina par :

— Je vous verrai au repas. J'escorterai Jenny moi-même et j'installerai les bases pour ce que j'espère être une rapide réconciliation.

15

Southampton
New York

Jenny sourit en voyant Evan qui attendait sur le banc devant sa porte. Elle ressentait déjà un attachement pour lui, une aise, et elle était soulagée qu'il l'escorte au repas.

— Je peux ? demanda-t-il en indiquant l'escalier.

— Bien sûr.

— Comment allez-vous ?

— Bien mieux pour ce qui est de ma crise un peu plus tôt. Pour le reste...

Elle haussa les épaules.

— Un peu instable, mais ce n'est pas inhabituel, non ?

Ses yeux étaient compatissants et remplis de chaleur et de compréhension.

— Je voudrais vous dire oui, mais honnêtement, dans la vie, j'ai découvert que rien n'est habituel.

Sa réponse n'était pas celle qu'elle attendait. Quand elle lui jeta un regard, elle vit quelque chose qu'elle reconnut dans ses yeux. Un éclat de compréhension ou peut-être sa propre tristesse à lui.

— Vous aussi ?

Elle sentait qu'il parlait d'expérience. Il sourit tristement et acquiesça.

— Oui, moi aussi.

Evan se révélait être une perle *et* doué à son travail. Son conseil, donné alors qu'il l'accompagnait lentement au repas, était simple et franchement pile ce qu'il lui fallait. Il lui conseilla de ressentir ce qu'elle devait ressentir, dire ce qu'elle devait dire et prendre chaque jour, chaque heure ou minute comme il ou elle vient. Il poursuivit en disant qu'il n'y avait pas de bon ou de mauvais sentiments, que tous étaient valides. En s'approchant de la table, il termina par dire qu'il était disponible pour elle 24 heures sur 24. À ce stade, elle était si calme et à l'aise qu'elle n'avait pas remarqué qu'ils traversaient la cuisine massive et se tenaient sur le seuil de la baie vitrée menant à une portion de terrasse qui semblait sortie d'un conte de fées.

Même si elle n'avait pas encore pu visiter l'endroit, Jenny vit que c'était là que les repas se prenaient régulièrement chez les Montgomery. Elle découvrit de petites tables, une grande table carrée et différents sièges : un grand canapé, quelques fauteuils et chaises dotés de couvertures pour les genoux, de coussins. Des parasols et d'énormes plantes en pot étaient constellés de fausses bougies et des chauffages bien placés pour la nuit froide entouraient le décor. À part les montagnes russes, Jenny commençait à apprécier de plus en plus ces gens-là.

Tout le monde semblait détendu et parlait. Stephen servait le vin, une main sur l'épaule de Sam qui leva les yeux vers Jenny et lui fit un signe de tête. Rosa berçait Zander sur ses genoux pendant que tout sourires, Helen, Trevor et Michael écoutaient Callie raconter une histoire très animée. Alex et Amanda étaient pelotonnés l'un contre l'autre et semblaient en pleine conversation, la tête penchée. Jenny chercha son père autour d'elle et le repéra dans un coin, à parler avec Stan.

Elle inspira profondément. *Oh, Stan.* Il portait l'une des chemises préférées de Jenny, en vichy bleu ciel qui moulait ses bras, ses épaules et son torse. Il l'avait portée quand ils étaient allés manger vers la fin de leur voyage aux Keys. À l'époque, elle avait commenté la douceur du tissu et la beauté de Stan dedans. Mais Stan était toujours soigné, même en jean et tee-shirt. Elle se demanda pour la millième fois comment tout avait pu si mal tourner.

Sans l'année passée, l'image devant elle aurait été parfaite. Stan et son père, assis l'un à côté de l'autre, à se parler avec aise. Il y avait toujours eu une camaraderie facile entre eux et vu le regard chaleureux et affectueux de son père, il était évident qu'il n'avait jamais remis en question la personnalité de Stan ou son allégeance pour elle. Elle comprit alors que son père avait raison pour Stan. S'en rendre compte adoucissait tout ce qui s'était passé encore un peu.

Stan fut le premier à les remarquer, Evan et elle, et il se leva aussitôt, son expression remplie d'inquiétude et de tendresse. Ce geste attira l'attention des autres qui lui adressèrent des sourires chaleureux.

Les autres hommes se levèrent, Evan l'accompagna à sa place et dès qu'il eut poussé sa chaise, Trevor, Michael et Stan rentrèrent et apportèrent de grands plateaux de la cuisine. Leur organisation s'apparentait à une machine bien huilée. Les femmes firent de la place au centre de la table et commencèrent à passer des paniers de pain remplis de baguettes croquantes, de popovers[1] et d'épaisses tranches de pain au levain saupoudrées d'oignons frits. Des plateaux et saladiers furent transmis de main en main comme s'ils formaient une grande famille. Salade César, légumes frits, deux plats de pâtes différents – des pennes et des gemellis –, saltimbocca et poulet marsala finement haché et parfaitement dressé. Jenny était si charmée et embarquée par

---

1. Petits pains légers qui ressemblent à des choux, cuits dans des moules à muffins.

l'atmosphère chaleureuse qu'elle fut surprise quand Stephen posa une main sur son épaule. Elle ne l'avait pas vu qui tournait, mais s'aperçut qu'il brandissait une bouteille de vin, un joli rouge, et indiquait son verre. Elle acquiesça et après avoir été servie, elle posa une main sur son bras.

— Merci, Stephen. Pour tout.

Elle espérait transmettre sa gratitude d'être là, si on oubliait les *dramas* et blessures émotionnelles. Il lui tapota la main en la regardant droit dans les yeux et hocha la tête.

Jenny ne savait pas où Stan et elle en étaient, mais elle découvrit que l'animosité entre eux n'était plus. C'était un répit bienvenu.

Elle allait poser Hayden dans la chaise haute apparue à côté d'elle quand son père vint à elle et tendit les bras vers le bébé.

— Tu viens avec Nonno ? demanda-t-il en embrassant Hayden.

Le bébé cria quand il fut soulevé haut dans les airs. Son père baissa les yeux vers elle, puis jeta un regard à Stan.

— *Si* ?

C'était une question lourde de sens et la table devint soudain silencieuse alors que tout le monde attendait sa réponse. La gravité du moment avait attiré tous les yeux sur eux. Bien sûr, elle voulait que Stan ait du temps avec son fils. À une époque, offrir à Stan le garçon qu'il voulait tant l'avait comblée de joie. Jenny acquiesça et regarda Stan, assis au coin opposé de la table. Ses yeux étaient sur elle, attendaient, doux, fermes, reconnaissants. Bon Dieu, comment avaient-ils fini ainsi ? Encore une fois. Elle prit le biberon d'Hayden, indiquant que Stan devrait le nourrir. Il sourit doucement et leva son assiette, posant une question muette. Avec ce simple geste, Jenny se radoucit et se rappela ce qu'Evan lui avait dit.

— Peu importe, articula-t-elle en donnant à son père le biberon.

Stan ne prit pas le bébé tout de suite et s'occupa plutôt de couper de la nourriture dans son assiette pendant que son père et le bébé babillaient ensemble. Elle était sûre qu'Hayden aimerait tout sauf le marsala. Il adorerait le saltimbocca, c'était sûr – qui n'aimait pas le prosciutto, le fromage et une bonne sauce ? Une fois le repas coupé, Stan prit Hayden. La transmission fut parfaite, à la Stan. Il tint Hayden de façon à ce qu'il puisse regarder son visage, tout en parlant et souriant. Puis, il frotta sa tête contre le ventre d'Hayden qui rit et posa ses paumes ouvertes sur le visage de Stan et le haut de sa tête, appréciant visiblement le petit jeu.

En voyant les yeux de Stan briller de larmes alors qu'il attirait Hayden à lui et le berçait contre lui, Jenny sentit ses propres larmes monter. Elle avait imaginé si souvent ce moment, surtout au début. Soudain submergée, elle se détourna, sans manquer de remarquer que toute la table observait Stan. Il était visiblement un membre de valeur dans l'équipe de Montgomery.

Ce premier instant de vraie rencontre terminé, Stan tourna Hayden pour qu'il soit face à la table et le dîner commença vraiment. Après avoir goûté les plats, son père lança un *Bellissimo* sincère et Jenny se rendit compte qu'ils avaient dû préparer le repas en l'honneur de son père. Un autre point pour les Montgomery.

Du coin de l'œil, elle observa Stan proposer un peu de tout à Hayden et rit en le voyant frémir après une bouchée de marsala. Stan regarda dans sa direction, les yeux remplis d'un mélange de tristesse et d'émerveillement devant ce moment doux-amer entre eux.

Vers la fin du repas, Hayden commença à s'agiter et à réclamer sa mère, alors le père de Jenny le reprit et rapporta le bébé avec son biberon. Stan n'insista pas et se contenta d'embrasser le sommet de sa tête et tard le lui rendre avec un hochement de tête en remerciement. Hayden sur les genoux, Jenny observa le reste de la routine des Montgomery avec plaisir. Tout le monde mit la main à la pâte pour débarrasser la table avant le dessert et tout recommença alors. Rosa apporta une pile d'assiettes, Helen les couverts et Trevor, Michael et Evan déposèrent à table des plateaux de fruit, un beau tiramisu en étages et des verres de martini remplis de glace à l'italienne et sorbets. Les femmes installèrent une cafetière à piston et des plateaux argentés chargés de lait et sucre de chaque côté de la table, pendant que Stan posait des tasses de café à la droite de certaines personnes, probablement ceux qui en prenaient en général, elle comprise.

Elle s'autorisa à ressentir l'éclat chaleureux de voir des gens qui la connaissaient, la reconnaissaient et l'aimaient – même si la preuve était simplement qu'il savait qu'elle voudrait du café. Stan s'attarda un instant pour caresser la tête d'Hayden et sa chaleur fut familière et attirante. Elle se raidit pour ne pas s'avancer vers lui, surprise de ce réflexe instinctif. Elle se força à se concentrer sur le biberon d'Hayden et se demanda si cela pouvait être aussi simple. Puis, elle lança un regard à Evan, dont le sourire intelligent et attentif affirmait que peut-être que si.

L'agitation reprit, grandissant légèrement quand Stephen fit le tour en proposant cognac, brandy et porto comme boissons d'après repas. Et ainsi commença une autre tournée de récits, rires et camaraderie. Cette fois, pourtant, Jenny ne tourna pas la tête dans tous les sens pour écouter toute la table. Elle s'intéressa uniquement au père de son enfant. Il était clairement dans son élément avec cette famille qu'il s'était choisie, ses camarades, et elle appréciait de le voir aussi à l'aise. Chaque fois que leurs yeux se croisèrent, Jenny s'autorisa un petit sourire, que Stan lui rendit.

Ils terminèrent tard, si tard que Jenny sut qu'ils avaient attendu qu'elle et les filles terminent avant de réunir tout le monde pour dîner, un autre point pour les Montgomery. Alex et Amanda allèrent border Callie et Jenny salua son père. Quand il se dirigea vers la porte d'entrée, elle regarda Stan, appuyé à un pilier de l'entrée, et lui demanda en silence s'ils avaient plus à se dire. Heureusement, Stan comprit que la journée avait été longue et secoua la tête en lui indiquant l'escalier. *Va te coucher,* disaient ses yeux. Elle lui adressa un long regard reconnaissant et hocha la tête.

Quand Hayden et elle atteignirent le haut de l'escalier, elle se retourna et baissa les yeux, pas surprise de voir Stan qui l'observait par-dessus la rampe. Peut-être qu'un jour, ils répareraient les choses. *S'il vous plaît.*

16

Ouest des Keys, Floride
Quinze mois plus tôt

Jenny sourit depuis son perchoir sur l'îlot de la cuisine, à regarder par la fenêtre Stan mettre leurs steaks sur la grille. Quand avait-elle était aussi heureuse pour la dernière fois ? À voir Stan, elle pouvait presque imaginer que ceci était leur vie, qu'elle l'avait choisi lui et qu'ils avaient vécu ici ensemble. L'air satisfait de la cuisson, Stan se retourna vers elle et quand il croisa son regard, le sourire sur son visage lui souffla que bientôt, ça serait vrai. Ceci serait à eux. Ensemble.

Quand il entra, Stan s'arrêta devant elle, prit sa tête entre ses grandes mains et l'embrassa.

— On retourne faire la fête dehors, bébé. Allez.

Sans briser leur contact visuel, elle enroula ses bras autour de son cou, ses jambes autour de sa taille, et il la porta. Il la traitait comme une poupée en porcelaine, *sa* poupée en porcelaine. Elle ne s'en plaignait pas. Être aimée et choyée par Stan créait le meilleur sentiment au monde. Bon Dieu, quelle idiote elle avait été toutes ces années. Elle aurait dû courir *vers* lui, pas loin de lui.

Depuis qu'ils avaient fait l'amour un peu plus tôt, il la traitait comme si elle pouvait se briser d'un instant à l'autre. Après le sexe, ils étaient restés allongés en silence dans le lit – bon, certes, elle avait pleuré *pas si silencieusement*, et il l'avait serrée dans ses bras. Et c'était bien. Elle se sentait en sécurité. Elle ne s'inquiétait pas de faire ce truc de fille et de se perdre dans le moment et de lui faire peur. Le passé entre eux lui suffisait à ce qu'elle sache que Stan comprenait. Au moins le fait d'être submergée par leur réunion, enfin, et d'être triste pour tout ce temps, toutes ces années perdues. Tout ça à cause d'elle.

Quand elle avait enfin versé toutes ses larmes, il avait embrassé chaque centimètre de son visage avant d'opter pour ses lèvres. Stan excellait aux baisers. Très vite, elle l'avait senti se durcir et avait chuchoté contre sa bouche :

— Encore, s'il te plaît.

Elle avait senti son sourire pendant qu'il roulait sur elle et écartait ses jambes.

— Je dois ressembler à une épave.

— Dans ces cas-là, tu es la plus belle épave que j'aie jamais vue.

Elle avait souri, enroulé ses jambes autour de sa taille et l'avait accueilli profondément en elle. Son grognement d'approbation avait rejoint son gémissement. Il lui avait refait l'amour, plus lentement cette fois. Sans se presser, ils avaient pris leur douche, échangé leurs vêtements pour des habits détente et étaient retournés à la cuisine. Stan l'avait posée sur l'îlot, tout doucement. Il avait repoussé ses cheveux mouillés derrière ses oreilles et était resté là un moment à la regarder. Jenny sourit en pensant à comment il avait secoué la tête comme s'il était émerveillé qu'elle soit là, qu'ils soient *là*, ensemble. Puis, il l'avait embrassée sur la bouche et s'était occupé de terminer le repas.

Maintenant, il la posa à la table, orienta la chaise à un angle qui lui convenait et prit une énorme spatule.

— Je ne peux pas aider à quelque chose ? redemanda-t-elle.

— Non, madame. Mon travail, c'est de te faire à manger.

Ton travail, dit-il en pointant l'énorme spatule vers elle, c'est de me laisser faire. Demain, tu pourras aider.

Il lui adressa un clin d'œil et but une gorgée de vin. Elle s'esclaffa.

— Ça marche.

Le repas était éblouissant. Stan avait toujours été bon cuisinier et ses compétences n'avaient fait que s'améliorer avec l'âge. Après avoir débarrassé et posé quelques pâtisseries sur une feuille de cuisson avec un torchon humide pour qu'elles lèvent pendant la nuit, ils se lavèrent les dents et mirent leur pyjama comme s'ils avaient fait ça tous les soirs pendant des années. Stan portait un short doux et un tee-shirt et elle brandit deux nuisettes pour qu'il choisisse laquelle elle porterait. Il aimait bien la bleue.

Ils s'installèrent sur la balançoire sur le grand porche et regardèrent le coucher du soleil. Il se mit dans un coin, l'attira contre son torse, et après quelques minutes passées ainsi, il l'emmena au lit. Jenny aimait le laisser la déplacer, la placer là où il voulait. Ce n'était pas comme avec John, où tout était assorti d'une menace tacite de *sinon*... Non, avec Stan, c'était comme rentrer à la maison et avoir quelqu'un qui savait toujours ce qu'elle voulait ; il devançait simplement ses désirs.

— Je veux faire ça tous les soirs, pour toujours, dit-il en retirant ses vêtements et son caleçon, avant de la rapprocher et de la serrer contre lui. Je suis épuisé, chérie, mais au matin, j'en veux encore.

Elle roula sur le lit, posa ses mains sur ses joues et l'embrassa.

— Réveille-moi quand tu veux.

Elle trouva sa place, bercée par la respiration régulière de Stan.

Jenny se réveilla tôt, mais cette fois-ci, c'était parce qu'elle avait incroyablement bien dormi et non pas parce qu'elle se sentait constamment menacée. Elle n'avait pas de pensées agitées, pas d'anxiété ; c'était comme si Stan était un abri au milieu de sa tempête. Elle n'était même pas sûre que l'un ou l'autre ait bougé de toute la nuit. Elle se retourna et le serra fort dans ses bras, et une autre séance de sexe plus tard, Jenny était étendue sur le lit, la tête pendante sur le bord, à regarder le plafond. Elle n'arrivait pas à croire à quel point elle se sentait à l'aise avec Stan. Elle s'en émerveillait vraiment. Elle n'avait jamais été aussi désinhibée. Bien sûr, elle n'avait été qu'avec John, et leurs relations sexuelles étaient plus conventionnelles. Là, c'était passionné, ouvert sur l'autre, vulnérable. Ils ne faisaient rien de fou ou de tabou, mais il y avait entre eux un niveau d'intimité qu'elle n'avait jamais connu auparavant. Elle se rendit alors compte que c'était parce qu'elle lui faisait confiance. Quand Stan parlait dans le feu de leurs ébats, des choses comme *Chut, je gère* ou *Jenny, détends-toi chérie*, elle se calmait instantanément et suivait le mouvement.

Elle sourit en le sentant debout près du lit derrière elle et son visage apparut au-dessus du sien. Ses cheveux épais étaient un peu en désordre et elle savait que les siens n'étaient probablement pas mieux.

— Bonjour, chérie. Ça va ? demanda-t-il.

— Est-ce que ça implique de faire des phrases complètes ?

— Tu viens de le faire. Félicitations. Tu veux te doucher ?

— Avec toi ? osa-t-elle. Oui, s'il te plaît.

Elle inspira profondément.

— Est-ce l'odeur des pâtisseries que je sens déjà ?

Il gloussa.

— Non. Le four est chaud, mais j'attends qu'on sorte du lit pour de bon, pour ne pas les brûler.

— Tu es brillant, Stanley Michael Finch.

— Allez, ma poupée toute molle, allons te déshabiller et te laver. Je pourrais même recommencer à faire ce que je veux avec toi.

Elle rougit de cent nuances de rouge, elle qui se sentait déjà usée. De la meilleure façon, bien sûr.

— Bon Dieu, Stan. Je ne pense même pas pouvoir bouger.

Elle gloussa à nouveau. Ça arrivait souvent. Elle se sentait ivre de la vie. Ivre de Stanley Finch.

— Et si je faisais tout le travail ? proposa-t-il en tendant la main vers elle.

— Dans ce cas-là, répliqua-t-elle en tendant les mains, c'est parti.

Il gloussa, la souleva du lit et tint sa promesse.

Avec du recul, Stan avait eu raison. Des provisions étaient bel et bien nécessaires. Ils passèrent les trois jours suivants à rester à la maison. Musique allumée, ils cuisinaient, jouaient aux cartes, assemblaient un puzzle et se blottissaient sur le canapé pour regarder des films. Tout cela entrecoupé de longues promenades à l'extérieur, de jeux dans l'eau et de bronzage au soleil.

Les petits déjeuners se composaient d'œufs, de bacon et de pommes de terre et semblaient tout sauf standards. Stan s'enorgueillissait du fait maison, et si Jenny était une bonne cuisinière, elle n'excellait que dans l'accompagnement et quelques desserts. Elle pouvait bien assumer le rôle de pseudo-sous-chef et en appréciait chaque seconde. Il n'y avait rien de mieux que de s'asseoir sur le plan de travail et de contempler Stan regarder au fond du frigo, les bras écartés. Enfin, si, il y avait peut-être quelque chose de mieux : lui penché en avant quand il fouillait dans le tiroir du congélateur.

Avant chaque petit déjeuner, il jetait un coup d'œil dans le frigo, se tournait vers elle, puis de nouveau vers le frigo, les rouages tournant dans sa tête, ses magnifiques yeux vert-bleu scintillant. Au final il déclarait :

— Aujourd'hui, princesse...

Le premier matin, ça avait été des œufs brouillés moelleux, du bacon parfaitement cuit au four posé à côté de pommes de terre rissolées croustillantes et de croissants feuilletés. Le deuxième jour, une quiche. Pas n'importe quelle quiche, mais une quiche aux champignons, aux oignons caramélisés, à la saucisse et au gruyère, le tout cuit à la perfection avec une croûte dorée au beurre. Troisième jour, des œufs pochés classiques avec une sauce hollandaise crémeuse et des pommes de terre croustillantes et assaisonnées. Pour le déjeuner, ils se contentèrent de sandwichs et d'une salade de pâtes que Jenny avait préparée avec sa vinaigrette préférée. Lorsqu'il l'avait goûtée pour la première fois, Stan avait gémi de plaisir, tiré sur sa queue de cheval pour renverser sa tête en arrière et l'embrasser avec joie. Les dîners avaient été luxueux : une énorme côte de bœuf le premier soir, des crevettes le lendemain, et la nuit précédente, un poulet grillé en morceaux qu'ils avaient mangés avec leurs doigts.

La première fois qu'ils avaient joué aux cartes sur le canapé, ils s'étaient chacun retranchés dans un coin, au moins pour quelques mains, jusqu'à ce que Stan jette ses cartes en l'air et rampe pour aller la chercher. Elle avait gloussé quand il l'avait placée sous lui avant de l'embrasser à lui couper le souffle.

Allongée à plat ventre sur le tapis après le baiser, pleinement aimée et physiquement rassasiée, elle avait remarqué une pile de...

— Ce sont des puzzles ?

Stan l'avait ramenée contre son torse, avait frotté son menton contre son épaule avant d'embrasser la courbe de son cou.

— Regan en ajoute un nouveau à chaque Noël.

Entre sa voix rauque et ses moustaches, elle avait frissonné.

— On peut en commencer un ?

— Maintenant ?

Elle avait gloussé et s'était retournée en prenant son visage dans ses bras.

— Tant que nous sommes ici.

Il avait souri, effleuré son visage du sien et murmuré :

— Bien sûr.

Jenny ne s'était jamais sentie aussi aimée de toute sa vie. Jamais comme ça.

Le quatrième matin, ils furent officiellement prêts à quitter leur sanctuaire, alors Stan réserva un restaurant. Ils passèrent la journée à se prélasser dans l'eau, sur la plage et à faire l'amour. Alors que l'heure du dîner approchait, Jenny lui montra deux robes, la robe dos nu qu'elle avait portée le premier soir et une autre robe sans bretelles, qu'elle n'avait pas encore mise. Ces deux robes avaient été achetées le jour où elle avait rencontré Stan. En repensant à ce jour, Jenny s'émerveilla de nouveau de sa chance, de cette coïncidence. Soudain, ses yeux bleus ce soir-là défilèrent devant elle et elle fut frappée par ce qu'elle avait manqué. Ce qu'elle aurait pu louper encore sans cette rencontre opportune.

— Hé, qu'est-ce qui ne va pas ?

Sa serviette autour de la taille, Stan s'approcha et prit son visage dans ses mains.

— Ça va ?

Elle prit ses mains dans les siennes.

— Et si nous n'étions pas tombés l'un sur l'autre ?

Stan secoua la tête et lui embrassa le front.

— Bébé, il n'y a absolument *aucun doute* sur le fait que nous étions destinés à nous retrouver. Si cela n'avait pas été à ce moment-là, nous nous serions vus à l'hôtel. Ou *ailleurs*. Je le sais.

Il n'avait pas tort. Ils étaient dans la même ville, le même hôtel, les mêmes jours. Quelles étaient les chances que ça arrive ? Le destin était en leur faveur. Il la serra contre lui, la soutint quand elle posa sa tête contre sa poitrine.

— Ça va aller, Jenny. Nous y sommes presque.

Elle sourit et lui rendit son étreinte. Elle priait pour qu'il ait raison. Elle était si près du but. Si près de passer à autre chose. Elle n'avait jamais imaginé, lorsqu'elle s'était installée à Palm Beach, que Stan serait là. Qu'ils reprendraient contact, qu'il l'emmènerait dans les Keys.

Lorsqu'ils arrivèrent au restaurant ce soir-là, ils s'assirent à l'extérieur, commandèrent leurs boissons et observèrent les gens en silence après une semaine passée à parler de tout et de rien. Presque tout. Assis là, quelque chose qui n'avait pas cessé de tracasser Jenny remonta à la surface.

— Qu'est-ce qui s'est passé avec le ministère ? demanda Jenny.

Il était évident qu'il ne travaillait plus pour eux, mais elle se demandait pourquoi. C'était un sujet qui n'avait pas encore été abordé, comme s'il l'avait évité à dessein.

Il regardait l'océan, mais il revint rapidement à elle. Elle vit les milliers de choses qui semblaient passer derrière ses yeux et le bouillonnement qui l'animait. Elle aimait ses yeux et les fixa sans retenue pendant qu'il réfléchissait à une réponse. Elle ne fut pas surprise lorsqu'il répondit évasivement :

— Je suis parti il y a quelques années.

Jenny gloussa. Elle n'allait pas le laisser s'en tirer aussi facilement.

— Si quelqu'un était destiné à atteindre et dépasser ses objectifs, c'était bien toi, Stanley Michael. Que s'est-il passé ?

Ses yeux se rétrécirent, même s'il lui souriait.

— Et toi, tu plaides, ma tigresse ?

— Malheureusement. Non. Les rêves de Jenny ont été abandonnés sur le bord de la route.

Il lui prit la main, embrassa sa paume.

— Tu es peut-être à terre, mais tu n'es pas hors d'état. Aucun de nous ne l'est.

— Alors, pour en revenir à ton départ du ministère..., insista-t-elle.

Il la fixa si longtemps qu'elle n'était pas sûre qu'il répondrait.

— J'ai joué avec les limites, puis je les ai franchies. Alors j'ai démissionné.

Elle recula la tête.

— Ce devait être quelque chose...

Elle resta bouche bée. Stan, M. Règles et convenances, avait franchi les limites.

— Je suis désolée.

— Ne le sois pas, dit-il d'un ton qui laissait entendre qu'il franchirait à nouveau cette limite si nécessaire.

Pendant un moment, Stan se contenta de la fixer, inébranlable et silencieux. Elle cligna des yeux, perdant leur duel tacite de regards.

— Tu n'en diras pas plus, c'est ça ?

— Non, madame.

Il lui prit la main et la retenue qu'elle avait ressentie disparut lorsque ses yeux s'emplirent de chaleur et qu'il embrassa sa paume. Elle laissa couler.

— Et maintenant ?

— Je décroche des contrats par-ci par-là. En sécurité privée. Une excellente clientèle.

Il s'adoucit encore plus à ce moment-là.

— J'aime ce que je fais, Jenny. J'aime les gens pour qui et avec qui je travaille. Et c'est très lucratif.

— Je suis sûre que tu es le meilleur des meilleurs.

— L'un d'entre eux, c'est ce qu'on dit. Mes antécédents et mes anciens emplois m'aident. J'ai appris ce qu'il faut savoir légalement, et *quand* les limites illégales sont franchies. C'est un atout pour mes clients.

Leur bavardage fut interrompu par un groupe de trois musiciens qui revint de sa pause et commença un vieux morceau qu'elle adorait.

— Allons-nous parler travail toute la nuit ?

Il sourit, les yeux plissés dans les coins, alors même que c'était elle qui avait abordé le sujet.

— Tu veux danser, princesse ?

— Je pensais que tu ne le demanderais jamais.

— Viens, ma belle.

Il la conduisit jusqu'à la piste de danse, un joli espace sur la jetée, parsemé de bougies. Ils apprécièrent tellement le moment qu'ils y retournèrent deux fois.

Au moment de plier bagage et de fermer la maison, Jenny n'était même pas très contrariée de partir. Il leur restait encore près d'une semaine avant qu'elle ne doive rentrer chez elle. *Chez elle.* Cette formulation semblait soudain étrange pour se référer à la maison qu'elle partageait avec John. Ce n'était pas sa maison, c'était simplement l'endroit où elle avait vécu une partie de sa vie

; une partie de sa vie qui touchait à sa fin. *S'il vous plaît, Dieu. Faites que ça se termine.*

Le trajet de retour jusqu'à Palm Beach fut incroyable. Jenny s'appuya à l'appui-tête de la voiture, regarda le paysage magnifique, puis Stan. Elle était tellement amoureuse de lui. Elle avait hâte d'en finir avec John pour pouvoir commencer la vie qu'elle et Stan auraient dû vivre il y a des années.

Stan se tourna vers elle au moment où cette idée lui traversait l'esprit, et comme s'il pouvait lire dans ses pensées, ses yeux se remplirent de chaleur. Il tenait sa main mais la porta à ses lèvres, la frotta d'avant en arrière. Juste ciel, cela lui faisait des choses ridicules dans le ventre, et elle était presque sûre qu'il ne faisait que la couvrir d'amour et qu'il n'essayait pas de l'exciter. Ce qu'il faisait par ailleurs.

Ils s'arrêtèrent à nouveau au restaurant, où Bev les accueillit avec un sourire.

— Bonjour, les enfants. Comment c'était ?

Jenny lui rendit son sourire et Stan l'attira à lui pour l'embrasser sur le dessus de la tête.

— C'était génial, répondirent-ils ensemble.

Stan la guida ensuite à une table et se glissa à côté d'elle sur la banquette, puisqu'ils n'arrivaient toujours pas à être suffisamment près l'un de l'autre. C'était une sensation formidable.

Une autre tournée de petits déjeuners et de cafés à emporter plus tard, Bev les salua quand ils partirent. Une fois de plus, Jenny n'était pas triste de partir, ni même nostalgique. Ils reviendraient, et bientôt. Même l'hôtel lui semblait être une seconde maison lorsqu'ils s'arrêtèrent devant le valet. Elle avait remarqué que Stan donnait des pourboires généreux à tout le monde et nota mentalement qu'elle devait s'assurer de prendre quelque chose pour lui, en guise de remerciement. *Merci d'être l'homme le plus incroyable qui soit, merci de m'avoir fait me sentir plus aimée que jamais, merci pour la promesse de ce qui est à venir.*

— Tu dors avec moi ? demanda-t-il.

Jenny acquiesça, bien sûr. Ni l'un ni l'autre ne voulait être seuls. Ils n'avaient pas besoin d'espace, pas après toutes ces années de séparation. Leur séjour dans les Keys leur avait montré à quel point ils s'entendaient bien. Combien ils étaient bien ensemble.

— On peut aller dans ma chambre d'abord pour que je puisse prendre quelques affaires ?

— Bien sûr.

Il donna un pourboire à un valet qui les suivit avec un chariot et lorsqu'elle commença à fouiller dans le placard, il l'arrêta en posant une main sur son épaule. Jenny était confuse jusqu'à ce que Stan se tourne vers le valet et demande :

— Prenez tout. S'il vous plaît.

Puis, il l'aida à rassembler ses affaires. C'était symbolique. Tout comme la façon dont il la tint quand ils se rendirent dans sa chambre, où elle n'était jamais allée auparavant. Sa mâchoire se déroba quand il ouvrit la porte et qu'elle entra dans une magnifique suite avec une véranda qui donnait sur la plage.

— Ouah.

— C'est une occasion spéciale. Et nous avons eu de la chance, car la réservation a été annulée à la dernière minute. Douche, sieste, dîner ?

Jenny s'esclaffa.

— Tu veux dire douche, faire l'amour, sieste, dîner.

— Oui, madame. C'est exactement ce que je veux dire.

Ils restèrent à l'hôtel toute la journée et la soirée, profitèrent de la plage, mangèrent au restaurant et se promenèrent tard dans la nuit.

Le lendemain, ils firent du shopping. Stan voulait acheter un cadeau pour Regan, alors il conduisit Jenny chez Tiffany & Co. Elle adorait ce magasin – c'était là qu'elle achetait toujours ses cadeaux de mariage et de pendaison de crémaillère, mais elle n'y avait jamais rien acheté pour elle-même. Un joli bracelet à breloques attira son attention et Stan essaya de le lui offrir, mais, aussi bête que cela puisse paraître, elle ne voulait pas porter malheur à leur relation. Elle préférait attendre que le divorce soit prononcé avant qu'il ne lui fasse un cadeau. Dans moins d'une semaine, elle serait libre et Stan et elle pourraient commencer la vie qu'ils avaient tous les deux imaginée.

Pour leur dernière nuit ensemble, Stan réserva un restaurant et l'emmena de nouveau en ville. Lorsqu'elle vit la foule dans le restaurant haut de gamme sur l'eau, elle n'arriva pas à croire qu'ils aient pu entrer.

Ils furent accueillis par l'hôtesse, qui s'adressa à Stan par son prénom, et leur table était l'une des meilleures de la maison. Ces éléments, combinés à l'attente minuscule et au fait qu'ils occupaient un quatre étoiles, confirmèrent à Jenny que soit Stan avait tiré quelques ficelles, soit qu'il était le bienvenu à n'importe quel moment. Elle aurait parié sur ce dernier point.

Il venait de commander une bouteille de vin et des amuse-gueules quand le propriétaire vint les saluer.

— Stan, mon gars. Comment vas-tu ?

Stan sourit, se leva et fit cette accolade que les hommes font parfois, en se tapotant l'épaule.

— Jack. Merci de nous avoir fait entrer ce soir.

— Pour toi ? C'est quand tu veux.

— Jack, voici Jenny D'Angelo. Jenny, un client et ami, Jack Deveraux.

Après quelques plaisanteries et bavardages, Jack partit et Jenny tendit la main pour toucher le bras de Stan. Il portait une chemise douce de qualité qui épousait les contours de sa silhouette musclée sans le serrer.

— Coucou, ma belle.

— Coucou.

— Qu'est-ce qu'on mange ?

Jenny haussa les épaules en gloussant.

— C'est à moi de décider ?

— Si c'était le cas, on serait là pour l'éternité, répliqua-t-il en riant. Que dirais-tu d'une viande, un poisson, et on partage ?

— Oui, s'il te plaît. Choisis.

Ils commencèrent par l'entrée qu'il avait commandée, un carpaccio de saumon, puis ils partagèrent une salade maison incroyable, avant de déguster une viande en filet, des crevettes grillées et des asperges. Ils discutèrent tout le long, mais évitèrent les sujets qui seraient abordés le matin, leur dernier jour. Les projets définitifs, la logistique des valises, l'aéroport, le temps passé loin l'un de l'autre et les retrouvailles.

Pour finir le repas, ils partagèrent un soufflé au chocolat, puis, remercièrent Jack qui avait pris l'addition, malgré les protestations de Stan. En sortant, Jenny sourit intérieurement. Stan détestait qu'on lui offre *quoi que ce soit* et les cadeaux le mettaient tout aussi mal à l'aise. Son sens de la bienséance était si fort qu'elle avait *failli* ne pas aller au bout de son envie de lui offrir un cadeau. Mais elle avait vu une boussole dans une boutique l'autre jour et elle lui avait semblé parfaite pour lui : elle serait utile et un bon complément à sa collection, mais elle était aussi métaphoriquement vraie, car Stan était une boussole, *sa* boussole. Elle l'avait fait graver et avait accéléré la commande, espérant qu'elle serait prête avant leurs retrouvailles.

Le lendemain matin, Stan la serra plus fort que d'habitude, son retour imminent à la maison n'était pas mentionné, mais clairement présent dans leurs esprits.

— Après le petit déjeuner, pourquoi ne pas faire tes valises ? Pour ne plus avoir à y penser.

Jenny acquiesça. Elle ne pleurerait pas. C'était effrayant de devoir retourner à la maison, mais elle savait qu'elle avait la force de Stan avec elle. Elle avait aussi la force qu'elle avait trouvée avant de le croiser. C'était ce qui la faisait se sentir le mieux. Elle n'agissait pas pour ou à cause de Stan. Elle avait commencé ce voyage toute seule. Seulement, eh bien, peut-être que depuis qu'elle avait pris cette décision difficile et fermé certaines portes, une nouvelle s'ouvrait pour elle au moment parfait. Elle ramènerait tous ces souvenirs incroyables à la maison... même si l'endroit où elle avait vécu avec John ne lui semblait pas être sa maison. Chez son père, elle se sentait chez elle, chez Stan aussi, mais là-bas, non.

— Je ne veux pas tout prendre, dit Jenny. Je serai de retour vendredi.

— Tu n'auras pas besoin d'être là pour les déménageurs ?

Jenny secoua la tête. Elle ne prenait rien d'autre que ses affaires personnelles. Elle voulait juste partir. Un nouveau départ. Stan acquiesça et ouvrit son bagage à main, l'aida à ranger les objets qu'elle avait commencé à prendre dans l'armoire.

— Je garde la robe et la chemise de nuit, dit-il en lui montrant les deux vêtements.

Elle sourit.

— Tu peux garder presque tout. Je n'ai besoin que de mon sac à main et de vêtements plus chauds.

Ceux qu'elle avait achetés en Floride étaient des vêtements d'été, de toute façon, et elle avait assez avec tout le reste à la maison.

Le trajet jusqu'à l'aéroport fut maussade. Elle avait les nerfs à fleur de peau et son anxiété commençait à la submerger. Stan le sentit clairement et était lui-même un peu tendu. Lorsqu'il se rendit compte qu'à l'aéroport, ils devraient se séparer à la douane, il se présenta au comptoir et acheta un billet aller simple pour pouvoir aller jusqu'au terminal et attendre avec elle. Elle était si reconnaissante qu'elle n'essaya même pas de l'en empêcher. À la porte d'embarquement, ils s'assirent côte à côte jusqu'à ce que l'embarquement commence et qu'on appelle son vol.

— Je serai juste là, dit Stan à Jenny, en se tenant à côté d'elle. Tout va bien se passer. Retournes-y, fais ce que tu as à faire. Et je serai là à t'attendre.

Bien que cela semble raisonnable, logique même, Jenny ne put ignorer le sentiment de malaise qui s'installait dans son ventre. Elle venait de vivre les deux meilleures semaines de sa vie, et soudain, elle devait retourner dans cet endroit laid, plein d'incertitudes, où les choses se troublaient dans la nuit. Elle se dit qu'il fallait être courageuse. Voir tout le chemin déjà parcouru. Elle s'accrocherait aux nouveaux souvenirs qu'elle et Stan avaient créés et dans une poignée de jours, elle serait de retour dans un avion et partirait pour toujours.

Stan lui serra les bras et les épaules.

— Hé, regarde-moi.

Elle tira sa lèvre entre ses dents et croisa son regard.

— Notre avenir est à portée de main. Il va être extraordinaire, comme je l'ai toujours su.

Elle acquiesça en prenant son visage dans ses mains. Il était difficile de parler, mais elle dit :

— J'ai hâte.

Il posa son front contre le sien.

— Jenny ? l'implora-t-il, en cherchant son regard. Quand nous aurons fondé cette famille dont nous avons parlé, je veux appeler notre fils Hayden.

Elle sourit, ce qui fit couler les larmes.

— Comme ton père ?

— Oui. C'est la dernière fois, bébé. Ensuite, on aura tout le temps pour nous, d'accord ?

Elle acquiesça et enfouit sa tête contre son torse pendant qu'il la serrait fort. Elle se sentait comme une adolescente, désespérée de quitter son petit ami. Puis il l'embrassa et répéta :

— Une semaine. C'est tout.

Elle lui tint le visage et, en le regardant dans les yeux, elle confirma :

— Une semaine. Je te verrai dans une semaine.

L'hôtesse d'accueil adressa à Jenny un sourire compatissant, tandis qu'elle plaçait son téléphone sur le lecteur électronique pour scanner sa carte d'embarquement. Jenny se retourna une dernière fois et regarda Stan. Il lui fit un signe de tête que Jenny lui rendit avant de se retourner et de monter dans l'avion. Elle avait un siège côté hublot et, à travers la paroi vitrée du terminal, elle distinguait Stan appuyé contre un pilier. Il resta là à contempler l'avion jusqu'à ce qu'il avance sur la piste. Cette image resta avec elle. Elle adorait sa force tranquille. Son refuge face à sa tempête à elle.

Elle avait été tellement bête il y a toutes ces années. Stan était son roc, il ne l'avait jamais laissé tomber. Non seulement ces deux dernières semaines l'avaient prouvé, mais elles avaient aussi été, sans conteste, les plus incroyables de toute sa vie. Elle posa la main sur le hublot alors que l'avion quittait le sol.

S'il Vous plaît, Dieu, donnez-moi la force de traverser ces prochains jours. Amen.

17

Southampton
New York

Un peu après minuit, Stan retourna dans sa chambre. Il avait escorté Jenny et Hayden jusqu'en bas de l'escalier une heure plus tôt, avait gardé ses distances et les avait observés jusqu'à ce qu'ils disparaissent dans le couloir. Il aurait donné son bras droit pour être avec eux à cet instant. Rassembler sa famille était d'une importance capitale. Pour l'instant, il se contenterait d'être heureux que la soirée se soit bien passée. Il avait pu être à table avec Jenny, tenir son garçon dans ses bras. Plus que ça, il l'avait nourri, avait joué avec lui, s'était assis avec lui. Ce n'était pas une vraie réconciliation, mais il n'était pas en position de se plaindre non plus.

En marchant dans le couloir, la tête enfin claire – du moins un peu plus – Stan sortit son téléphone. Il était si submergé par les événements de la soirée qu'il n'avait pas regardé ses mails du tout, pas même après que Jenny s'était couchée, quand il était resté assis au bar dans le salon, ce qui ne lui ressemblait pas. Il regarda sommairement sa boîte mail et fut surpris de découvrir

un message de Gianni, envoyé peu de temps après son départ de
la villa.

Fiston,
Avec la permission de Jenny, voici quelques photos du bébé.
C'est un bon garçon, un rayon de soleil, un véritable plaisir,
comme son père. Et puisque ma fille a rassemblé ces photos
pour toi et qu'elle n'est sur aucune d'elles, je te présente, sans la
permission de Jenny, ma photo préférée d'elle avec Hayden,
prise sur le vif. Moi, je crois qu'elle pensait à toi.
G.

Il avait hâte de voir les photos, mais il voulait être vraiment
seul pour cela, alors il accéléra le pas, trottinant presque jusqu'à
sa chambre. Une fois la porte fermée derrière lui et son
ordinateur sorti, il ouvrit le dossier que Jenny avait rassemblé, un
album. Il y avait plus d'une centaine de photos d'Hayden, allant
du jour de sa naissance, allongé dans son berceau d'hôpital à plus
récemment, assis dans un pyjama de rugby, tout sourire avec un
ballon de football en peluche. *C'est bien le fils de son père*, ne put
s'empêcher de penser Stan.

Le curseur de Stan s'attarda sur l'autre dossier quelques
secondes avant qu'il ne clique dessus. Quand il l'ouvrit, il eut le
souffle coupé et effleura l'écran des doigts. Jenny tenait leur fils,
les lèvres pressées sur sa tête tout en regardant au loin. *Jenny,*
mon cœur, j'ai merdé. J'ai tellement merdé. Il embrassa l'écran et
serra son ordinateur comme un idiot. Puis, il regarda chaque
photo encore une fois.

À 2 heures du matin, Stan cessa d'arpenter sa chambre,
hocha la tête d'un air décidé et traversa le long couloir qui
menait à l'entrée avant de fixer l'écran devant le bureau d'Alex.
Après un scan rétinal, il ouvrit la porte et entra dans le réseau
satellite de Calder Defense. Il s'assit dans la chaise derrière le
bureau d'Alex et songea une seconde aux conséquences s'il

s'élançait après John. Et puis, au diable les conséquences, il se tourna vers l'ordinateur. Ça devait être fait.

En se calmant, Stan observa une bonne minute le vaisseau mère, l'ordinateur qui contenait tout, avant de rentrer ses codes et d'attendre que les informations apparaissent. Quand ils se réunissaient pour une mission ou planifiaient tout simplement la logistique de leurs sorties familiales, tout le contenu de l'ordinateur était projeté sur le mur à côté de la table de réunion. La table disposait elle-même d'un écran tactile intégré. Ainsi, s'ils se réunissaient autour pour visualiser une carte, ils pouvaient l'agrandir d'un simple geste de la main.

L'information qu'il cherchait n'apparut pas et Stan plissa les yeux avant de réessayer avec une autre approche. Rien. Il jura et réessaya.

— Il te faudra ça.

Il était si occupé par l'ordinateur qui ne fonctionnait pas qu'il n'avait pas remarqué qu'Alex était rentré dans la pièce. Son patron lui lançait un sourire empathique et posa quelque chose sur la table : une clé de cryptage. *Voilà qui va aider.*

— Pardonne-moi, mais je voulais savoir quand tu t'en prendrais à John.

Ah. Ainsi, Alex avait fait exprès de lui bloquer l'accès aux dossiers. Comme il lui avait caché le certificat de naissance d'Hayden, qui devait être dossier crypté dans l'avion pour aller chercher Jenny. Avec le recul, c'était un coup intelligent. S'il avait su, Stan se serait emporté et y serait allé enragé.

Alex s'assit dans une des chaises devant son bureau et Stan se tourna pour lui faire face. Il n'avait pas allumé les lumières, alors seul l'éclat des écrans éclairait la pièce. Derrière les portes ouvertes, il vit les silhouettes de Gregor et Stephen, qui montaient la garde de chaque côté.

— Tu n'es pas là pour m'arrêter ? demanda prudemment Stan.

— T'arrêter ?

Alex semblait vexé, ce qui fit sourire Stan par réflexe.

— Stan, on donne plus de crédit au terme *vieille école* que tout le monde actuellement présent sur cette planète. Tu le sais. Si tu cherches à te venger, nous sommes avec toi et derrière toi.

Deux pouces levés apparurent sur le seuil à ces mots. Stan s'esclaffa, quelle loyauté ! Ils étaient peut-être de mondes différents, mais Alex, Stephen, Gregor et lui étaient faits du même bois. Il se retourna vers Alex et secoua la tête, de nouveau très sérieux.

— Non seulement John nous a volés par deux fois, Jenny et moi, mais il l'a tourmentée pendant des années, Alex.

— On sait.

Son visage s'adoucit légèrement. C'était le patron de Stan, mais c'était un bon ami également.

— Mais on ne savait pas avant l'appel de Gianni il y a deux nuits. J'espère que tu comprends qu'on ne laisserait pas une telle information couler sans rien faire.

— Je sais. Je trouverai où il est.

— D'accord. On ira quand tu veux.

Stan resta derrière le bureau longtemps après le départ d'Alex et des gars. Il lut chaque information qu'il trouva sur l'ex-mari de Jenny, prit soigneusement des notes et commença à fomenter un plan. John vivait toujours en Virginie, dans la maison que Jenny et lui avaient partagée. Ça semblait joli de l'extérieur, mais Stan savait que c'était tout le contraire à l'intérieur. Les apparences étaient trompeuses, surtout dans le cas de John Bennett Monroe. Stan le savait, même à l'époque. *Tu es bientôt fini, Monroe. Je viendrai te trouver. Et tu regretteras le jour où tu as décidé de causer du tort à la femme de ma vie.*

Il se sentait mieux d'avoir un plan et sortit du bureau avant de monter au lieu de retourner à sa chambre. Quand il atteignit le palier, il dépassa la suite d'Amanda et Alex, souriant de l'emplacement choisi. Alex voulait être le premier en cas de menace envers sa famille. Même avec leurs outils de sécurité haute technologie, on ne pouvait pas le changer. La chambre de Stephen était la suivante, placée de sorte qu'il faille passer devant lui pour atteindre Sam, dont la chambre était à côté. Stan s'arrêta brièvement devant la chambre de Jenny, l'une des trois suites pour les invités, puis se rendit dans le grand espace détente juste à côté, situé dans une alcôve entre la chambre de Jenny et la suite des enfants. Il prit un fauteuil, le préféré d'Helen, et s'installa confortablement, comprenant pourquoi elle l'aimait tant. Il devait être près de Jenny et d'Hayden et ce fauteuil le lui permettait. Un calme s'installa en lui tandis qu'il observait sa porte. Jenny l'aimait toujours. Il le savait. Il s'était peut-être planté en beauté, mais il pouvait remuer ciel et terre pour que leur famille soit de nouveau au complet. Son plan en place, il dormit à poings fermés pour la première fois depuis des jours.

Quand Stephen le réveilla quelques heures plus tard, Stan fut surpris qu'il soit déjà 8 heures, ce qui pour tout le monde était plutôt tard. Vu combien ces derniers jours avaient été fous, il admettait qu'ils avaient tous mérité un laisser-passer. En suivant Stephen en bas, il effleura légèrement des doigts la porte de Jenny. Une fois habillé, il se servit du café avec la cafetière en verre dans la cuisine avant que Rosa ne la verse dans la grande bouilloire en acier. Elle était debout à l'observer et posa une main maternelle sur son visage avant de dire :

— Tu es un bon garçon, Stanley. Tout ira bien.

Son sourire chaleureux et encourageant était bienvenu et Stan sentit ses épaules se détendre.

— Maintenant, file, reprit-elle en le chassant sur la terrasse pour pouvoir préparer le petit déjeuner.

Alex et Amanda étaient debout, à se caresser sur une grande chaise longue, savourant visiblement le calme avant que la maison ne s'éveille vraiment. Il les salua d'un signe de tête et s'apprêtait à descendre sur la côte pour les laisser tranquilles quand Amanda l'appela :

— Salut, Stan.

Il hocha la tête, puis lança en guise d'explication pour la distance qu'il avait mise ces derniers jours :

— J'essayais de te laisser de l'espace.

— Ça va, dit-elle en se rapprochant d'Alex. J'ai parlé à Jenny hier soir. On était à tourner en rond pour bercer les bébés vers 1 heure. C'est leurs dents.

Stan se força à sourire, mais il eut mal au cœur. Il aurait aimé savoir. Il aurait pu aider. Il prit une chaise, la tourna et s'assit.

— Crache le morceau.

Alex s'esclaffa en voyant Amanda faire une grimace.

— Je ne vais pas être déloyale.

— Amanda, je t'ai sauvé la vie et je t'ai *protégée* pendant plus d'un an. Je t'ai fait sortir de la ville au grand déplaisir de ton mari et tout ça par *loyauté* envers toi.

— Moi, je parlerais, lança Stephen en les rejoignant.

Il plaça une chaise à côté de Stan et s'assit.

— Oh, d'accord, soupira Amanda. Ce n'est pas comme si c'était un secret d'État ou quoi. Elle veut s'assurer que tu aies accès à Hayden.

Stan sourit. Un pas positif dans la bonne direction.

— Elle pensait que si tu avais un berceau dans ta chambre...

Quoi ? Comme une garde partagée ? Non.

— C'est une très mauvaise idée.

Sam sortit dehors et se blottit sur le sofa en face d'eux. La tête sur le coussin, elle protesta :

— Non, pas du tout. Penses-y. Si tu as le bébé, elle viendra voir comment il va. Et vice versa.

Stan repassa l'idée dans son esprit et se rendit compte que Sam avait peut-être raison. Un moyen de faire avancer les choses dans la bonne direction. Ça serait naturel, pas forcé. Il était si plongé dans ses pensées qu'il ne remarqua pas que Jenny était sortie avec Hayden avant qu'elle ne l'ait presque atteint. Hayden avait ses cheveux dans son poing et essayait de les glisser dans sa bouche. Super mignon. Tout le tableau. Captivé, il resta assis comme un idiot pendant que Stephen se levait pour prendre un nouveau fauteuil. Jenny secoua la tête et désigna la direction de Sam. Il rougit de sa bourde quand tous les autres saluèrent Jenny d'un *bonjour* et qu'elle s'assit à côté de Sam.

— Je pourrais m'habituer à ça, dit-elle avec un sourire.

Tout le monde murmura une version de *mais oui*, tous sincères. Stan voyait déjà trop loin dans le futur, il le savait, mais il se demandait ce qu'elle penserait de devenir partie prenante de leur entourage ici. Ou si elle préférerait qu'ils trouvent une maison pas loin. Bordel, sur les deux côtes. Amanda lui donna un coup de pied, l'arrachant à sa chasse aux maisons qu'il poursuivait dans sa tête et il leva les yeux au moment où Jenny s'adossait aux coussins. Hayden poussait des petits cris et se bavait dessus, super heureux de sa matinée. C'était un spectacle incroyable. Il remarqua que Jenny n'avait pas de café et s'empressa d'aller au bar lui servir une tasse à son goût, pour corriger son erreur précédente.

— J'échange, si tu veux, dit-il en revenant avec le café avec un geste de la tête pour Hayden.

— Tu entends ça, Hayden ? Ton père pense que je t'échangerais pour une tasse de café.

Jenny l'avait dit si facilement, *ton père*, que son cœur faillit exploser. Puis, elle embrassa la tête du bébé et ajouta :

— Malheureusement, mon cœur, il a raison. Je t'aime, mais puisque tu m'as tenue éveillée cette nuit, je pense que tu seras d'accord sur le fait que je le mérite bien.

Stan s'esclaffa. Il connaissait la femme de sa vie et elle avait besoin de son café.

— Un peu embarrassant, dit-elle avec un haussement d'épaules tout en faisant l'échange. Je cède à la première tentation. Tu as appris cette tactique dans ton protocole à l'école d'espionnage ?

Elle but une gorgée et Stan rit en effleurant les mains de Jenny le temps d'attraper leur fils. Elle haussa les épaules.

— Enfin bon. C'est du café, quand même.

— Pas besoin de t'expliquer, lança Sam avec un clin d'œil.

— Si c'est ça qu'on fait tous les matins, comptez sur moi, reprit Jenny.

Elle ne voyait visiblement pas que c'était déjà acté. Elle était déjà un membre permanent de la maison.

— C'est comme ça qu'on commence en général, mais on travaille après, corrigea Alex en regardant sa montre. On part à 10 heures.

Stan hocha la tête en feignant de manger le poing de son fils. Hayden commença à rire si fort qu'il faillit perdre son souffle et Stan regarda Jenny, dont les yeux brillants reflétaient sa joie à lui. Voilà. Elle le laissait entrer et ils avançaient. *Avance doucement, Finch. Elle est de retour et toujours à toi.* Stan sourit au bébé, prit un gros morceau factice de sa main encore une fois, ce qui lui arracha un nouvel éclat de rire. Il pouvait faire ça toute la journée.

La vie prenait vraiment un joli tournant.

18

Southampton
New York

Après un charmant petit déjeuner sur la terrasse, l'équipe commença à partir pour des endroits inconnus. Jenny s'adossa à sa chaise, observa le chahut un instant, puis la dynamique entre les différentes personnes. L'amour évident d'Alex et d'Amanda quand il prit son visage pour l'embrasser avant de partir. Les regards à peine cachés et le langage corporel clair de Stephen et Samantha, quand il effleura l'épaule de Sam et se retourna au niveau de la porte en la désignant comme s'ils échangeaient en secret et en silence.

La perturbant dans ses réflexions, Stan déposa Hayden dans ses bras et la regarda avec tendresse, rempli de promesses sur ce qui pourrait être.

— Je te verrai un peu plus tard, d'accord ?

Elle opina du chef, satisfaite de cet au revoir. Puis, Michael salua de la main toute la table pendant que Trevor, dont l'estomac était un gouffre sans fond, attrapait un dernier croissant et le remplissait de bacon, rendant son au revoir étouffé par la bouchée qu'il avait déjà dans la bouche. Quand il la dépassa, Amanda sourit et tendit une serviette en lin pour qu'il y enveloppe son croissant. Jenny remarqua qu'Alex était toujours sur le pas de la porte. Elle pensait qu'il attendait les garçons, mais il se mit sur le côté pour laisser Trevor et Michael passer et croisa le regard d'Evan. Le médecin secoua la tête, mima un signe de coupure au niveau du cou, puis regarda Jenny qui détourna très vite les yeux, comme si elle ne les observait pas.

Vu ce qu'elle avait aperçu, elle n'était pas surprise qu'Evan l'approche quand ils rentrèrent et demande si elle voulait passer du temps ce jour-là à parler. Sa réaction immédiate était un *non* sans équivoque, combiné à de la frustration que le sort agréable de la matinée soit soudain brisé. Elle avait fait assez d'introspection et d'auto-analyse cette dernière année pour toute une vie. Elle s'apprêtait à le dire à Evan quand un sentiment insidieux au fond de son ventre la fit marquer une pause. Si ces quelques jours ici – et la façon dont elle les avait gérés – lui avaient appris quelque chose, c'était qu'elle n'avait rien surmonté *vraiment*, elle n'avait fait qu'apprendre à vivre avec sa douleur, à contourner les blessures émotionnelles. Même son travail avec Evan, si on pouvait appeler ça comme ça, avait maintenu un *statu quo*.

Elle ne voulait pas être coincée dans le passé, quel qu'il soit. Elle voulait avancer. Vraiment avancer. Apprendre à faire confiance. À se faire confiance. C'était évident que Stan était et avait toujours été le bon, même si John avait tordu sa réalité assez pour qu'elle ait du mal à le voir. Avec une vision désormais claire sur son passé, elle voulait tourner la page une bonne fois pour toutes. Pour avancer enfin. Alors Jenny hocha doucement la tête et accepta une session quand Hayden ferait sa sieste du matin.

En attendant, passer la matinée avec les filles était agréable et l'atmosphère était un peu différente sans les garçons autour. La facilité avec laquelle elles retrouvèrent leur complicité d'antan était remarquable. À l'époque, quand elle et Samantha étaient en fac de droit, elles prenaient des douches et se préparaient, allaient et venaient d'une chambre à une autre, avec des conversations à moitié terminées comme : *je peux t'emprunter... ?* ou *Tu as... ?* ou même *Oh attends, il faut que tu essaies ça !*

C'était presque comme si elles étaient de retour à la fac, à part qu'elles étaient dans une grande villa et pas le petit appartement hors du campus qu'elle et Samantha partageaient. Bien sûr, il y avait aussi des bébés et des enfants dont il fallait s'occuper. Voir Callie faire le tour de la maison à toute vitesse et jouer, les bras écartés, rappelait à Jenny une version plus jeune d'elle-même. Comme elle avait été heureuse, insouciante et confiante.

Quand elle retrouva Evan un peu plus tard, Jenny lui parla de sa révélation, qu'elle avait compris qu'elle s'était grosso modo gelée ces dernières années, sans vraiment gérer ou guérir quoi que ce soit.

En discutant, il l'aida à voir les choses dont elle avait encaissé la responsabilité alors que ce n'était pas sa faute, là où elle avait excusé John pour ses manipulations, de sorte à vivre avec moins d'animosité. Elle avait seulement voulu la paix, mais à la place, elle s'était enlisée dans une guerre dont elle n'avait même pas conscience.

Mettre des mots là-dessus l'avait aidée à voir que ces procédés faisaient partie d'elle depuis un moment. Et qu'elle n'était pas inadéquate. Elle n'était pas *mauvaise* à certaines choses – enfin, à moins de compter le sport, mais était-ce vraiment important ? Ne pouvait-elle pas juste être Jenny, avec ses défauts et être aimée et acceptée pour ce qu'elle était ? La réponse d'Evan était un grand OUI.

En revanche, il l'avertit qu'être de nouveau entourée, échanger avec des amis et la famille, rendrait ses hauts et ses bas encore plus intenses. C'était normal, lui assura-t-il et il lui donna quelques techniques pratiques à utiliser dans ce genre de situation.

Une fois cela dit, ils parlèrent de ses sentiments pour Stan – combien elle l'aimait et combien ses peurs et blessures précédentes la retenaient. Ce n'était pas qu'elle craignait que Stan parte de nouveau, ou qu'il l'avait blessée si profondément qu'ils ne pourraient jamais se relever. En vérité, ce n'était pas Stan du tout le problème. Après tout, John les avait piégés et elle ne pouvait pas en tenir rigueur à Stan. Elle-même avait laissé la même chose se produire à la fac ; elle avait laissé John prendre le contrôle et au lieu de courir dans les bras de Stan, elle avait *fui* loin de lui. Elle. Jenny. Alors, que Stan pense qu'elle l'avait quitté encore quand il avait vu John dans son lit à l'hôpital n'était pas tiré par les cheveux.

Seulement, tout cet ensemble – John, sa rencontre fortuite avec Stan, l'accident, la découverte de sa grossesse, comprendre que tout ce qu'elle avait cru était faux, *tout* – était franchement choquant. Comme si elle vivait une surcharge sensorielle de toutes ses cellules et qu'elle avait besoin que les choses se tassent un peu. Jenny pouvait s'imaginer avec Stan dans le futur moyen-proche et elle savait dans son cœur et son âme qu'ils pourraient revenir à ça, mais elle n'était pas pleinement prête, pas encore. Elle ne pouvait pas rallumer des sentiments qu'elle avait fait taire et repoussés si longtemps. Elle se sentait presque comme un bébé au sujet de ses émotions, elle était complètement surpassée.

Mais après avoir parlé à Evan, elle se sentit plus légère et la sensation perdura le restant de la matinée et même l'après-midi. Au repas, Jenny entra dans la cuisine et fut surprise de voir Sam avec Hayden dans les bras. Elle était tellement plongée dans ses pensées qu'elle avait oublié qu'il devait s'être réveillé de sa sieste matinale.

— Oh, maman a manqué ton réveil ? demanda-t-elle en se penchant pour embrasser Hayden.

Sam sourit.

— Peut-être bien, mais pas moi. C'est un si bon garçon. Hein, Hay ? Oh oui. Tu es un très bon garçon.

Elle babillait avec la petite voix que les adultes utilisent avec les bébés.

Elles dégustèrent un très beau repas, servi à une petite table près de la balustrade de la terrasse, sur les côtés, pas loin d'un escalier qui menait à une pelouse soignée. Après, elles se dirigèrent vers un espace où s'asseoir dans le jardin, pour que Callie puisse courir et jouer sur l'herbe quelques heures avant qu'elles mettent les enfants à dormir. Au milieu de l'après-midi, Callie et les bébés dormaient et elles s'installèrent dans le salon, à parler tout en faisant un puzzle qui était installé sur une table devant une fenêtre allant du sol au plafond donnant sur l'océan.

Quand elles se lassèrent du puzzle, elles passèrent au grand sofa et aux fauteuils au centre de la pièce, ce qui laissait à Jenny l'avantage de pouvoir voir les garçons entrer par la porte d'entrée plus tard cet après-midi-là. Elle était surprise de la facilité avec laquelle la journée avait filé et ne se rappelait pas la dernière fois où elle avait été si détendue. Trevor et Michael firent un signe de main vers le salon avant de se diriger dans le couloir qui menait à leurs chambres. Stephen montra Sam et fit un geste de la tête vers la cuisine. Jenny s'esclaffa.

— Ton petit ami a faim et veut ta compagnie, interpréta-t-elle.

Sam leva les yeux au ciel et jeta un coussin à Jenny avant de se lever et d'aller le voir. *Pauvre âme confuse*, pensa Jenny moqueuse. Stephen était clairement épris de Sam, pourtant elle refusait de céder. Jenny secoua la tête en direction de son amie, mais se rendit vite compte que c'était un peu ce qu'elle-même faisait avec Stan, qu'elle gardait à distance d'un bras. Un instant plus tard, elle sentit un regard sur elle et le vit sur le pas de la porte, qui la regardait. Elle rougit légèrement, mais décida qu'il était peut-être tant de faire un bond, ouau moins quelques micros pas.

Après un long moment à se regarder l'un l'autre, Stan demanda :

— Puis-je t'emmener quelque part ?

Sa voix semblait différente de d'habitude, plus douce et plus basse.

Jenny fut surprise de cette question et l'idée de quitter la propriété lui parut soudain terrifiante. Devant son hésitation, il ajouta :

— Juste un tour en voiture, Jenny. Peut-être un arrêt en ville.

— Le bébé aussi ? demanda-t-elle.

Elle se rendait soudain compte que depuis sa naissance, elle n'était allée nulle part sans Hayden. Stan secoua la tête.

— Juste nous.

Elle regarda autour d'elle, un peu paniquée. Ce n'était pas qu'elle ne voulait pas faire quelques pas vers Stan, mais elle ne s'attendait pas à commencer *tout de suite*. Amanda lui donna un petit coup de pied et Jenny se tourna vers elle, en quête d'un guide.

— Ça pourrait être sympa, l'encouragea Amanda. Je surveillerai Hayden.

Jenny voulait la pousser à lui donner un oui ou un non plus concret, mais son amie lui laissait visiblement la décision. Un bon geste pour une amie, supposait Jenny, mais c'était frustrant. Elle retourna l'idée dans sa tête, mais après un moment, elle se sentit envahie d'une chaleur à l'idée d'un tour avec Stan. Elle analysa la sensation, comme Evan lui avait dit de faire et comprit qu'elle se sentait... bien. Pas triste ou nostalgique, rien que des sentiments positifs mêlés à la promesse de ce qui pourrait être.

D'un hochement de tête décisif, elle accepta.

— D'accord.

Stan réprima un sourire et tendit le bras. Il attendit qu'elle l'atteigne avant de faire un geste vers la porte d'entrée. Il la guida, le tout terriblement proche d'elle. Si près qu'elle sentait sa chaleur et distinguait l'odeur de son après-rasage. Ça sentait bon. *Il* sentait bon. Quand il avança la main vers la porte, elle marqua une pause, presque emprisonnée dans le creux de son bras tandis qu'il tenait la porte ouverte. Pour sa défense, Stan ne la pressa et ne commenta pas son hésitation. En fait, il se contenta de fermer les yeux et de sourire. Oui, ce n'était pas qu'elle remettait en question son départ avec lui, juste qu'elle se retrouvait prise dans son champ magnétique. De la même façon que quand elle lui était rentrée dedans dans la rue pavée de Palm Beach. Et elle devait bien l'admettre, ça faisait du bien.

Elle se força à avancer et se dirigea vers l'un des Navs garé devant, mais Stan lui prit légèrement le bras et secoua la tête.

J'ai une meilleure idée, lança-t-il avec un sourire malicieux.

À la fois amusée et intriguée, Jenny le suivit vers une voiture de sport rouge cerise qu'elle n'avait pas remarquée, garée sur le côté de la cour pavée. Avant de pouvoir dire quelque chose, le téléphone de Stan sonna et lui adressa un clin d'œil, leva la main tout en répondant au téléphone, qu'il mit sur haut-parleur. Clairement, ça faisait partie de son plan. Il soutint son regard et elle se perdit dans les orbes verts qui brillaient. Elle sursauta en entendant les mots de Gregor :

— Elle a été livrée ce matin.

— Je sais, répondit Stan sans quitter Jenny du regard. On sera prudents.

Il appuya sur le bouton « terminer » dans un rire, puis lui ouvrit la portière et prit sa main pour l'aider à monter dans la voiture. Il se pencha pour l'attacher et Jenny se laissa choyer comme quand ils avaient été ensemble l'année précédente. Elle l'observa contourner l'avant de la voiture, essayant visiblement de réprimer le grand sourire sur son visage quand il la regarda à travers le pare-brise. Tout ça réveillait des papillons dans son ventre.

— Prête ? demanda-t-il après s'être attaché et avoir démarré la voiture.

Elle hocha la tête et la trépidation familière monta dans sa tête quand ils furent enfermés dans un petit espace ensemble, mais elle se laissa engloutir – par la voiture, Stan, l'aisance qu'elle ressentait avec lui – et un vrai sourire lui échappa. Les yeux de Stan brillèrent quand il la regarda.

— Mon Dieu, j'adore te voir sourire, dit-il en tendant la main pour effleurer sa joue.

Ce contact faisait du bien et elle eut les larmes aux yeux, se sentant soudain submergée d'émotions. Au début, elle fut gênée, puis elle se rappela ce qu'Evan avait dit sur les hauts et les bas. Ce n'étaient que des sentiments. Erratiques, oui, mais normaux. Sur cette pensée apaisante, elle se reprit et repoussa tout ça. *Plus de larmes, Jenny. Il est temps de reprendre du courage, ma belle,* se dit-elle.

En la voyant en proie au doute, Stan s'adoucit.

— On gère, Jenny. Peu importe le temps que ça prendra, lui assura-t-il doucement.

Il tendit la main pour serrer la sienne. Jenny s'émerveilla de voir combien il semblait confiant – mais après tout, c'était un homme fait d'assurance. Même quand il était venu la chercher il y a quelques nuits, en pensant qu'elle l'avait abandonné, il avait eu cette présence confiante qui dégage plein d'autorité, comme si sa place était là, comme s'il pouvait tout supporter. Comment faisait-il ?

— Parle-moi, intervint-il.

— Je me demandais juste comment tu faisais pour être toujours aussi confiant, avoua-t-elle sans prendre la peine d'édulcorer. Tu es si bon pour gérer les choses. Fomenter un plan, le suivre jusqu'au bout.

— Stan ? L'homme avec un plan ?

Jenny était surprise du mordant de son ton. Stan fronça les sourcils et fixa droit devant lui pendant une longue minute, perdu dans ses pensées. Puis, il prit une profonde inspiration et coupa le contact. Quand il se retourna vers elle, quelque chose sur son visage souffla à Jenny qu'ils étaient sur le point de régler un point de discorde, de calmer la tension une bonne fois pour toutes. Et elle était prête, peu importe ce qu'il dirait. *Dis-le franchement et advienne que pourra.* Elle avait traversé ces deux dernières années et s'en était sortie, elle pouvait bien parler avec Stan. Il était le père de son bébé et il se révélait être l'amour de sa vie.

— J'étais une épave après Palm Beach, Jenny.

Ses yeux s'embrumèrent et sa voix se brisa. Il prit une profonde inspiration avant de lâcher le reste.

— J'ai érigé un mur d'acier autour de mes sentiments pour toi, et j'ai juré avec insistance qu'ils ne reverraient jamais la lumière du jour. J'ai travaillé, aussi, en grande partie. Jusqu'à te revoir.

Il secoua la tête et lui prit les mains.

— Quand j'ai compris que tu restais ici, j'étais à un cheveu de quitter Calder si j'étais assigné à cette mission. Je n'ai jamais, *jamais*, été incapable de travailler. Pas une fois, Jenny. Jusqu'à toi.

Il lui adressa un sourire triste.

— Ne le dis pas aux méchants, mais tu es ma kryptonite, mon cœur.

— Je ne veux pas être ta faiblesse, protesta Jenny, le cœur lourd. Je veux être une force pour toi.

— Oh, Jenny. Tu l'es aussi. Tu ne le sais pas ? Alors, la confiance ?

Il lâcha un petit bruit qui venait du fond de sa gorge.

— Je ne sais pas trop. Je sais juste qu'on est si bien ensemble que c'est bête. Et peu importe les coups qu'il a fallu prendre, on a résisté à la tempête.

Sentant une occasion pour alléger l'ambiance, Jenny lui lança un regard qui signifiait *tu plaisantes ?* et il rit.

— OK, c'était peut-être un ouragan.

Elle leva un pouce en l'air.

— On peut régler ça, Jenny. Peu importe ce que ça veut dire, ce dont tu as besoin. Pas de pression.

— Je ne veux plus être une victime, Stan. Je ne veux plus. Je veux qu'on se sente entiers. Et bien – plus que ça, même – comme on l'était avant. Seulement...

Savoir la vérité aidait à croire en leur futur, mais ça n'enlevait pas leur passé.

— Il y a une fêlure entre mon cœur et mon esprit. C'est comme si mon cerveau savait ce qui s'était passé entre nous et pourquoi. La *vraie* réalité. Mais *ma* réalité est tout ce que j'ai eu.

J'ai du mal à réconcilier les deux. Ou à laisser partir ce que je pensais vrai.

— Je suis vraiment désolé. Je ne cesserai jamais d'essayer de me racheter pour ça.

— Mais c'est ça le truc, répliqua Jenny, plus calme et sous contrôle d'elle-même qu'elle ne l'avait été depuis des mois. Je ne veux pas que tu aies la sensation de devoir le faire. C'est *mon* truc.

Elle tendit la main et toucha son bras, posa sa main à plat sur son biceps épais. Il était chaud et ses doigts se refermèrent sur lui. Ses yeux s'adoucirent tandis qu'elle le caressait d'un air absent.

— Peut-on aller lentement ? S'assurer que ce soit naturel ? Je sais qu'on s'est élancés les deux pieds joints la dernière fois, mais je ne suis pas prête.

Stan hocha la tête avec reconnaissance.

— Tant que je sais qu'un jour, on y arrivera, ça me suffit. Peu importe où tu en es. On va à ton rythme. Mais sache que je ne te laisserai plus quitter mon champ de vision. J'ai bien peur que tu sois coincée avec moi et le cirque qui va avec, mon bébé.

— Juste, ne me fourre pas dans une voiture de clown, plaisanta-t-elle.

Elle se rendit compte après coup qu'elle riait à ses propres dépens. La dernière fois qu'on l'avait poussée dans une voiture, ça avait mal terminé.

— Jamais, dit-il doucement en comprenant sa boulette. J'ai besoin de ton téléphone, s'il te plaît.

Sans même demander pour quoi faire, elle tendit son téléphone.

— Le mot de passe est l'anniversaire d'Hayden. Dix-sept...

— Zéro un, termina Stan dans un sourire. Tu crois que je ne l'ai pas mémorisé tout de suite ?

Un éclat de chaleur monta dans son ventre. Elle lui rendit son sourire.

— Eh bien, *d'accord.* Pourquoi as-tu besoin de mon téléphone ?

— J'ai un nouveau numéro, je veux juste le remplacer.

Il ouvrit les contacts et commença à faire défiler la liste. Le sourire de Jenny se crispa. Il n'allait pas trouver son nom. Elle avait supprimé son contact il y avait plus d'un an. C'était plus facile de ne pas avoir à le regarder. Cela dit, quand Stan le découvrit, il ne dit rien et s'ajouta avant de lui rendre le téléphone.

— Bon, on va rester assis là toute la journée ? demanda-t-elle avec insolence, prête à passer à autre chose.

Il sourit et répliqua avec un clin d'œil :

— Enfin, ma belle, j'avais un plan et tu verras ce que c'est dans un instant.

Plus légère que ces dernières semaines, Jenny s'adossa à son siège tandis qu'ils progressaient dans la ville. Une fois garé, Stan contourna la voiture et ouvrit sa portière avant même qu'elle ne se soit détachée. Il y avait du monde, malgré l'heure tardive, cette étrange heure où les gens rentrent pour se préparer à sortir dîner ou sont déjà rentrés après avoir été déjeuner ou faire du shopping.

Stan lui prit la main et l'aida à sortir de la voiture, très naturellement. Une fois debout, pourtant, il la lâcha en s'excusant, murmurant qu'il voulait lui laisser de l'espace. Il les guida dans la rue et après quelques carrefours, il s'arrêta et indiqua de la tête une boutique. Elle était si occupée à essayer de se détendre et de simplement *être* qu'elle n'avait pas remarqué les boutiques et magasins qu'ils dépassaient. Celle-ci avait des fenêtres biseautées peintes avec de jolies lettres. Quand elle regarda au-delà de la vitrine, sa mâchoire se déroba en voyant ses gourmandises préférées devant elle.

Les yeux écarquillés, elle sourit.

— De la glace ?

— Ou une pomme au caramel.

— Attends..., fit-elle en posant la main contre son torse. Tu as dit *ou* ?

Il sourit d'un air complice.

— J'ai fait ça ?

— Ce n'est pas drôle.

Ses yeux semblaient dire : on y reviendra et ça sera spectaculaire.

Mais à voix haute, il se contenta d'un :

— Allez, viens, allons remplir ton estomac pour la journée.

Un peu excitée, elle le laissa la tirer à l'intérieur en riant. Ils traînèrent un peu, prirent de nouveaux produits comme des Squirrel Nuts, des Bit-O-Honeys et un assortiment de bonbons au caramel à l'ancienne. Stan vit un collier de bonbons et le prit pour Callie et après avoir fait le tour des étagères et tonneaux, ils firent la queue pour une glace. Quand ce fut leur tour, il s'appuya au comptoir et sourit jusqu'aux oreilles tandis qu'elle essayait de choisir, comme s'ils avaient toute la journée devant eux.

Au final, ils partagèrent une glace deux boules : vanille et café, agrémenté de caramel, crème fouettée et noix de pécan. Jenny ne se rappelait pas la dernière fois qu'elle s'était sentie aussi heureuse. Sans compter Hayden, cette petite excursion avec Stan, surtout le moment passé dans cette boutique, était le meilleur souvenir qu'elle ait eu depuis très longtemps.

Avant de partir, ils firent le plein de gourmandises à ramener. Stan connaissait les goûts de tout le monde et avait déjà dit à Rosa qu'ils ramenaient le dessert. Quatre énormes pommes au caramel, une nature et un assortiment de pommes couvertes de choses comme des Oreos écrasés, du caramel mou et des noix de pécan.

En partant, Jenny effleura son épaule, sentant leur proximité dans ce moment.

— Merci. C'était vraiment chouette.

Il lui sourit.

— On ramènera Hayden la prochaine fois.

Sur le chemin du retour, elle observa le paysage défiler devant les vitres, tout en repensant à quelque chose qu'elle avait tourné et retourné dans son esprit toute la journée : ce qui avait mené Stan et elle à ça. Ayant hâte de mettre le dernier point difficile derrière eux, elle se tourna vers lui, se recroquevillant dans son siège.

— Je crois que les choses devaient se passer ainsi, dit-elle doucement.

Il lui jeta un regard interrogateur, puis reporta son attention sur la route.

— Pourquoi dis-tu cela ?

— Eh bien, commença-t-elle prudemment. Je n'avais jamais été vraiment seule à part à la fac et ça ne compte pas vraiment puisque *tout le monde* est seul et on y est avec des amis. Mais après ça, je suis passée de la maison de mes parents à celle de John, où j'ai mené la vie qu'il approuvait. À bien y penser, Stan, je ne me suis jamais battue pour quoi que ce soit. J'ai juste accepté.

Stan semblait être sur le point de dire quelque chose, mais elle secoua la tête.

— C'est bon, je n'ai pas besoin de sympathie. L'attachement émotionnel à ces années n'est pas aussi puissant qu'avant et Evan a été super pour m'aider à comprendre. Après le divorce et mon déménagement en Floride, j'ai appris comment être une adulte et veiller sur moi-même.

Il tourna sur le terrain des Montgomery et attendit que les portes s'ouvrent. Il se racla la gorge.

— Oui, tu as appris l'art de l'évasion et comment te protéger.

— Tu loupes l'essentiel, Stan. Sans l'accident, les choses auraient été différentes. *Je* serais différente et il y a des parties de ce nouveau moi que j'aime vraiment.

Il gara la voiture à sa place et coupa le contact, lui accordant toute son attention.

— Je suis content que tu le vois comme une leçon de vie, Jenny. Mais je donnerais mon bras droit pour que ça se soit déroulé autrement. Savoir que tu étais seule, savoir que tu pensais que je...

Il grimaça et reprit :

— Que je t'avais abandonnée sans un mot. Je ne peux pas imaginer ce que tu as ressenti. Si je ne l'ai pas assez dit, sache que je suis vraiment désolé.

Elle prit son visage entre ses mains.

— Tu l'as assez dit. C'est arrivé à nous deux, Stan.

Elle brisa sa règle de *plus de larmes*, mais le moment y était propice.

— Je ne peux pas imaginer ce que tu as pensé et ressenti quand tu m'as vue à l'hôpital avec John. J'étais vraiment prête à partir te retrouver. Moi aussi, je suis désolée.

Une fois ne semblait pas suffire, alors elle murmura encore :

— Je suis tellement désolée, Stan.

Ses bras se refermèrent sur elle et elle se laissa fondre dans son étreinte. Ils restèrent en voiture un temps, silencieux et satisfaits. Elle resongea à ce que Stan avait dit plus tôt et pour la première fois, elle ressentit au plus profond d'elle qu'il avait raison. Ils avaient bel et bien résisté à la tempête. Et peut-être les vagues s'étaient-elles enfin calmées.

Southampton
New York

Stan sourit en se séchant après la douche. Via la porte ouverte de la salle de bains et le babyphone, il entendait Jenny dans sa chambre à lui. Samantha avait raison pour le berceau finalement. Pendant deux jours, il avait laissé Jenny venir à lui. Il ne l'avait pas poussée, il avait simplement insisté pour qu'il cogère Hayden et dorme dans sa chambre la moitié du temps. Ça fonctionnait comme un charme.

Il avait donné à Jenny l'espace nécessaire. Il ne l'avait même pas embrassée. Enfin, il avait embrassé sa main... et ses doigts... et son front... *d'accord*, il l'avait embrassée. Mais il ne l'avait pas attirée dans ses bras pour recouvrir ses jolies lèvres des siennes. Ni tiré sur les parties charnues de son corps et... il grogna, lui-même fautif de laisser ses pensées lui échapper.

Après le tour en ville quelques jours avant et leur conversation – la première fois qu'ils avaient parlé, vraiment parlé – Jenny et lui avaient trouvé un juste milieu agréable. Ça ne le gênait pas d'y aller doucement, pour être honnête, ce n'était pas si mal. Jenny était à un étage de lui et ouverte à une vraie réconciliation, elle voulait simplement que cela arrive à son rythme, naturellement. Stan comprenait, du moins depuis qu'elle avait expliqué d'où elle partait. Alors s'ils, si *elle*, avaient besoin d'un peu de temps pour lui revenir, pas de problème. Il en était.

Il frotta sa serviette sur sa tête une fois de plus, puis l'enroula autour de sa taille et passa ses doigts dans ses cheveux avant d'entrer dans la chambre, feignant la surprise quand la jolie bouche de Jenny esquissa un O.

— Je ne t'avais pas entendue entrer, mentit-il.

— Désolée. Il me manquait, expliqua-t-elle les joues rouges en montrant Hayden, qui dormait profondément. J'ai frappé, mais comme tu ne répondais pas, j'ai...

Elle haussa les épaules, leva les yeux au ciel et termina avec effronterie :

— J'imagine que je suis entrée, voilà. Je voulais être sûre qu'il n'était pas dans son berceau avant de partir à votre recherche.

— Jenny, pas besoin de te justifier.

Il lui frotta le bras et la vit avec satisfaction jeter un regard à la serviette autour de sa taille, puis tendit la main et toucha Hayden.

— Il s'est endormi pile à l'heure qu'il faut et j'ai rattrapé quelques papiers.

Traduction : Stan avait gardé le bébé plus longtemps qu'il n'était censé le faire, puis avait suivi les pistes qu'il avait sur John, toujours en Virginie. Pourtant, tant que Jenny et lui n'étaient pas sur des bases fermes, vraiment fermes, il ne bougerait pas.

Après quelques discussions avec Alex, Stephen et Gregor, Stan avait décidé que soit il lui foutrait une trouille bleue, soit il lui collerait une raclée, peut-être les deux. Un gars comme John pouvait facilement s'autodétruire après une confrontation intentionnelle et être dressé. En attendant, le gars pouvait continuer d'être ivre de lui-même, pour ajouter à son caractère délirant et psychotique. La puanteur de John disparut quand il regarda de nouveau Jenny. Il avait hâte de partager un nouveau repas avec elle, leur fils et l'équipe.

— Je me suis dit que j'avais largement le temps de me doucher et de me préparer pour le dîner. J'ai un babyphone dans la salle de bains.

— Je ne m'inquiétais pas du tout.

Comme si elle n'avait pas surgi dans sa chambre sans invitation et n'y était pas restée. Il haussa un sourcil, sous-entendant qu'il ne la croyait pas ; elle leva les yeux au ciel, ce qui était adorable et il s'esclaffa doucement quand elle corrigea :

— Bon, d'accord. Mais je n'étais pas *inquiète*-inquiète. J'ai l'habitude d'être tout le temps avec lui, c'est tout. On n'a été que tous les deux…

Elle laissa sa phrase en suspens.

— Hé, intervint-il en lui prenant la main. Ce n'est rien, Jenny. Vous n'étiez que tous les deux après tout.

Il commença à caresser sa paume du poignet aux doigts et observa ses yeux s'allumer à chaque caresse. Il secoua la tête en comprenant qu'il était pris par son regard et qu'il devait mettre des vêtements, et vite. La dernière chose qu'il voulait faire, c'était lui donner l'impression qu'il lui mettait la pression pour avancer plus vite que ce qu'elle voulait.

— Bon, je vais m'habiller. Et si tu t'asseyais ? proposa-t-il en montrant la chaise de bureau. Ce fauteuil est super confortable.

— Aussi mou que celui d'Helen ? demanda-t-elle avec un sourire, les joues de nouveau rouges.

— Tu sais pour ça, donc ?

Elle haussa les épaules.

— J'ai entendu. Et merci. Vraiment, je ne me suis jamais sentie aussi en sécurité.

— Je ne veux plus jamais que tu te sentes en danger. Ce domaine donne un tout nouveau sens au terme *sécurité*. Ce n'est pas pour rien qu'on occupe cette aile de la villa. Si quelqu'un venait à entrer dans la maison, il ne dépasserait jamais Gregor, moi ou les autres gars. Et au cas – *apocalyptique* – où cela arrivait, Alex et Stephen les enverraient en enfer à mains nues. Ils ressemblent peut-être à des aristocrates, mais ce sont des surhommes sous la surface.

— J'ai eu cette sensation la nuit de mon arrivée. C'était comme si quelqu'un avait dit : *mode Frères Montgomery activé.*

Stan rit ; c'était une bonne description. Jenny regarda sa montre.

— Il devrait bientôt se réveiller.

Ou pas, songea-t-il.

— Tu as bien réussi à lui faire suivre un emploi du temps et une routine stable. C'est un bon dormeur.

— J'aimerais que ce soit aussi mon cas, commenta-t-elle d'un air presque absent.

Lui aussi. Elle *avait été* une bonne dormeuse, du moins quand *il* dormait avec elle. Il se demanda si elle se réveillait toujours en sursaut. Il espérait que non.

— Jenny, j'étais sincère sur tout ce que je t'ai dit. Je fais de mon mieux pour ne pas franchir la ligne, mais j'espère que tu sais que je veux tout. Toi en intégralité.

Elle leva les yeux et quelque chose dans son regard changea, tout comme dans son langage corporel. *Bordel.*

— Moi aussi, Stan.

Elle posa les mains sur son torse et s'il l'analysait correctement, il dirait qu'elle déposait une invitation à ses pieds. Enfin, peut-être pas une carte blanche, mais c'était déjà un début. Il se pencha légèrement, lui laissant amplement le temps de protester, mais Jenny hocha la tête, leva les bras et les noua à son cou. Quand ses lèvres couvrirent les siennes, une cacophonie s'ensuivit dans sa tête, le sang tambourina dans ses oreilles, en réponse à ce délicieux premier baiser depuis des années. C'était difficile de rester sur un baiser léger, alors que tout ce qu'il voulait, c'était l'écraser dans ses bras, l'allonger sur le lit, la goûter, la faire sienne de nouveau. Il grogna, tira sur sa lèvre un peu avant de se mettre à embrasser chaque partie de son visage, puis de s'écarter.

— On va lentement, hein ? chuchota-t-il.

Il effleura des doigts sa joue et repoussa une mèche de cheveux derrière son oreille. Il savait, il le sentait au plus profond de lui : il aurait pu aller plus loin, mais il ne l'avait pas fait. Il ne le ferait pas. Elle esquissa une grimace adorable et sembla presque déçue, ce qui confirmait sa théorie. *Oh oui, ma Jenny, on y arrive.*

— Tu devrais sûrement aller mettre tes vêtements alors.

Il se pencha et l'embrassa une fois de plus avant de s'écarter encore et de lui montrer le fauteuil tout en allant se changer.

Elle resta dans sa chambre pendant qu'il se préparait. Il s'assura de prendre son temps quand il entendit Hayden roucouler dans le babyphone. Il se demanda ce qu'elle allait faire. Allait-elle le prendre et partir ? Ou attendre ? Les cinq minutes suivantes furent joyeuses et douces-amères à la fois, tandis qu'il l'écoutait parler à leur fils et le prendre dans ses bras.

— Coucou bébé, roucoula-t-elle la voix remplie d'amour. Tu as fait une bonne sieste ? Je parie que oui.

Elle lui parla, chantonna et lui demanda s'il avait passé un bon moment avec *papa*. Stan eut les larmes aux yeux et sentit son cœur se réchauffer quand il entendit :

— On va attendre papa, d'accord ?

Puis elle chuchota et Stan arrêta presque de respirer pour pouvoir l'entendre :

— On va former une famille, Hayden. Exactement comme on était censés l'être.

Stan prit un moment pour se reprendre avant de retourner dans la chambre. Cela allait être la meilleure marche de tous les temps pour aller au dîner. *Tu es avec la femme de ta vie et ton fils. Relève le menton, Finch.* Il fit un grand sourire, puis se pencha pour prendre le bébé et tendre la main pour relever Jenny. Elle la prit et sourit quand Hayden couina de plaisir.

— Tu aimes vivre chez les Montgomery, non ? demanda-t-elle quand ils quittèrent la chambre pour se diriger vers l'entrée.

Très content, Hayden sautillait dans ses bras avec des petits bruits qui ressemblaient à *bah, bah*. Stan rit en entendant la question de Jenny.

— Oui. Je suis parti avec Amanda, Sam et Callie quelques semaines seulement après qu'on...

Il s'arrêta, sa phrase en suspens, regrettant la façon dont il l'avait formulée.

— Je suis désolé. Je ne voulais pas parler de ça. C'est difficile à éviter, hein ?

Il soupira. Elle s'arrêta et posa une main sur son bras.

— Oui. Et ce n'est pas grave. Tu te rappelles ce que j'ai dit ? J'étais sérieuse. Je crois vraiment que ça devait se produire ainsi. Ça veut dire qu'on a quelques cicatrices émotionnelles de plus, et alors ?

Ils partageaient un moment important, à se fixer droit dans les yeux, et Stan, l'homme aux plans, jeta toute prudence par la fenêtre : *au diable la limite à ne pas franchir*, songea-t-il en l'attirant à lui. Elle vint volontairement et se fondit tout contre lui, occupant la partie de son torse où Hayden n'était pas. Son fils, sa femme, dans ses bras. *Merci Dieu*. Un autre pas. De la musique s'échappait des haut-parleurs et il les berça dans ses bras quelques minutes, dans l'entrée de la villa.

Au bout d'un moment, Callie les dépassa en courant, puis fit marche arrière pour serrer leurs jambes dans ses bras avant de repartir. Leur moment tendre interrompu, Jenny et lui rirent et recommencèrent à avancer, Stan avec un bras autour d'elle pendant que Jenny s'appuyait à lui.

Il fallut un moment pour se rappeler de quoi ils parlaient.

— J'adore la famille que j'ai trouvée ici, Jenny. En revanche, je n'aime pas ce que ça m'a coûté.

Elle l'avait entendu, mais ne réagit pas.

— Comment c'est, en Californie ? Sam dit que vous y étiez le gros de l'année, mais maintenant vous êtes sur les deux côtes.

Il suivit l'impulsion de Jenny et laissa de côté son envie de parler de trucs pesants. Jenny savait ce qu'il ressentait.

— La Californie est incroyable. Je suis surpris de tant l'aimer, mais j'étais tellement occupé avant qu'Alex et son entreprise se pointent que mon affinité avec cet endroit m'est tombée dessus.

Il décida de rester vague, comprenant qu'il devait au moins avoir une conversation avec Alex et Amanda pour savoir ce qui devait être expliqué à Jenny. Il n'était pas habitué à ce que des gens dans la maison ne connaissent *pas* leur histoire.

— Toi et Hayden, vous allez adorer. C'est sûr.

Elle marqua une pause, remarquant le sous-entendu qu'elle et Hayden les suivraient quand ils repartiraient, mais elle ne fit aucun commentaire.

— Qu'est-ce qui s'est passé pour qu'Alex et Amanda soient séparés si longtemps ?

Et voilà. La question à un million de dollars. Stan se demandait comment Jenny réagirait à la vérité. La croirait-elle, pour commencer ? Sans Callie, Stan n'était pas sûr qu'Amanda aurait dit quoi que ce soit – même à lui – sur son séjour fou dans le passé, ou la véritable identité d'Alex. Et sans cette petite fille dans sa robe à l'ancienne cette toute première nuit et sa peur quand Amanda se faisait opérer, il n'y aurait peut-être pas cru lui-même. Et ce n'était là que le début.

Les premiers jours de Callie dans le XXe siècle avaient été étonnants. Surtout avec Amanda blessée émotionnellement comme physiquement. À l'époque, si Callie n'avait pas été collée à sa mère, elle aurait été collée à lui. Chaque fois qu'elle désignait un gadget simple ou quelque chose d'aussi commun qu'une douche ou un bus, il suspectait un peu plus que quelque chose de plus grand se jouait. Dieu merci, Sam était là dès le lendemain. Et quand l'histoire complète était sortie petit morceau par petit morceau, il avait décidé qu'il ne protesterait pas et la prendrait pour argent comptant. Depuis, ils ne s'étaient pas quittés. Si Stan considérait déjà Sam comme une bonne amie et Amanda aussi, par défaut, ils partageaient désormais un nouveau lien. Fort et soudé.

Il voyait bien que ce serait trop pour Jenny pour l'instant, même s'il avait eu le feu vert d'Alex.

— Ce n'est pas à moi de raconter leur histoire.

— Je comprends, dit-elle en levant les yeux vers lui. On est forts pour garder des secrets, hein ? On a tous gardé celui de Sam.

Il était un peu surpris par son affirmation, mais il savait qu'elle avait raison. Ils avaient gardé le secret de Sam pendant des années. Pour autant qu'il sache, malgré leur nouvelle amitié, ils n'étaient encore que trois à savoir.

— C'est vrai. Je ne l'ai jamais mentionné et je suis sûr que si Alex, Stephen ou Gregor savaient, je serais le premier à en entendre parler. Je n'ai pas hâte du jour où ils l'apprendront.

Avec un doigt sur les lèvres, Jenny coupa court à la conversation en montrant Gregor qui avançait rapidement dans le couloir derrière eux. Quand il les dépassa, il leur adressa un sourire chaleureux et tapota Stan dans le dos. Jenny et Stan traînèrent sur le reste du chemin, profitant d'être juste eux deux, avec Hayden.

Quand ils atteignirent la cuisine, ils la découvrirent en pleine effervescence. Les garçons étaient assis à table avec Callie, qui avait réussi on ne sait comment à se lancer dans une partie de Uno. Evan parlait avec Helen et Rosa dirigeait une partie du personnel ; les poêles frétillaient, des plateaux et saladiers étaient sortis des placards et étagères et disposés sur l'îlot.

Heureusement, dans tout ce chaos, personne ne faisait grand cas de cette scène familiale. Stan tint la porte de la terrasse ouverte. Dehors, Stephen et Sam, tête baissée, choisissaient du vin derrière le bar. En les voyant approcher, Stephen demanda à Stan et Jenny s'ils voulaient quelque chose.

— On peut attendre, répliqua Stan en se tournant vers Jenny. Je veux te montrer quelque chose.

Il la fit descendre les marches en marbre et la mena sur le chemin donnant sur des bancs où l'on avait une vue parfaite sur l'océan.

— C'est superbe, souffla-t-elle.

— J'habitais là avec Amanda et Sam le printemps dernier, avant de les emmener en Californie.

— Je comprends pourquoi elles voulaient revenir. C'est pour ça que mes parents ne sont jamais partis et que mon père s'accroche à cette grande maison alors même qu'il y est seul avec Marisa maintenant.

Après quelques instants de silence, ils remontèrent les marches et entendirent d'autres voix, puisque tout le monde sortait pour s'installer sur la terrasse. Stan tira la chaise de Jenny et embrassa son petit garçon avant de le lui rendre et de s'installer à côté d'eux. Elle sourit et lui toucha le bras. Soudain, le bavardage s'arrêta net et tout le monde sembla en même temps remarquer le changement entre eux. Tous sourirent d'un air complice et l'agitation typique des Montgomery reprit.

Le dîner était génial, l'un des meilleurs d'après ses souvenirs, probablement à cause de la présence agréable de Jenny à côté de lui. C'était paisible, jovial et il se découvrit détendu et pas sur les nerfs comme ces derniers jours. En fait, il ne ressentait aucune émotion négative.

Il s'adossa à son siège et observa Jenny sourire et rire avec le reste d'entre eux. Elle s'intégrait bien aux autres. Étrange qu'ils aient tous fini ensemble comme ça. Pas juste lui, Jenny et les filles, mais aussi les frères Montgomery, Gregor, Evan et les garçons. Il y avait cette cadence entre eux, cette symbiose qui ne pouvait être niée. Qui aurait cru qu'avec toutes ces différences, toutes ces blessures et peines, ils atteindraient ce niveau de camaraderie, de paix, d'affection et d'amour ? Dans ce genre de moment, il aurait pu jurer qu'ils étaient tous destinés à être ensemble. Comme Jenny et lui.

Peut-être Jenny avait-elle raison : cela devait se produire ainsi. Pour réutiliser une phrase d'Alex : *au diable le passé*, lui, sa femme et leur fils étaient sur le point de tout rafler.

Patience. On ne vend pas la peau de l'ours avant de l'avoir tué.

20

Southampton
New York

Jenny se réveilla en sursaut, les yeux sur le bébé, la main sur son cœur qui tambourinait sauvagement. Puis, elle laissa sa respiration ralentir. Elle faillit pleurer de joie en repérant son entourage, soulagée de découvrir qu'il n'était même pas minuit et qu'elle était dans sa chambre chez les Montgomery et pas toute seule en Floride, où elle était moins d'une semaine auparavant, dans la maison qui ne lui avait jamais semblé être chez elle.

La soirée spectaculaire repassa dans son esprit et elle se détendit : le moment passé avec Stan dans sa chambre, le trajet jusqu'à la terrasse, le repas, les heures de conversation fabuleuse, la bonne nourriture et toute la gentillesse et l'affection. Pas étonnant qu'Amanda dise que les repas étaient sacrés ici. Après ça, Jenny comprenait ce qu'elle voulait dire et ressentait la même chose.

Après le dîner, ils s'étaient retirés dans la salle de jeu où ils avaient commencé une partie de Yam's impitoyable. Jenny n'avait jamais rien vu de tel. Ils s'étaient divisés en trois équipes et pendant une heure, elle s'était amusée comme une folle dans tout ce tumulte. Étonnamment, malgré les cris et acclamations des joueurs et les bondissements et applaudissements de Callie, les deux bébés s'étaient endormis dans les bras de leurs pères respectifs.

Ils étaient montés coucher les bébés dans leur berceau et Callie dans son lit. Sans le monde rassemblé dans le couloir, elle aurait tenté d'être plus directe avec Stan. À la place, elle avait bâillé deux fois, mais il était resté derrière sa limite invisible débile et, malgré l'heure prématurée, l'avait guidée vers sa chambre, embrassée langoureusement pour lui souhaiter bonne nuit avant de redescendre avec le reste des adultes.

Son rythme cardiaque ralentit et sa respiration redevint normale, mais Jenny entendit de la musique en bas et quelques secondes plus tard, la jolie voix d'Amanda. En entendant Hayden roucouler, elle se demanda qui avait réveillé qui. Jenny sortit du lit pour vérifier que tout allait bien avec le bébé et le découvrit à mâchonner son poing. Ses yeux bleu-vert la dévisagèrent quand elle posa sa main sur son torse. Ses petites jambes trépignèrent d'excitation et elle gloussa avant de le prendre avec un sourire.

— Coucou, bébé, chuchota-t-elle. On dirait qu'on est réveillés, hein ? Et si on allait marcher un peu et écouter tata Amanda chanter ? Elle est incroyable. Peut-être que papa sera toujours debout dans le salon.

En silence, elle décida que si elle croisait Stan, elle lui dirait qu'il était temps de franchir les limites une bonne fois pour toutes. Elle le voulait dans son lit, ou être dans le sien, même si c'était juste pour dormir près de lui.

Tout excitée, Jenny sortit dans le couloir juste à temps pour voir Callie dans une chemise de nuit froissée et un sweat à capuche fermé. Elle dépassa à pas de loup Helen, qui s'était endormie dans son fauteuil. Quand la petite fille passa devant elle, elle sourit, visiblement contente d'elle d'avoir roulé Helen dans la farine.

— Eh bien, tu n'es pas un peu précoce, toi ? fit Jenny en tendant la main vers Callie.

Difficile d'être une rabat-joie quand on était impliqué dans le complot. Et visiblement, le reste des adultes, ou du moins Amanda et Alex, étaient en bas.

— Je sais ce que ça veut dire, gloussa Callie.

Bien entendu, songea Jenny, c'était la fille de deux personnes brillantes.

— Où est-ce qu'on va ? demanda-t-elle.

Son plan original de rester là-haut était annihilé, mais elle était soudain anxieuse de voir Stan.

— Je veux m'asseoir avec l'Amiral pendant que maman chante.

Jenny songea que c'était adorable que Callie appelle Alex *Amiral* aussi souvent qu'elle l'appelait papa. Elle ne savait pas d'où venait ce surnom, mais cela correspondait bien à Alex, du moins d'après ce que Jenny savait de lui.

— Hayden fait ses dents aussi ? demanda Callie pendant qu'elles faisaient un rapide détour par la chambre de Jenny pour qu'elle prenne une robe de chambre. Zander pleurait très fort tout à l'heure et maman a dit que c'était parce que ses dents poussaient et qu'il avait mal.

En s'endormant, Jenny avait entendu les cris du pauvre Zander. Heureusement, Hayden avait été épargné de la douleur ces dernières nuits.

Adorable, Callie continua à discuter pendant qu'elles descendaient, traversaient l'entrée et avançaient vers le salon principal. Jenny resta sur le seuil une seconde, captivée par la scène familiale très intime. Amanda était assise devant l'époustouflant grand piano dans un coin, près des fenêtres. Alexander était de l'autre côté de la pièce, assis sur un canapé, son fils sur le torse, à boire un whisky en observant sa femme avec amour. Sam était blottie à l'autre bout, la tête sur le dossier du canapé pendant que Stephen servait les boissons derrière le bar. Stan était assis sur un beau tabouret à parler avec Gregor, tous deux en train de travailler sur quelque chose, d'après l'ordinateur entre eux et les blocs-notes sur leurs genoux.

Oh, qu'est-ce qu'elle n'aurait pas donné pour avoir une maison dans ce genre. L'amour qui se dégageait de chaque centimètre l'attira et elle traversa le salon avec Callie, sous les premières notes de *Landslide*. Personne ne chantait Stevie mieux qu'Amanda. Tout le monde sourit quand elles entrèrent et quand Alexander fit signe à sa fille, elle s'éloigna de Jenny et fut tirée à côté de son père.

Stan vint la voir, l'air inquiet.

— Ça va ? Je croyais t'avoir couchée.

Elle rougit à ses mots, puis haussa les épaules.

— Je crois que j'ai été touchée par une sévère peur de rater quelque chose.

— Tu n'as rien manqué. On fait ça tous les soirs. Sans le bébé, précisa-t-il avec un geste en direction d'Alex. Les *bébés*.

Il caressa le dos d'Hayden.

— Et comme tu peux le voir, Callie est un peu plus agitée que d'habitude avec l'excitation de l'été ici. On est encore en train de s'habituer. Tu viens t'asseoir avec moi ? demanda-t-il en lui prenant la main.

Elle hocha la tête, mais l'arrêta quand il essaya de la faire avancer dans la pièce.

— Je devrais me changer ?

Il fit la grimace.

— Non. À part Gregor et moi, tout le monde s'apprêtait à aller dormir quand Zander s'est réveillé.

Alors ils travaillaient bel et bien. Qu'est-ce qui était assez important pour être traité à 23 heures ?

— Tu dois finir ce que tu faisais ?

Il sourit et baissa les yeux vers leurs mains jointes.

— Je préfère ça.

Jenny parcourut des yeux la pièce et remarqua que tous les autres étaient en pyjama ou dans des vêtements confortables et elle se sentit bien mieux sur sa propre apparence.

— Attends.

Stan tendit les mains vers Hayden et ses grandes mains recouvrirent le dos du bébé et se refermèrent sur son petit torse. Elle le lâcha, savourant le contact de Stan autant qu'un peu plus tôt.

— Tu préfères le bar ? Ou par ici ?

De la tête, il indiqua le canapé où Alex et Sam étaient installés.

Elle sourit et désigna l'espace pour s'asseoir. Stephen croisa son regard et leva un verre, demandant silencieusement si elle voulait boire quelque chose. Elle secoua la tête et Stan lui reprit la main pour la faire avancer. Elle ressentait leur connexion avec tant de force. Plus de force encore qu'un peu plus tôt. Tout s'assemblait. Elle avait la sensation de reprendre vie, mais cette fois, il ne s'agissait que de trouver de bonnes bases avec Stan. Leur tour en ville avait été capital. Elle se demanda s'il avait su qu'ils en avaient besoin. Un peu de temps, juste tous les deux. Une conversation franche et directe pour pouvoir avancer et recommencer. Elle trépignait d'excitation. Ils étaient là, formaient une famille, avec des amis, des anciens comme des nouveaux.

Stan la guida dans la causeuse et attendit qu'elle s'installe pour s'asseoir dans le coin à côté d'elle. Son poids la faisait pencher vers lui. Elle tenta de se redresser, mais il posa son bras autour d'elle et chuchota à son oreille :

— S'il te plaît.

Elle leva les yeux vers lui et vit son regard rempli de passion et d'amour. Elle hocha la tête et s'appuya contre lui. De son perchoir sur le torse de son père, Hayden roucoulait en même temps qu'Amanda chantait. Stan rit et embrassa le sommet de sa tête. Ce mouvement attira Jenny plus près. Elle se blottit contre lui, attendant l'occasion de lui dire qu'elle était prête. Prête à ce qu'ils soient ensemble. Elle se demanda si elle arriverait à le dire ou rougirait à l'excès en espérant qu'il comprenne le message : elle voulait retourner au lit avec lui et y rester pour toujours. Ça faisait tellement de bien d'être près de lui, de sentir cette énergie qu'elle adorait tant entre eux. Cette harmonie paisible qu'elle n'avait vécue qu'avec Stan.

Jenny se changea les idées en se concentrant sur les gens dans la pièce. Elle observa Stephen s'installer dans le fauteuil à côté de Sam, puis vit son amie lever les jambes en attendant que son *non-petit ami* mette ses jambes à lui. Jenny gloussa et Stan la serra doucement et lui embrassa le front.

Contente de s'être réveillée et d'être descendue, elle savoura ces émotions nouvelles de satisfaction et referma son bras sur Stan, pour le poser juste sous les petites jambes d'Hayden. Amanda débuta une nouvelle chanson et Jenny décida que dès qu'elle aurait fini, elle dirait à Stan qu'elle voulait dormir dans sa chambre ce soir.

Pourtant, à la place, elle resta blottie dans les bras protecteurs de Stan, écouta Amanda jouer et chanter et sombra dans le sommeil.

21

Southampton
New York

Stan se réveilla doucement, toujours dans le salon, le poids bienvenu de son garçon sur son torse et de sa chérie à ses côtés. Avant qu'il aille se coucher, Alex avait déplacé l'ottoman de sorte qu'il puisse étendre ses jambes. Prudemment, Stan avait vérifié que Jenny était entièrement recouverte de la couverture qu'il avait mise sur elle et avait fermé les yeux, s'endormant avec une prière de remerciements.

Ils étaient si proches. Il n'avait pas fallu beaucoup à Jenny pour voir qu'ils étaient toujours sur le bon chemin, qu'ils avaient juste été interrompus. *C'est marrant,* songea-t-il – Alex et Amanda avaient eu le même cheminement avec une interruption et regardez où ils en étaient. C'était fou que Jenny et lui aient passé plus d'un an rempli d'animosité et de doutes envers l'autre alors que c'était inutile. Il repensa à son commentaire, à ce qu'elle avait sur les choses qui s'étaient déroulées ainsi pour une raison. Elle n'avait pas tort, à bien y songer. Pas juste pour eux deux mais pour eux tous.

Il se pencha et embrassa le sommet de sa tête. Elle s'agita, mais resta endormie, alors il décida de ne pas bouger non plus. En regardant le lever du soleil, il réfléchit à cette théorie encore un peu, la décortiquant doucement. Jenny avait eu besoin de se sentir entière et indépendante et était convaincue que ça ne se serait pas produit si elle n'avait pas eu de l'espace pour être seule. Penser aux choses qu'elle avait subies pour atteindre cette indépendance le rendait malade, mais puisque c'était fait et qu'elle s'en était sortie, comment pouvait-il lui retirer ça ? Et puis de son côté, il devait perdre ce qui avait le plus de valeur à ses yeux pour quitter le continent, pile quand les Montgomery avaient besoin de lui. Sans son alliance avec eux, il n'aurait jamais reçu l'appel de Gianni. Comprendre ça déconcertait Stan. À bien regarder la trajectoire des événements et des personnes, tout ça semblait d'ordre divin.

Exactement à ce moment, Hayden s'agita et Stan le tapota doucement pour le rassurer tandis que Jenny se penchait et frottait son visage contre lui. Il n'arrivait toujours pas à croire qu'il tenait sa famille dans ses bras.

— Bonjour, dit doucement Jenny.

Elle s'étira un peu avant de se blottir un peu plus près de lui. Elle pressa ses lèvres sur sa mâchoire pour lui faire un bisou.

— Bonjour, répondit-il en lui embrassant la tête encore.

— J'ai tellement bien dormi. Mais tu aurais dû nous déplacer dans ta chambre hier soir, lança-t-elle en le serrant.

Il s'immobilisa à ses mots, voulant être sûr d'avoir bien compris. Il releva son menton, prenant gentiment son visage dans sa main.

— Juste pour que ce soit clair. Toi et moi, on est sur la même page ?

Ses yeux brillaient et étaient remplis d'amour.

— Mieux même : le même paragraphe.

— La même phrase ?

— Même mot, Finch.

Super.

— Eh bien, tu as un mauvais timing, s'exclama-t-il en riant. On doit partir tôt aujourd'hui.

Il resserra son bras, la rapprochant de lui pour embrasser ses lèvres boudeuses. Il grogna quand elle plongea vers lui et lui rendit son baiser comme il fallait. *Terriblement bien.* Ayant été le bébé le plus incroyable du monde pendant la nuit, Hayden décida que trop, c'était trop et lâcha un cri.

Ils sourirent tous les deux et elle s'appuya à son torse pour se redresser.

— D'accord, bébé, dit Jenny avec la voix animée qu'elle réservait à leur fils tout en prenant Hayden dans ses bras.

Stan adorait cette voix. Et faire partie de ce réveil matinal. Elle souleva leur petit garçon pour qu'il soit juste en face d'elle.

— Bonjour, bébé. On a bien dormi, hein ?

Son sourire était si éclatant que Stan manqua de pleurer. Mais en continuant de serrer Hayden dans ses bras, elle se fit silencieuse et se mit à ruminer. Après avoir fait des cercles sur le tapis avec son pied un long moment, elle le regarda, d'un air très sérieux.

— Tu n'as jamais cessé de m'aimer, non ?

— Pas même une seconde.

Un froncement de sourcil entacha son joli visage.

— Il devrait payer, Stan.

— Il payera, Jenny.

À son visage, il vit qu'elle avait compris.

— Oh, mon Dieu. Tu vas te lancer après lui.

— Jenny, même si on met de côté les blessures qui ne laissent pas de marques physiques, il est au minimum coupable d'une agression criminelle.

Stan avait lu le rapport de l'accident et vu ce qui s'était passé, il était sous le choc que Jenny s'en soit sortie en un morceau. Vu la vitesse à laquelle il allait quand il avait heurté le mur de soutènement, John aurait pu la tuer.

— Ce bâtard va payer pour ce qu'il t'a fait.

Sans parler de ce qu'il nous a fait.

— Je ne veux pas que tu sois blessé.

Il voulut lui promettre qu'il ne lui arriverait rien, mais il savait qu'il ne pouvait pas tenir cette promesse, alors il opta plutôt pour la vérité.

— Je ne peux pas laisser ça couler.

Elle frotta encore son pied sur le tapis, puis le regarda.

— Tu peux attendre alors ? Encore un petit peu ?

Il appréciait sa capitulation rapide, mais il n'était pas sûr que ça change quoi que ce soit. John Monroe plongerait et le travail préparatoire devait se faire ce jour-là, avec une réunion en ville pour passer en revue les détails et la logistique.

— Je le prendrai en compte.

Elle acquiesça.

— Je veux juste que tu sois en sécurité.

Stan secoua la tête.

— Bébé, il faut que tu me fasses confiance. Encore une fois.

Elle lui adressa un petit sourire.

— C'est en haut de ma liste.

22

Southampton
New York

Le trajet jusqu'en ville était très beau. Stephen au volant, Amanda, Sam et Jenny à l'arrière du Navigator de Calder. Apparemment, Amanda n'allait plus nulle part sans garde du corps. Jenny se demanda si cela venait plus de son statut de star ou de la volonté de son mari de l'envelopper dans un cocon sûr.

Stephen ou Stan se chargeaient généralement de la protection d'Amanda, ce que le groupe matérialisait d'un signe de doigt, et pour dire la vérité, Jenny était un peu déçue que ce soit Stephen. Non qu'elle ne l'apprécie pas. Elle l'aimait bien. En fait, elle s'était terriblement attachée à eux tous. C'était juste que Stan était, eh bien... pas besoin d'expliquer. Stephen repéra son regard dans le rétroviseur arrière et elle sourit doucement, puis rougit de gêne, comme s'il savait ce qu'elle pensait.

Plus tôt, Stan lui avait dit qu'il avait du travail en ville, mais ce n'était qu'après son départ que Jenny s'était rendu compte qu'il était resté assez discret. Quand elle avait demandé de quoi il s'agissait, il avait été évasif et avait changé de sujet, marmonnant quelque chose sur son imperméable noir qu'il devait prendre parce qu'ils annonçaient de la pluie. Toute l'équipe de Calder portait des imperméables noirs sous la pluie, donc ce n'était pas bizarre, mais le fait qu'il soit si évasif – surtout qu'il venait de lui dire de lui faire confiance.

Elle décida de ne pas laisser son imagination s'emporter et revint au présent pour se concentrer sur les filles et leur conversation sur le restaurant où manger quand elles en auraient enfin l'occasion. Apparemment, avec toute l'agitation récente, elles n'avaient été manger en ville que quelques fois le midi, pas trop le soir. Jenny ajouta à la liste quelques restaurants qu'elle avait toujours aimés quand elle rendait visite à son père. En regardant autour du SUV, elle se rappela une autre question qu'elle voulait poser à Stan. Amanda pourrait sûrement répondre tout aussi bien.

— Je ne comprends pas, pourquoi des Navigators ? Je croyais que les Tahoes ou Escalades étaient classiques sur le marché.

Amanda rit.

— Je n'étais pas avec Alexander à l'époque, mais apparemment, ils avaient des Tahoes et en entendant le nom *Navigator* et en voyant la voiture, ils ont décidé d'échanger tous leurs véhicules. L'amiral a un truc pour la navigation, précisa-t-elle en levant les yeux au ciel.

— Il a un truc pour *toi*, corrigea Sam.

Stephen sourit en guise d'approbation dans le rétroviseur.

— Attends. C'est vraiment un amiral ?

Elle essayait de rassembler cette nouvelle information aux autres. Pas étonnant qu'il ait une présence autoritaire au possible. Cela dit, Stephen, Gregor et Stan n'étaient pas loin derrière.

— Il était.

Amanda ne s'épancha pas plus, mais Jenny vit un étrange éclat dans ses yeux. Elle sentit qu'il y avait plus que ce qu'elle disait.

— Et ?

Elle se rappela combien Stan avait été étrange quand ils avaient abordé un sujet similaire la veille.

Amanda s'esclaffa et échangea un autre regard avec Stephen dans le rétroviseur.

— Honnêtement, je ne saurais pas par où commencer. Mais pour l'instant, disons qu'il a pris sa retraite.

Jenny voulut poser d'autres questions, mais elles semblaient être arrivées à destination. En périphérie de la ville, Stephen se gara sur une place entre deux véhicules Calder Defense. Deux hommes qu'elle avait vus à la villa étaient appuyés sur l'une des voitures. Ils leur firent un signe de tête, puis les suivirent quand elles se dirigèrent vers les boutiques. Heureusement, les deux hommes et Stephen les laissèrent respirer pendant qu'elles erraient de boutique en boutique. Jenny sourit en passant devant la boutique de glaces où elle avait été avec Stan et toutes ses inquiétudes précédentes disparurent.

Après quelques heures, Amanda proposa :

— On mange en ville ?

— Tu crois que ça ira pour les garçons ? demanda Jenny.

— Si tu parles des bébés, ils ne pourraient pas être entre de meilleures mains. Mais c'est comme tu veux.

Jenny haussa les épaules d'une façon qu'elle espérait nonchalante, mais son visage trahit visiblement son désir de vérifier comment allait Hayden. Amanda sourit, sortit son téléphone et appela la maison pour confirmer que les bébés allaient bien. Une fois ça fait, elles allèrent à un joli restaurant et elles venaient d'entrer quand Amanda et Sam firent volte-face et la poussèrent dehors.

— Allons ailleurs.

Surprise par ce volte-face, Jenny se tordit le cou pour voir derrière ses amies et son rythme cardiaque augmenta en réponse à leur réaction. Ce qu'elle vit à l'intérieur lui donna aussitôt mal au cœur et sa vision rétrécit un instant. Alexander, Gregor et l'équipe élargie déjeunaient, mais les yeux de Jenny avaient tout de suite atterri sur Stan, qui avait dans ses bras une belle brune.

La confiance sur laquelle elle était censée travailler s'évanouit. Elle se sentit perplexe et embarrassée et le comportement secret de Stan plus tôt lui revint de plein fouet en mémoire. Elle avait enfin changé d'avis, sûre de ce qu'elle ressentait sur leur couple. Elle s'était pratiquement jetée à ses pieds ce matin-là et elle se sentit humiliée et souhaita pouvoir disparaître.

Jenny ne pouvait pas sortir d'ici assez vite à son goût. Elle ne pouvait pas faire ça ; franchement, elle n'avait pas le cœur pour ça. Ses nerfs étaient à vif depuis des années et elle n'avait plus de défenses. Elle s'était autorisée à lui faire confiance, à laisser ses nouveaux sentiments tendres faire surface et elle avait été écrasée – encore. Jenny aurait voulu qu'on ne l'ait jamais traînée ici, qu'elle soit toujours dans sa bulle protectrice avec Hayden.

Elle était presque rendue aux portes d'entrée quand quelqu'un attrapa doucement mais avec force son bras et la tira sur le côté. C'était Stan, soudain juste devant elle.

— S'il te plaît, demanda-t-il très sérieusement, une main levée. Un moment, que je m'explique.

Puis il se tourna vers Amanda et Sam, chacune soutenue par les frères Montgomery, même si les hommes se tinrent à bonne distance, laissant Stan gérer la situation.

— Vous avez une si basse estime de moi ? reprocha-t-il à Amanda et Sam. Qu'est-ce qui vous a pris toutes les deux ?

Jenny, qui chancelait toujours, essaya de comprendre ce qui se passait. Elle remarqua qu'elles avaient toutes les deux l'air coupable.

— On a paniqué, honnêtement, avoua Sam en première.

Amanda intervint alors pour se justifier :

— Si Jenny et moi avions vu la même scène avec Stephen, on aurait fait sortir Sam aussi.

— Oh, c'est si gentil, Am, fit Sam avant de jeter un regard désapprobateur à Stephen.

Celui-ci leva les yeux au ciel.

— C'était hypothétique.

— Quand même, grogna Sam en feignant un air blessé.

Jenny aurait trouvé leur interaction amusante si elle n'était pas en panique à l'intérieur. Son cœur lui obstruait pratiquement la gorge.

— Jolie déflexion, les filles. Mais non.

Jenny pouvait à peine regarder Stan en face, effrayée de ce qui adviendrait.

— Argh, M. Règles avant tout.

Elles levèrent les yeux au ciel toutes les deux.

— On est désolées, s'excusa Amanda d'un air contrit.

Jenny se rendit alors compte de combien Stan était vital à leur famille.

— Et toi maintenant, dit-il en reportant son attention sur elle. Jenny.

Elle serra fort ses bras autour de son corps, gardant les yeux rivés sur le sol. Les confrontations étaient sa faiblesse et sans Hayden, elle n'avait rien pour se cacher. Le fait d'avoir son bébé avec elle la rendait plus courageuse – elle avait quelqu'un à protéger – et en cas d'échec, il lui donnait au moins une bonne excuse pour se retirer.

— Jenny, répéta Stan. Jenny, regarde-moi.

Elle secoua la tête. Elle ne voulait pas pleurer, pas là, pas devant tous ces gens.

— Très bien, fit-il en soupirant. Jenny, c'était Céleste Lowell. La petite sœur de Derek Lowell. Tu te souviens d'elle ?

Jenny leva les yeux vers lui et le brouillard commença à se dissiper. Le bruit dans sa tête diminua de quelques décibels. Le ton de Stan était doux, compréhensif. Il n'y avait rien de condescendant ou de dépréciatif dans ses paroles et en le comprenant, son cœur se calma et elle recommença à respirer normalement. Jenny se sentit soudain nulle d'avoir réagi si impulsivement.

Il lui fallut un moment pour sortir de sa stupeur.

— Bien sûr que oui. Je n'ai pas pu assister à l'enterrement. Nous en avons parlé à... Quand nous avons déjeuné à l'hôtel.

Dire ce genre de choses à voix haute ne la piquait plus. Du moins, pas comme avant. Pas quand il se tenait juste en face d'elle, insistant pour remettre les pendules à l'heure. Mon Dieu, quelle horrible supposition elle avait faite – *elles* avaient faite.

— Je me souviens qu'elle traînait avec nous le week-end, parfois.

Il lui prit les mains et les fixa quand leurs doigts s'entremêlèrent naturellement. Il émit un son venant du fond de sa gorge avant de la regarder et de dire haut et fort, sans se soucier le moins du monde des gens autour :

— Laisse-moi te le répéter, dans l'espoir que ce soit bien compris. Il n'y a jamais eu personne d'autre que toi, Jenny. Et pas seulement récemment. Ça a toujours été toi, bien avant Palm Beach. Personne. Je répète, PERSONNE ne t'arrive à la cheville et ne peut réveiller chez moi autant de sentiments.

Se sentant encore nulle et plus que contrite, Jenny lui serra les mains.

— J'ai paniqué. Je suis désolée. Je suis juste... Je suis encore un peu perturbée, Stan.

Ses yeux s'adoucirent. La voix remplie de compassion, il dit :

— Les perturbations, c'est ma spécialité.

Il prit son visage dans ses mains.

— Un pas en avant, deux pas en arrière, mais nous y arriverons. Ça me convient qu'on avance comme ça. Mais s'il te plaît, ne pense jamais que je t'abandonnerai.

— Je sais que tu ne le feras pas.

— Je peux te serrer dans mes bras, s'il te plaît ?

Elle s'y glissa au plus vite. Elle posa ses bras contre son torse et il l'enveloppa dans la sécurité de ses bras. Il reposa sa tête sur la sienne et elle le sentit se détendre.

— Je suis désolé, bébé, dit-il.

Il l'embrassa sur le front, mais ne fit pas un geste de plus.

Le reste de l'équipe apparut alors et ils se séparèrent lentement. Stan conduisit Jenny vers leur table, en prenant des chaises supplémentaires en chemin. Mortifiée d'avoir causé une scène, Jenny se concentra sur la disposition des chaises et se rendit compte qu'ils alternaient toujours fille et garçon, ce qui lui plaisait. Alexandre tendit la main à Amanda, l'attirant à lui avant de poser son bras sur le dossier de sa chaise. Stephen prit place à côté d'Amanda, Sam à ses côtés, et Stan plaça une chaise de l'autre côté.

Avant de s'asseoir, Jenny alla voir Céleste, qu'elle n'avait pas vue depuis des années.

— Oh, Céleste, ça fait tellement plaisir de te voir, dit Jenny en la prenant dans ses bras. Ça va ?

— Jenny, salut ! Cela fait si longtemps, lui répondit chaleureusement Céleste.

— Trop longtemps, se lamenta Jenny.

Elle avait été tellement prise par sa propre vie qu'elle n'avait jamais pris des nouvelles de son amie après la mort de Derek.

— Stan t'a dit ?

Jenny secoua la tête – Stan avait été trop occupé à corriger ses fausses déductions. Elle était encore gênée d'avoir agi si précipitamment et en regardant Céleste, avec ses grands yeux bleus si semblables à ceux de Derek, elle voulut faire quelque chose pour rectifier cela. Son côté maternel se manifesta et elle tripota les cheveux noirs de Céleste.

— Il était trop occupé à corriger mon mauvais comportement. Qu'est-ce qu'il y a, mon cœur ?

À ce moment-là, les yeux de Céleste s'embrumèrent et Jenny en eut le cœur serré. De ce qu'elle avait entendu, Céleste avait déjà tellement souffert.

— Maggie..., commença Céleste avant que sa voix ne se brise. Elle a disparu il y a deux ans et demi.

Jenny inspira sèchement, sous le choc.

— Oh mon Dieu, c'est terrible.

Elle l'attira dans ses bras, comme si cela pouvait la protéger de ce qui s'était passé. En regardant par-dessus son épaule, elle demanda à Stan :

— Tu savais ?

Il secoua la tête.

— On vient de se croiser. Juste avant votre arrivée.

Elle tendit la main et prit la sienne en guise d'excuse pour avoir tiré des conclusions hâtives.

— Je ne sais pas pourquoi je n'ai pas pensé à vous contacter plus tôt, s'excusa Céleste en s'écartant. Maggie et vous, vous étiez de si bons amis. C'est bizarre de tomber sur vous aujourd'hui.

Jenny avait envoyé un beau bouquet au salon funéraire à la mort de Derek, mais lorsqu'elle avait évoqué vouloir assister à la cérémonie, John avait trouvé une excuse bidon pour expliquer pourquoi ils ne pouvaient pas y aller. Elle regarda Stan. Il lui avait dit qu'il avait assisté à l'enterrement et qu'il y avait croisé Sam. Jenny se demanda ce qui se serait passé s'ils s'étaient vus à ce moment-là. Elle faillit se laisser emporter par la spirale des hypothèses, mais se reprit et, mettant ses pensées de côté, accorda de nouveau toute son attention à Céleste.

— Je suis désolée, Céleste. Ces dernières années ont été complètement folles. Mais ce n'est pas une excuse. J'aurais dû te contacter.

Céleste secoua la tête, puis serra Jenny dans ses bras.

— Ce n'est rien. Je suis juste contente d'être venue ici aujourd'hui et d'avoir vu Stan. Et toi. Et Sam. Et Amanda.

Les filles s'étaient approchées et les câlins continuèrent. À une époque, Jenny, Sam et Stan étaient très proches de Derek et Maggie et Amanda les avait tous rencontrés lorsqu'elle venait leur rendre visite. Parfois, Céleste était là aussi. Jenny avait toujours admiré la façon dont Derek s'occupait de sa petite sœur. Ils avaient perdu leurs parents des années auparavant, mais Derek, encore adolescent, les avait maintenus unis. Elle se souvint que Maggie lui avait raconté que Derek et elle s'étaient liés instantanément lors de leur première rencontre et qu'ils ne s'étaient jamais quittés. Cette histoire amena Jenny à s'interroger sur les tragédies qui frappaient encore et encore certaines familles. Elle se rendit également compte de la chance qu'elle avait d'être sortie de ses propres difficultés.

Regardant autour d'elle l'amitié et le soutien dont elle était entourée, Jenny laissa apparaître un sourire sur son visage pour la première fois depuis leur arrivée au restaurant. Après s'être installés à leur table – à sa grande joie et à son soulagement, Stan avait rapproché sa chaise pour que sa jambe touche la sienne –, ils commandèrent leurs plats et Céleste leur confia qu'elle était en ville pour l'été et aidait une amie qui possédait un studio de yoga.

— Tu n'as pas continué à chanter, Céleste ? demanda Amanda, un peu déçue. Derek et Maggie n'arrêtaient pas de s'extasier sur tous les rôles principaux que tu décrochais au théâtre. Tu sais combien de programmes ils m'ont fièrement montrés ?

Elle rit, puis reprit :

— Sérieusement, c'est dommage, tu as une si belle voix.

Céleste rougit.

— Je n'allais rien dire, mais je chante à un bar à une trentaine de minutes environ d'ici. C'est arrivé un peu par accident, ajouta-t-elle en haussant les épaules. Mais je suis contente que ça ait marché, la musique est une thérapie pour moi.

Jenny jeta un coup d'œil à Amanda et Sam, se demandant si elles avaient entendu la même chose qu'elle : un lieu pour une sortie du samedi soir. D'après leurs sourires complices, il semblerait que ce soit le cas. Elle vit Alex croiser le regard de sa femme et hocher la tête.

— Eh bien, dit-il en frappant dans ses mains, une soirée en ville, c'est exactement ce que nous voulions.

Il se tourna vers Jenny

— Invitons aussi ton père. Et ta sœur, maintenant qu'elle est de retour en ville.

À la mention de Marisa, Jenny sourit, ravie de cette prévenance de la part d'Alex. Cette bande – les frères en particulier – avait sa façon à elle de vous attirer et de vous faire sentir comme un membre de la famille avant même que vous ne réalisiez ce qui s'était passé. Stan lui serra la cuisse sous la table.

Puis Alex lança un regard à Stan, avec quelque chose dans les yeux que Jenny n'arrivait pas à déchiffrer.

— Les détails, c'est pour toi, Stan, reprit-il, d'une voix à nouveau autoritaire. Pas ce week-end, vu qu'on a une affaire à régler sur la côte ouest, mais le prochain.

Stan acquiesça et serra de nouveau la cuisse de Jenny.

— Compris, patron.

Après avoir déjeuné et dit au revoir à Céleste, ils retournèrent tous en voiture dans une camaraderie agréable.

Stan gardait Jenny contre son flanc.

— Ça va entre nous, n'est-ce pas ? demanda-t-il.

— Ça va toujours entre nous, Stan.

Elle espérait que tous les mauvais sentiments résiduels de tout à l'heure avaient disparu depuis longtemps.

— Ne l'oublie pas, dit-il en déposant un baiser sur sa tête.

Jenny sourit, mais son esprit commençait à vagabonder, comme il le faisait depuis qu'on lui avait rappelé le décès de Derek et les nouvelles informations sur Maggie. Elle était encore plus sûre de ne pas vouloir que Stan se lance après John. C'était trop dangereux. Elle avait très envie d'agiter leur relation sous son nez, mais ça n'en valait pas la peine.

Alors qu'ils approchaient du véhicule, Jenny tira sur le bras de Stan, lui faisant signe de s'arrêter un instant. À voix basse, elle lui demanda s'il voulait bien mettre de côté ses plans, quels qu'ils soient, sur John. Elle avait pourtant oublié qui se trouvait avec elle ; c'était comme si Alex et Stephen avaient des oreilles bioniques, particulièrement en alerte lorsqu'ils se trouvaient en public. Ils s'arrêtèrent tous dans leur élan et Stan la regarda avec une grimace.

— Jenny, dit-il, sans prendre la peine de chuchoter, je veux enrouler mes mains autour de son cou et serrer jusqu'à ce que sa tête éclate. Du moins, c'est la version que je peux partager avec toi.

Les grognements d'approbation fusèrent, mais Jenny ne savait plus où se mettre. Bien qu'elle apprécie l'image, vraiment, elle craignait que John ne prenne le dessus d'une manière ou d'une autre. Car il lui semblait que, quoi qu'il arrive, il gagnait toujours ou reprenait le contrôle.

— Penses-y, insista-t-elle, sachant qu'elle ne gagnerait jamais si Alex et Stephen étaient là pour le soutenir.

Elle ne pourrait le convaincre que si elle était seule – et encore. Il acquiesça et ils reprirent tous la courte marche vers les Navs. Comme s'il avait perçu son inquiétude persistante, Stan l'attira à lui et la soudaineté de son geste coupa le souffle de Jenny. Il toucha l'arrière de sa tête et se pencha pour l'embrasser. Jenny s'avança elle aussi, en souriant. Elle appréciait que les démonstrations publiques d'affection soient monnaie courante dans ce groupe.

Après avoir aidé Jenny, Amanda et Sam à monter dans leur voiture, Alex et Stan parlèrent avec Stephen à travers la fenêtre ouverte du conducteur. Lorsqu'elle entendit les deux tapes sur l'extérieur du véhicule, un signal de Stan et Alex indiquant que tout était prêt, Jenny comprit l'importance de la présence permanente de Stephen ou de Stan avec les filles. Elles représentaient une précieuse cargaison. Peut-être, se dit-elle, n'y avait-il pas lieu de s'inquiéter pour Stan. La sécurité semblait être une priorité pour ces hommes.

Lors de sa séance avec Evan plus tard dans l'après-midi, Jenny évoqua sa réaction excessive en ville. Evan l'aida à recadrer l'expérience en lui rappelant qu'Amanda et Sam avaient joué leur propre rôle en lui faisant croire que quelque chose d'horrible s'était produit. En voyant qu'il avait raison, Jenny rit de ce souvenir – c'était assez drôle de voir qu'elles avaient réagi comme des lycéennes.

— Tu sais, il ne m'a jamais reproché d'avoir tiré les mauvaises conclusions.

— Je ne vois pas pourquoi il le ferait, Jenny. J'ai du mal à me souvenir d'un seul moment depuis que j'ai signé avec Alex et les entreprises Montgomery où l'un des hommes s'est comporté de la sorte.

Evan marqua une pause, semblant réfléchir à ses paroles.

— Permets-moi de corriger cela. Je n'ai jamais vu aucun d'entre eux traiter une femme de manière irrespectueuse.

À la fin de la séance, il lui restait du temps avant le dîner et elle prépara un petit sac pour la nuit qu'elle descendit dans la chambre de Stan, le remplissant de produits de toilette, de deux chemises de nuit, d'un peignoir et de vêtements de rechange pour le matin. Elle s'apprêtait à descendre avec le sac quand Alex entra par la porte d'entrée, seul. Debout dans l'escalier, Jenny essaya de regarder derrière lui par la porte ouverte, mais il secoua la tête.

— Ils m'ont simplement déposé. Il ne rentrera que bien plus tard, expliqua-t-il sans que ni lui ni Jenny aient à préciser de qui il parlait.

Jenny acquiesça et s'apprêtait à se retourner pour partir quand Alex montra son sac de voyage, sa trousse de maquillage et sa brosse à dents qui dépassaient.

— Les filles sont à l'étage, dit-il en haussant un sourcil.

— Excuse-moi ? Qu'est-ce que ça veut dire ?

Il s'adoucit.

— Pardonne-moi. Ce que je voulais dire, c'est : les filles sont à l'étage.

Son ton impassible sans explication supplémentaire avait presque dupé Jenny jusqu'à ce qu'il fasse un clin d'œil.

— Ne t'inquiète pas, dit-il. J'ai donné à Stan jusqu'à la fin de la semaine pour déménager. D'ici là, vous êtes libres de faire des allers-retours.

— Parce que...

— Les filles sont à l'étage, répétèrent Amanda et Sam à l'unisson, en descendant les marches derrière elle.

Quand elles l'eurent rejointe, Amanda posa une main sur le bras de Jenny.

— Excuse mon mari. Mais il nous aime bien à l'étage.

— Moi aussi, dit Stephen en entrant dans la pièce.

Il fit un signe de tête et Alex s'excusa pour suivre son frère dans leur bureau. Tandis qu'ils disparaissaient à l'intérieur, elle chuchota :

— Mode frères Montgomery – activé.

Les filles se couvrirent la bouche, puis éclatèrent de rire. C'*était* drôle. Jenny leva les yeux au ciel et se dirigea vers la chambre de Stan, tout en fouillant dans son sac pour s'assurer qu'elle avait tout ce qu'il lui fallait pour la nuit. Elle était déjà assez nerveuse, mieux valait ne pas aggraver la chose en oubliant son nettoyant pour le visage. Amanda et Sam la rattrapèrent alors qu'elle tournait dans le large couloir qui menait aux chambres des hommes.

— Curieuses ? demanda-t-elle lorsqu'elles furent à ses côtés.

Amanda acquiesça avec empressement, mais Sam alla un peu plus droit au but.

— Je fais ma fouineuse.

— Oh, regardez, fit remarquer Amanda lorsque Jenny disparut dans la salle de bains pour poser ses affaires. Qui a pris ça ?

Jenny savait sans se retourner qu'elle parlait des photos sur la table de nuit de Stan. En venant inspecter la chambre un peu plus tôt, elle avait remarqué la photo encadrée de 12 x 16, celle que son père avait dû lui envoyer, à côté de celle d'Hayden tenant son ballon de football. Puisqu'elle ne l'avait pas vue avant et qu'elle était dans sa chambre la veille, elle se demanda s'il l'avait gardée dans un tiroir pour ne pas l'alarmer si jamais elle débarquait dans sa chambre à l'improviste, comme elle venait de le faire.

— C'est ma sœur qui l'a prise, leur informa-t-elle depuis la salle de bains.

Hayden avait à peine un mois dessus. Jenny ne se souvenait

que trop bien du jour où Marisa était venue et avait pris la photo. Perturbée par les hormones, nostalgique et franchement triste, elle pensait à Stan et à la grande famille qu'ils auraient pu former ensemble. À l'époque, elle avait espéré que le karma n'en avait pas fini avec eux, mais elle n'était pas prête à croire qu'ils seraient bientôt réunis. Elle espérait surtout qu'au cours de leur vie, ils parviendraient à se réconcilier.

Lorsqu'elle revint dans la chambre, les filles l'attendaient dans le coin salon. Elles avaient réarrangé tous les coussins. Elle l'avait remarqué, car Stan aimait que les choses soient bien rangées.

— Qu'est-ce qui se passe ? demanda-t-elle, et quand elles ricanèrent, elle comprit. Je vois. C'est votre façon de titiller l'ours ?

— Quand tout allait mal, c'était la seule façon qu'on avait de s'amuser, dit Amanda en haussant les épaules. Ça nous a aidés. On a connu des jours assez sombres.

Peu de temps après, ils se retrouvèrent sur la terrasse. C'était étrange de dîner sans Stan, Gregor ou les garçons, toujours agréable, mais pas autant. Jenny était impatiente de mettre le malentendu de la journée derrière eux – *tous* leurs malentendus, d'ailleurs – et d'aller de l'avant. Elle comptait sur la nuit avec Stan pour accomplir cette mission. Elle voulait effacer toutes les blessures et pensait qu'une fois qu'ils auraient consommé de nouveau leur relation, ce ne serait plus qu'une vieille histoire. Cela lui avait semblé être un bon plan plus tôt, mais le fait de rencontrer Céleste avait ajouté une autre dimension aux choses. La vie pouvait être si laide, si abrupte. Elle savait que Stan avait lui aussi été ébranlé par cette rencontre.

Elle lui avait envoyé quelques messages plus tôt, puis un autre après le dîner, mais elle s'en était tenue à ça parce qu'elle ne voulait pas être une distraction. Ses réponses lui paraissaient hâtives, mais elle se rappela qu'il *travaillait* et qu'il s'agissait d'un SMS après tout. C'était idiot, mais un emoji cœur aurait été plus efficace. Il avait dit qu'ils seraient en retard. Qu'ils rentreraient vers 11 heures.

Après une *soirée jeu* plutôt calme par rapport à la précédente, Jenny déposa Hayden dans la chambre de Stan pour la nuit. Elle activa quelques berceuses sur son mobile et mit le babyphone en marche pour l'emmener dans la salle de bain le temps qu'elle se douche. Fraîchement coiffée, le bébé endormi, Jenny se rendit dans le salon pour attendre, ne sachant soudain pas quoi faire jusqu'au retour de Stan. Le rideau s'étant refermé sur les deux premiers actes, elle était impatiente d'assister au prochain et dernier, leur *et ils vécurent heureux et eurent plein d'enfants.*

23

Southampton
New York

Pressé de voir Jenny et épuisé après une journée chargée de travail et de réunions, Stan fut soulagé quand ils quittèrent enfin l'autoroute. Cette journée avait commencé avec beaucoup de promesses et s'était révélée décevante, d'abord avec l'incident avec Jenny au repas, puis les terribles nouvelles de Céleste. La pauvre avait perdu Derek, puis Maggie, sa meilleure amie. Il savait que Jenny était également secouée par leur rencontre avec Céleste. La romance de conte de fées de leurs amis de fac, réduite en poussière. En un clin d'œil, tout avait disparu.

Stan s'interrogea sur le timing de tout ça. Pourquoi ce nouveau coup du passé devait-il survenir cette journée, après une nuit parfaite avec Jenny, alors qu'ils étaient tous deux prêts et excités à passer à la suite ? Il avait à peine eu le temps de digérer la théorie de Jenny selon laquelle tout ça s'était déroulé au mieux pour une raison particulière qu'un nouveau tumulte lui tombait dessus.

Et puis, comme si ce n'était pas suffisant, il avait remarqué une page d'un journal ce matin sur Alex et Amanda avec comme sous-titre « Marceau et Montgomery en ville ». En arrière-plan, on distinguait non seulement une image claire de lui-même, mais aussi de Jenny – l'air radieuse, ajouterait-il malgré les circonstances. Cela l'agaçait pour deux raisons : un, il détestait être sous les projecteurs. Un homme de sa position travaillait mieux quand il se mêlait dans l'ombre. Deux, et c'était plus important, il n'aimait pas que les allées et venues de Jenny sortent au grand public. John était toujours là, quelque part, et Stan serait prêt à parier qu'il cherchait Jenny, attendant de se venger ou de la convaincre de lui revenir. Il ne savait pas quelle était l'hypothèse à privilégier, mais dans tous les cas, ce n'était pas bon.

Jenny lui avait envoyé un message tard dans l'après-midi, en s'excusant encore d'avoir tiré des conclusions hâtives. Il était fâché qu'elle ait songé à ça, mais il avait décidé de laisser couler. Elle avait connu beaucoup de déboires, pendant trop longtemps pour qu'on compte, et puis le fait que les filles flippent et arrivent à la même conclusion n'avait pas aidé.

Quand il put répondre, il lui dit de ne pas s'inquiéter, réconforté d'au moins avoir de nouveau son numéro de téléphone et de pouvoir communiquer avec elle. Même s'il aurait voulu la réconforter – en personne, au téléphone ou par message – Stan se sentait lui-même submergé – et il détestait l'admettre. Était-ce là ce qui arrivait quand on était amoureux ? Le Stan qui aimait les règles cédait la place à celui des sentiments et ce dernier lui disait de mettre les choses au clair dans sa tête avant de s'occuper de Jenny. À part au déjeuner, ils avaient eu des réunions la majeure partie de la journée et le travail allié aux mauvaises nouvelles lui pesait.

À l'origine, il s'était consolé avec le fait que les réunions étaient en ville, mais un changement de dernière minute les avait conduits à leurs bureaux de Manhattan avant le dîner. Alex leur avait proposé de venir avec eux, mais ils l'avaient entendu dire à Callie qu'il rentrait, alors ils l'avaient déposé devant le portail pour repartir. Il ne s'était même pas arrêté prendre une tasse de café ou quelque chose à manger, et encore moins pour faire un coucou à Jenny et la prendre quelques minutes dans ses bras, comme il en avait envie. À la place, il avait envoyé un autre message bref pour lui dire qu'il y avait eu un changement de programme et que s'il rentrait trop tard, elle ne devait pas hésiter à aller se coucher sans lui.

Il était près de minuit quand il rentra avec Gregor et les garçons. Ils avaient pris à manger sur la route et tout ce qu'il voulait, c'était prendre Jenny dans ses bras et lui dire combien il l'aimait. Avoir son petit garçon à portée de main, puisqu'à cette heure-ci, Hayden était couché et Jenny aussi peut-être.

À l'intérieur, chacun partit dans son coin de la villa – Gregor se dirigea vers le bureau, les garçons optèrent pour la cuisine et lui s'engagea dans le couloir, à la recherche de Jenny. Il la repéra dans le salon, assise dans un fauteuil en face de la porte. Quand elle le vit entrer, elle se leva pour aller à sa rencontre. Elle écarta les bras une fois à quelques pas de lui et il la souleva aussitôt. Ses bras s'enveloppèrent autour de son cou, ses jambes autour de sa taille et il la porta un peu comme il l'avait fait dans les Keys. Ce moment-là semblait s'être déroulé il y a une éternité.

Stan n'était même pas sûr qu'ils soient les mêmes personnes. Ce n'était pas grave, leur essence était la même. Comme dans les Keys, il n'avait pas l'ombre d'un doute qu'ils étaient faits pour être ensemble. *Jenny.* Il avança dans le couloir et appuya sur la poignée de la porte avant de la refermer doucement pour ne pas réveiller le bébé.

Il la porta dans la salle de bains et la posa sur le comptoir. Il adorait la dorloter et se demandait dans le fond si ce n'était pas parce qu'il savait qu'elle en avait besoin. Merde, lui aussi en avait peut-être besoin. Avant de fermer la porte, il regarda le berceau, puis Jenny.

— On l'a créé.

Sa voix se brisa. Soudain, il se sentait à nu. Submergé. *Lui.*

Jenny grimaça, le regarda ému, puis tendit la main vers lui. Elle écarta les jambes et enveloppa ses bras autour de sa taille, l'attirant à elle. Il se pinça l'arête du nez, se frotta les yeux, luttant pour contrôler ses émotions. Après tant de retournements de situation, ils étaient enfin ensemble. Et ils avaient un beau petit garçon. Il s'effondrait un peu sous le poids de tout ça. Après avoir inspiré profondément, il se reprit et prit le temps pour s'assurer que sa voix soit claire. Il s'écarta pour pouvoir voir son visage.

— Je t'aime, Jenny. Je n'ai jamais eu la chance de te le dire. À voix haute. Directement. Tu m'entends ? insista-t-il en la prenant par les épaules. Je t'aime.

Elle prit son visage entre ses mains.

— Je sais.

Elle baissa les yeux, secoua la tête et murmura :

— Tu m'as toujours aimée, n'est-ce pas ?

Ce n'était pas une question. Elle releva les yeux et lui dit :

— Moi aussi, je t'aime. Je t'ai toujours aimé.

D'un geste du menton, elle désigna la porte.

— Hayden est le meilleur de nous deux.

— Je ne veux plus jamais qu'il y ait de la distance entre nous. Après aujourd'hui, je ne crois pas que je pourrais le supporter.

Il l'attira à lui et les jambes de Jenny se refermèrent autour de lui.

— Je dois prendre ma douche. Mais je veux te serrer contre moi quelques minutes avant ça, d'accord ? Ensuite, je veux qu'on aille dans le lit.

Il pressa son front contre le sien et ajouta :

— Et qu'on fasse l'amour.

— Tu veux que je reste ?

— Laisse-moi me laver de cette journée, mon cœur.

Compréhensive, elle sourit et tendit las bras pour qu'il la

porte dans l'autre pièce. Il la posa sur le canapé et la couvrit d'un plaid en promettant de revenir vite. Quand il arriva à la porte, il jeta un regard en arrière et son beau sourire repoussa le reste de la pression qui pesait sur lui. Il se dépêcha de se doucher, s'arrêta la main sur la poignée, la tête baissée et adressa des remerciements pour le responsable, quel qu'il soit.

À son retour dans la chambre, Jenny avait tamisé les lumières et s'était glissée sous la couette dans une jolie nuisette bleue. Il alla voir Hayden et effleura doucement son dos. En regardant Jenny dans son lit, il ressentit la même chose que l'année précédente. La sensation d'être *chez lui*. Peu importait où ils étaient, quand ils étaient ensemble, il se sentait à sa place. Il n'y avait pas d'autre possibilité. Jenifer Lynne D'Angelo – bientôt Finch, il n'avait qu'à demander – *était* sa force.

Elle tendit les bras et il ne put s'approcher d'elle assez vite. Sa serviette tomba au sol une seconde avant sa nuisette. Ça faisait tellement de bien d'être peau contre peau qu'ils ne bougèrent pas pendant quelques minutes et se contentèrent de se serrer fort.

— Je veux sentir ton poids sur moi, chuchota-t-elle.

Il s'exécuta et la fit rouler sous lui avant de s'installer entre ses cuisses.

— Je sais que tu vas me faire tous ces trucs incroyables, mais je te veux juste en moi, là maintenant. S'il te plaît.

Il ne protesta pas. Il voulait tellement être en elle qu'il en avait mal. Elle aida à le guider, plaça sa main sur son torse en guise de frein tandis qu'il pénétrait lentement en elle, jaugeant sa tolérance à la pression de sa main. Ce n'était pas frénétique, comme la première fois qu'ils avaient fait l'amour – la faim initiale avait été comblée – mais c'était tout aussi fort et émotionnel. Seulement, cette fois, ils durent se taire. Ce n'était pas simple.

Ils se douchèrent rapidement après, ensemble, et retournèrent au lit. Une fois encore, Jenny était pressée contre lui.

— Tu avais raison hier, dit-elle. Je ne veux plus de distance entre nous.

— Moi non plus, bébé, chuchota-t-il en la serrant dans ses bras. Je t'aime, Jenny.

Elle prit son visage dans ses mains, comme toujours.

— Je t'aime aussi, Stan.

24

Southampton
New York

Jenny se réveilla en sursaut. Les yeux écarquillés, sans vraiment voir, elle inspira d'un coup. Elle sentit l'habituelle panique du réveil grimper, mais ensuite, tout changea. Les mains de Stan entourèrent son visage et ses yeux verts devinrent une ancre.

— *Chuut*. Tout va bien, dit-il en secouant la tête. C'est fini, Jenny. Tu vas bien. Je suis là.

Il lui embrassa le front, puis l'enveloppa dans ses bras et l'attira à lui. Il avait dû la serrer dans ses bras toute la nuit et il lui frotta le dos pendant que sa respiration ralentissait et qu'elle se calmait.

— C'est tellement mieux, dit-elle quelques minutes plus tard.

Elle était blottie contre lui, émerveillée d'avoir survécu sans ce genre de soutien avant. Elle le sentit sourire, puis il chuchota :

— Je t'aime.

— Je t'aime aussi, répondit-elle avec un sourire.

Elle entoura sa taille de ses jambes pour l'avoir tout contre elle et obtint un grognement de satisfaction en retour.

— Quelle heure est-il ?

— On a quinze minutes, peut-être vingt.

— *Mmh*, faisable.

Il s'esclaffa, son érection chaude et épaisse tout contre elle.

— Tu te rappelles quand tu m'as demandé d'oublier mes plans, hier ?

Elle sourit contre son cou et embrassa sa peau chaude alors qu'il lui agrippait les fesses.

— Quand je t'ai dit que tu allais me faire plein de trucs incroyables ?

Il s'écarta.

— Oui, voilà. On n'a peut-être pas le temps pour *tous ces trucs incroyables*, mais on a au moins le temps pour *ça*.

Un petit sourire se fraya un chemin sur ses lèvres quand il la repoussa et l'allongea. La serra contre son flanc. Elle était déjà mouillée. Ça lui arrivait des fois avec Stan, il ne fallait qu'un regard. Mais ce matin-là, le sentir durcir contre son ventre pendant que ses mains caressaient son corps l'excita encore plus, tout comme l'attente de ce qui allait venir. Il grogna quand il entrouvrit ses lèvres et y glissa un doigt. Elle était humide et déjà prête et du bout du doigt, il fit des cercles comme elle aimait. Il ne fallut pas longtemps et quelques minutes plus tard, il lui donna un petit coup de tête.

— Regarde-moi, chuchota-t-il.

Sa voix rauque était aphrodisiaque en elle-même. Elle se concentra sur son visage et ses lèvres s'entrouvrirent quand il appuya légèrement plus.

— Oh, oui, bébé...

Elle commença à haleter, mais retint le petit cri qui voulait s'échapper. Quand il avança ses lèvres vers son oreille, elle l'attrapa par l'épaule tandis qu'il jouait avec elle à la perfection, conscient qu'elle était au bord du gouffre.

— Oh, Jenny... c'est ça... c'est ça.

Sa voix grave et ses encouragements la firent basculer quelques secondes plus tard et elle jouit, savourant le grognement étouffé de Stan. Il roula sur elle et s'installa entre ses cuisses. Ça faisait tellement de bien de l'avoir là. Il se frotta contre elle et quand il se pressa en elle, la sensation était si intense qu'ils gémirent ensemble. Ce n'était pas rare que faire l'amour soit intense entre eux deux, mais ce matin-là, c'était encore plus. Ce matin était à l'opposé de la nuit précédente, douce et poignante, un peu teintée d'amertume. Ils n'arrivaient pas à être assez près l'un de l'autre, c'était comme s'ils voulaient s'engouffrer sous la peau de l'autre. Peu importait combien il essayait, il ne s'enfonçait pas suffisamment en elle. Son orgasme fut si puissant que Jenny grimaça. En sueur, épuisés et haletants, ils restèrent collés l'un à l'autre, avec la sensation que tout ce qu'ils avaient contenu, tout ce qu'ils n'avaient pas dit, avait disparu. Qu'à partir de maintenant, ils ne regarderaient plus que l'avenir. Plus de mots. Plus de regrets. Plus de mauvaises compréhensions. C'était fini, tout ça. Il n'y avait que ce moment-là, et le suivant.

Le reste de la matinée ressembla à un rêve. Cette énergie agréable était de retour et bien vivante entre eux deux. Ce dernier moment passé à faire l'amour avait dissipé tous les nœuds et gènes qu'il restait et ils en étaient arrivés à une simple joie familiale. Quand les roucoulements d'Hayden débutèrent un peu plus tard, ce fut Stan qui alla le chercher. Elle écouta tout en sortant de la douche et s'enveloppa dans une serviette pendant que Stan s'occupait de lui.

— Bonjour mon fils. Oui, tu es un petit garçon heureux, hein ? Moi aussi. D'ailleurs, j'étais justement avec ta maman, je dois t'avouer qu'on a fait ça beaucoup, mais ce matin... fantastique !

— Hé ! s'écria-t-elle en riant dans la salle de bains tout en glissant sa tête dans la chambre. Ne lui dis pas ce genre de choses.

Stan lui sourit, une main sur Hayden, qui était allongé sur la table à langer et agitait ses petites jambes. Stan lui fit un clin d'œil et indiqua de la tête la salle de bains.

— Je gère.

Elle venait de finir de se brosser les cheveux quand il revint, une serviette autour de la taille et le bébé dans les bras. Un grand sourire illumina son visage en les voyant. Ils se ressemblaient tellement – même teint, mêmes cheveux épais, mêmes yeux. Les voir sur le pas de la porte ensemble était un parfait tableau à figer dans le temps et Jenny savait qu'elle n'oublierait jamais ce moment.

— Ah Jenny, c'est tellement bien que je me sens bête.

Visiblement, il ressentait la même chose.

— Je sais.

Elle se leva et embrassa Hayden qui poussa un cri, la faisant glousser.

— Et voilà, Jenifer Lynne.

Oui, elle ne gloussait qu'avec Stan. Il l'attira dans ses bras avec le bébé et la regarda.

— On va passer une vie incroyable ensemble. Tant que ça ne te gêne pas de faire partie du groupe, ajouta-t-il avec une grimace.

Jenny rayonnait. Après tant d'années à se sentir seule et cette année où à part Hayden, elle était *vraiment* seule, elle était prête.

— Plus on est de fous, plus on rit, Finch.

Il tira ses cheveux, rejetant sa tête en arrière, et l'embrassa. Rit quand Hayden commença à tapoter leur visage.

— OK, fit Jenny en tendant les bras vers son fils. Viens là, bébé.

Stan enfila un joli jean et une de ces chemises moulantes.

— Je vais aller lui chercher un biberon, proposa-t-il en prenant son visage dans ses mains pour l'embrasser encore. Je reviens tout de suite, mon gars, et maman pourra se préparer pendant que je te donne le biberon.

Jenny tourna en rond quand il partit – littéralement, elle tournait en cercle tant elle était heureuse – submergée par la sensation grisante de joie qu'elle n'avait connue qu'avec Stan. Hayden rit très fort, croyant que c'était pour l'amuser. Elle se pencha pour embrasser son joli visage avec un grand sourire. Oh, ça faisait tellement de bien de se sentir enfin à sa place, *chez elle*.

25

Southampton
New York

— Allez, tout le monde monte.

On était samedi soir et Stan et Stephen dirigeaient le groupe pour qu'ils sortent de la cour. Pour aller dîner, ils avaient une équipe plus fournie : deux Navs en guise de convoi et deux de plus comme protection puisque tout le monde savait qu'Amanda Marceau Montgomery serait en ville avec son mari millionnaire. Ils sortaient dîner dans le restaurant où Céleste chantait et tout le monde avait hâte de cette sortie entre adultes.

Stan se tourna tandis que Jenny se faufilait jusqu'à lui, posait ses mains délicates sur son visage et pressait ses jolies lèvres contre les siennes. Tout cela était arrivé en un clin d'œil, mais l'impact de son geste candide était fort. Il n'arrivait pas à se remettre de la perfection de leur relation depuis la première nuit où elle avait dormi dans son lit. Et le matin suivant. Et la nuit suivante. La semaine et demie qui était passée semblait tout droit sortie d'un roman. Ils étaient tellement faits pour être ensemble.

— À gauche, bébé.

Elle s'écarta et il glissa un bras autour de sa taille et la ramena à lui pour un autre baiser.

— L'autre gauche, dit-il avec un clin d'œil en montrant de la tête la main tendue d'Alex.

Alex l'aida à monter dans un des Navs, mais elle se tourna sur le marchepied, ses cheveux blonds reflétant la lumière du dehors.

— On va chercher mon père et Marisa ? demanda-t-elle les yeux brillants d'excitation.

— Oui, madame, c'est notre premier arrêt.

Elle plissa son beau visage et lui souffla un baiser. Il adorait la rendre heureuse et cela se révélait être une sacrée nuit. Trev et Michael étaient leurs chauffeurs désignés pour la soirée et Stan emmena Jenny, Stephen et Sam avec lui, pendant que les autres montaient dans l'autre véhicule. Le père de Jenny vivait dans une belle propriété au bord de l'eau. Comme celle des Montgomery, elle appartenait à la famille depuis des années.

Stan se sentait au sommet : pas de distractions, d'erreurs et plus de lignes franchies… il gardait juste Jenny derrière lui. Ce n'était pas fair-play ? Certes, mais ça marchait. Il sentait le sang frémir dans ses veines et son corps entier lui paraissait plus vivant que jamais. *Jenny.*

Après un rapide arrêt chez Gianni, juste à temps, leur cortège reprit sa route. Avec près d'une heure de route, ils avaient largement le temps de discuter avant d'atteindre la ville. Depuis que Jenny et Stan s'étaient retrouvés, Gianni avait voulu retisser des liens avec lui d'homme à homme – ou plus probablement de père à *fils*. C'était la relation qu'ils avaient tous deux voulue sans avoir l'opportunité de la créer. Tout avait changé et cela semblait naturel, mérité.

La rue devant le restaurant était occupée, voire bondée, et quand ils se garèrent, tout le monde tordit le cou vers le spectacle en bas de la rue. Stan et les gars formèrent un périmètre autour des filles et Jenny présenta tout le monde puisque c'était la première fois que Marisa les rejoignait. Stan remarqua quelque chose briller dans les yeux de Gregor quand il inclina la tête vers elle et sourit tout seul. *Bonne chance, mec, elle est aussi difficile que possible.* Marisa lui avait déjà passé un savon pour avoir laissé Jenny à l'hôpital et pour avoir été un imbécile – elle lui avait épelé le mot, au cas où il n'aurait pas compris la première fois qu'elle le lui avait crié au téléphone. Il avait reçu le message. Et il était d'accord avec elle. Elle s'était retrouvée bouche bée un instant qu'il l'admette aussi vite et facilement, mais cela avait permis de bâtir un chemin pour leur nouvelle relation amicale.

Quand ils entrèrent, plusieurs clients sentirent un changement d'ambiance et regardèrent vers eux aussi, comprenant que quelque chose se passait. Le manager vint à leur rencontre avant qu'ils n'atteignent la serveuse et leur désigna la table qu'ils avaient réservée. Quelqu'un, un client excité probablement, s'avança et Stan bondit. C'était un travail classique et il rentra facilement dans son rôle.

— Laissez-nous un peu de temps pour nous installer et je vous garantis que Mme Montgomery signera quelques autographes et prendra des photos, lança-t-il au fan qui approchait.

Il s'était assuré de parler assez fort pour être entendu de la majorité des gens dans l'entrée.

Quand le manager les installa dans une pièce privée sur le côté, Alex secoua la tête et désigna de la main la pièce principale.

— Ça irait si on prenait ces tables, là-bas ? demanda-t-il.

Ils regardèrent tous l'endroit idéal. Le manager sembla embarrassé et fit rapidement volte-face.

— Vous pouvez prendre n'importe quelle table. Je suis vraiment désolé, je pensais que vous vouliez de l'intimité.

Alex posa sa main sur son épaule.

— Je comprends complètement. Mais si ça ne vous dérange pas, on est là pour une nuit de fête, mon gars.

Le manager fit un grand sourire.

— Je peux vous assurer que vous êtes venus au bon endroit, monsieur. Amusez-vous bien.

Ils se dirigèrent tous vers un espace à gauche de la scène,

reculé de quelques tables par rapport à la piste de danse, loin des haut-parleurs. Assez près pour profiter de la musique et participer à tout, assez loin pour ne pas être noyé par le bruit. Jusqu'à ce que Céleste arrive. Cela permettait aussi aux autres clients d'être proches, ce qui plaisait à la majorité.

Ils prirent deux tables de six personnes, les collèrent et se pressèrent autour. Le propriétaire vint les voir alors, se présenta et s'excusa de ne pas les avoir accueillis en personne à leur arrivée. Quand il demanda au manager de leur trouver une autre table, Alex déclina :

— On est entre de bonnes mains.

Il expliqua qu'ils préféraient être près qu'avoir de la place. Quand Céleste vint s'asseoir avec eux avant de monter sur scène, Stan s'adossa à sa chaise et observa. Il avait une équipe qui cherchait une piste pour Maggie, mais il avait la sensation que Céleste lui cachait quelque chose. Il espérait que quand il la verrait seul à seule, elle partagerait un peu de cette information.

Se rappelant qu'ils étaient là pour s'amuser et pas pour travailler, Stan serra la cuisse de Jenny et se réinséra dans la conversation. La musique était super et entre deux plats servis dans un style familial, ils se levèrent tous pour danser plusieurs fois. Quand le DJ lança de vieux succès en même temps que le dessert et café, ils repartirent sur la piste. Les filles n'avaient pas passé un moment comme ça depuis la fac et les gars étaient trop heureux d'en faire partie. Les yeux de Jenny brillaient. C'était super de sortir en tant qu'équipe et couple. Merde, c'était plus que super.

Céleste chanta trois morceaux et comme ils s'en doutaient, Amanda la rejoignit, ce qui amassa encore plus de foule. Elles acceptèrent quelques suggestions et s'accordaient à la perfection.

Épuisé et content, le groupe but le café et discuta tranquillement une fois le concert terminé. Amanda se leva pour signer quelques autographes et prendre des photographies et Michael et Trevor se placèrent près d'elle, parcourant des yeux la foule en quête de fans trop zélés. Stan remarqua que Jenny commençait à se frotter la nuque et à se retourner pour regarder le reste du restaurant. Quelque chose dans son geste, dans son malaise évident, alerta Stan. Les poils hérissés, il consulta une nouvelle fois l'entrée. Il avait choisi cette place pour sa vue dégagée sur les portes, même s'il ne les avait pas surveillées chaque seconde.

— Ça va ? articula-t-il quand il ne vit rien d'étrange.

Il n'obtint qu'un haussement de sourcil et sourire de côté, comme si elle était gênée de se sentir mal à l'aise. Au début, Stan accusa son année d'isolement à se cacher, mais une minute plus tard, sa posture changea et elle se voûta encore plus. Quand elle sembla prête à s'enrouler sur elle-même sur la chaise, Stan tendit la main. Quelque chose n'allait pas.

— Hé ? insista-t-il en la touchant légèrement.

Elle sursauta. En voyant sa peur, les frères tournèrent la tête vers elle aussi.

— Bébé ?

Il prit sa main et fut surpris de la sentir moite. Elle détourna les yeux vers lui.

— Je suis agitée, dit-elle simplement.

Elle était clairement une boule de nerfs. Il l'observa parcourir des yeux la salle encore. Il suivit sa trajectoire et remarqua que tous les hommes à table avaient repéré son comportement. Un gars que Stan avait identifié auparavant comme le garde du corps de Céleste surveillait l'entrée principale, mais les videurs du restaurant étaient tous en place et ne faisaient pas grand-chose de spécial. Quand Stan regarda Jenny, les alarmes se déclenchèrent dans sa tête. Son visage s'était vidé de toute couleur et quand elle écarquilla les yeux et ouvrit la bouche, il se mit en marche. Tout et tout le monde autour de lui bougea comme au ralenti pour qu'il puisse agir.

BAISSEZ-VOUS ! s'écria-t-il.

Il se tourna pour la protéger tout en bondissant de sa chaise et sortant son arme. Les gars retournèrent la table et le reste des filles furent plaquées au sol par les frères et Gregor. Six pistolets pointèrent la trajectoire visuelle de Jenny et des cris *BAISSEZ-VOUS ! BAISSEZ-VOUS !* plongèrent la pièce dans le chaos.

Le garde du corps de Céleste – ou l'homme que Stan avait pris pour son garde du corps, en tout cas – avait disparu et la porte oscillait dans sa suite. Il baissa les yeux vers Jenny, allongée par terre avec les filles et sut avant que le mot *John* sorte de sa bouche que ce bâtard les avait trouvés. Maudites photos dans la presse.

— Vous vous occupez d'elle ? cria-t-il en regardant les hommes.

Après un hochement de tête de Stephen, Gregor, Michael et lui s'élancèrent vers l'entrée.

Il poussa la foule qui essayait encore de fuir le bar et repéra deux hommes de Calder qui géraient la circulation et d'autres qui couraient vers le sud. Avec autant de gens dans la rue, c'était impossible de faire passer un véhicule. Ses sens en alerte et l'adrénaline à fond, Stan partit en courant dans cette direction. *Je vais t'avoir, espèce de salopard* tournait dans sa tête dans un refrain.

Après une course-poursuite futile de quinze minutes, l'équipe retourna au restaurant, après avoir parlé au garde du corps de Céleste – un mec imposant avec de longs cheveux et un accent écossais. Il leur avait dit que John était parti dans un SUV aux vitres teintées. L'homme l'avait pourchassé sur un bon kilomètre avant de le perdre complètement, ce que Stan respectait beaucoup.

Avec les lumières éblouissantes au-dessus de leurs têtes et le gros de la foule partie, toute la festivité du bar s'était évaporée. Alex parlait au propriétaire, accompagné d'Amanda, du shérif et des officiers de service qui avaient répondu aux appels d'urgence des clients du restaurant.

Puisque rien ne s'était *vraiment* passé, il n'y avait pas grand-chose à faire d'un point de vue administratif et Stan était content qu'Alex s'en occupe. Dès qu'elle le vit, Jenny courut et se jeta sur lui. Il la serra contre lui, en colère de ne toujours pas s'être occupé de John, en colère que John ait agi sans qu'ils sachent, en colère qu'il l'ait effrayée encore une fois. L'esprit en ébullition, il pressa ses lèvres sur le front de Jenny, puis l'accompagna vers une table où Sam et Marisa étaient assises pour l'installer dans une chaise à côté d'elles.

— Où est l'homme que tu emploies pour ta sécurité ? demanda Stan en se dirigeant vers Céleste.

Il voulait lui poser quelques questions sur ce qu'il avait pu voir. Céleste eut l'air confuse.

— Quelle sécurité ? Je suis flattée que tu penses que j'ai une équipe pour assurer ma sécurité, mais...

— Ton garde du corps ? la coupa Stan.

Il était en mode protocolaire, il n'y avait plus de place pour les plaisanteries.

— Je n'ai pas de garde du corps. Je peux ? demanda-t-elle en montrant un siège vide à côté de Sam.

Stan la laissa tranquille. Perplexe, il regarda autour de lui.

— Hé, Stuart, dit-il en attirant l'attention du propriétaire. Le mec costaud, adossé au mur là-bas...

Il montra l'endroit où il l'avait vu.

— Il travaille pour toi ?

— Non. Je l'ai vu plusieurs fois, mais seulement quand Céleste jouait.

Stan sortit dehors et parcourut des yeux les derniers passants, en vain. Qui qu'il soit, il avait pourchassé John. S'il se fiait uniquement à son instinct, Stan avait le sentiment qu'il était un mec bien.

Quand il rentra, la majorité des tables étaient revenues à leur position initiale, mais Jenny avait toujours l'air secouée.

— Je suis vraiment désolée, gémit-elle.

— Ne le sois pas, l'apaisa Stan en l'attirant à lui. Rentrons à la maison.

Et laisse-moi trouver ce bâtard une bonne fois pour toutes.

26

Southampton
New York

Jenny s'était trompée tant de fois dans sa vie qu'elle se demandait parfois pourquoi elle essayait toujours. Qu'est-ce qui avait causé le court-circuit dans son esprit et l'avait poussée à choisir la porte numéro deux alors que tout ce qu'elle voulait était attendre sa porte numéro un ? Elle ne pouvait pas blâmer en intégralité un seul incident à la fac. C'était peut-être la goutte d'eau, mais il y avait quelque chose de plus profond, plus pervers qui l'avait effrayée d'avoir ce qu'elle avait toujours voulu – la vie étincelante pleine d'amour qu'elle aurait eue avec Stan.

Avec le brouillard des dernières années qui commençait à se dégager, Evan l'avait enfin aidée à tirer les choses au clair une bonne fois pour toutes. L'homme était un saint pour Jenny et elle se considérait chanceuse qu'il fasse partie du clan des Montgomery – et encore plus qu'il ait pris le temps de l'aider à démêler des mécanismes de défense, acquis tout le long de sa vie.

C'était difficile, mais Evan avait sa façon de voir à travers les petits détails et de se concentrer sur tel ou tel point. Chaque fois qu'elle s'inquiétait d'être une cause perdue, il disait :

— Jenny, de nombreuses personnes prennent des décisions en se basant sur la peur. La peur d'être abandonné, d'être blessé, de ne pas être aimé. Cela peut avoir un effet domino avec de terribles conséquences. Des erreurs sont faites tout le temps, mais elles n'ont pas à te définir. C'est en les rectifiant ou en apprenant de nos erreurs et mauvais choix qu'on avance vraiment et qu'au bout du compte, on mûrit.

Après l'incident au restaurant, Evan avait passé un moment avec elle à la villa et tout était rentré à sa place. Cela ressemblait à l'éclair de lucidité qu'elle avait eu en allant rendre visite à Nonnina. Soudain, Jenny voyait les choses qui lui étaient arrivées comme des faits, sans les taches sales de gris. Elle avait senti cette paix s'installer autour d'elle et en elle, avec une force qu'elle n'avait jamais ressentie avant. Ce n'était pas comme le courage qu'elle avait rassemblé quand elle avait quitté John pour la première fois, ou même quand elle était partie seule après, et cela ne venait certainement pas de Stan qui la protégeait et la guérissait. Non, tout ça ne venait que de Jenny qui se reprenait, pour personne d'autre qu'elle-même. C'était terriblement libérateur.

Malgré tous les progrès qu'elle avait faits, Jenny s'inquiétait toujours de la réaction de Stan après la scène du bar. Elle savait qu'il était en colère et espérait que ce ne serait pas après elle. John n'aurait pas été là sans elle et Stan se serait déjà occupé de lui, si elle ne lui avait pas demandé spécifiquement de ne pas le faire.

Non que Stan ait agi comme s'il était en colère après elle, mais il avait toutes les raisons de l'être. Elle n'aurait jamais dû lui dire de ralentir avec John. Et si elle n'avait pas agi comme une adolescente débile et inassurée, ils n'auraient pas causé cette scène au restaurant – dont les photos figuraient dans la presse.

Se mettant un coup de pied au derrière – bien fort – elle s'attela à déménager les affaires de Stan dans sa chambre à l'étage. Cela aurait dû être fait la semaine d'avant, mais ils s'amusaient tellement à jouer au papa et à la maman ensemble qu'ils ne s'y étaient pas mis et Alex ne leur avait pas mis la pression. Pourtant, après ce qui s'était passé, ils insistaient tous à ce qu'ils renforcent leur règlement de *les filles à l'étage* et ce sur-le-champ.

Tout en réfléchissant encore à sa session avec Evan, Jenny dépassa le bureau en bas, dont les portes étaient légèrement entrebâillées. Elle essaya de ne pas regarder à l'intérieur, voulant leur laisser – à Stan tout particulièrement – du temps pour se regrouper, mais son instinct l'emporta et elle jeta un regard au passage. Stephen la repéra et baissa les yeux vers ses bras chargés de vêtements de Stan. Quelques secondes plus tard, sans un mot, les gars sortirent et se dirigèrent vers la chambre de Stan. Il ne fallut qu'un voyage de plus pour tout emmener là-haut avant que les hommes retournent au travail, toujours sans un mot.

Il était tard, mais tout le monde était encore en forme. Les hommes étaient dans leur bureau à jouer avec leurs jouets et leur table, en mode *Justice League*. Jenny organisait les vêtements de Stan dans son dressing – *leur* dressing. Quand elle remarqua Amanda sur le pas de la porte, elle lui jeta un regard plein de regrets.

— Je suis vraiment désolée, Am, dit-elle en indiquant de la tête le petit bleu à son front.

— Oh, arrête. Ce n'est pas *toi* qui m'as plaquée au sol. Que puis-je faire pour aider ?

Jenny désigna le canapé.

— Et si tu me tenais compagnie ?

— Ça va, toi ?

Jenny haussa les épaules.

— Je déteste qu'il soit venu à cause de moi.

Elle songea à quelque chose et décida de le dire à voix haute.

— Honnêtement, Am, je déteste beaucoup des décisions que j'ai prises dans ma vie.

— Oh, Jen. Tu dois arrêter d'être aussi dure avec toi-même.

— Tu sais, pendant longtemps, je me suis apitoyée sur mon sort, de bien des façons. Mais maintenant, je crois que c'est juste de l'honnêteté. Je ne cherche pas de la pitié et je n'essaie pas de me dépeindre en victime.

— Eh bien, je peux te dire en toute *honnêteté*, que je n'ai jamais ressenti ça pour toi. Et qu'on mette les points sur les I. Arrête de prendre la responsabilité pour John.

Quand Jenny ouvrit la bouche pour protester, Amanda secoua fermement la tête.

— C'est un homme adulte, même si ce n'est pas une bonne personne. *Il* ne l'est pas et ce n'est pas *ta* faute.

— Elle a raison, Jen, ce n'est pas ta faute, dit Sam.

Elle était apparue sur le seuil avec un sourire espiègle et un plateau de thé chaud et de gâteaux, ce qui fit enfler un peu le cœur de Jenny. Elle s'en souvenait. Quand Jenny était petite, sa mère avait toujours fait toute une histoire de la routine du thé, avec ou sans friandises, mais toujours accompagné de lait et de sucre. Jenny avait présenté cette tradition aux filles à la fac et c'était devenu une de *leurs* traditions aussi. Reconnaissante, Jenny lui lança un regard satisfait et Sam posa le plateau près d'Amanda avant de s'asseoir par terre.

Jenny la rejoignit, servit le thé et haussa un sourcil en montrant le lait et le sucre.

Amanda rit.

— Oui, s'il te plaît. Est-il possible de s'en passer ?

— Tu veux en parler ? demanda Sam.

Fixant la tasse entre ses mains, Jenny secoua la tête.

— On a passé une si bonne soirée. Et ensuite, plus du tout. Une seconde je passais le meilleur moment de ma vie, à être à table avec tout le monde, à côté de Stan. Et la suivante...

Elle haussa les épaules.

— Je n'ai pas compris ce qui se passait au début. Je crois que je savais qu'il était là, mais mon cerveau ne me laissait pas le voir. À la base, c'était juste un sentiment, j'avais envie de devenir toute petite et de me cacher. Je ne me suis pas sentie comme ça depuis si longtemps. Pas à ce point. C'était si inédit pour moi que j'étais perdue. Même quand Stan m'a demandé si j'allais bien, je n'arrivais pas à mettre des mots sur ce que je ressentais.

Elle frémit.

— Et puis voir John... je me suis figée. Qu'est-ce qui ne va pas chez moi ? J'aurais dû être furieuse. J'aurais dû crier à pleins poumons et essayer de protéger les autres. Mais non, je n'ai rien fait de tout ça, je suis simplement restée paralysée.

— Ne sois pas si dure avec toi. L'esprit fait selon son bon vouloir. Fais-moi confiance, j'ai perdu un an de ma vie comme ça.

Ce n'était pas la première fois que l'intérêt de Jenny était piqué. Elle avait essayé de respecter l'espace privé d'Amanda et de ne pas fouiner, mais c'était étrange de savoir que quelque chose avait autant impacté la vie de son amie.

— Eh bien, si tu es un jour prête à en parler, dit-elle lentement, j'espère que tu me feras confiance. Et puis, j'adorerais être hors des projecteurs.

Elle lui adressa un sourire encourageant. Amanda lui rendit son sourire et lui serra la main.

— Ça n'a rien à voir avec ma confiance en toi, Jen. Je sais qu'on se soutient tous et toutes.

Au début, Jenny songea qu'elle n'allait rien dire de plus, mais après un regard pour Sam, Amanda s'assit sur le sol, les jambes croisées, créant un cercle avec elles. Puis, elle se pencha et chuchota :

— Je peux te dire ça : Stan m'a sauvé la vie il y a des mois. Et s'il n'avait pas été au Royaume-Uni à l'époque, je ne sais pas ce qui nous serait arrivé, à Callie et à moi.

Elle prit les mains de Jenny.

— C'est la partie la plus importante. Je suis impressionnée par la façon dont tu t'es occupée de tout toute seule, Jenny. Tu as pris soin de toi et d'Hayden. C'est un gros accomplissement. N'oublie jamais ça.

Ce n'était pas un secret d'État, mais c'était une fêlure dans l'armure des Montgomery. Jenny n'avait pas compris avant combien c'était important pour elle de se sentir à sa place ici. Elle ne voulait pas faire partie du groupe juste parce qu'elle était avec Stan. Pour elle, ça n'impliquait pas d'être vraiment *dans le groupe*. Elle voulait y avoir sa place. Et elle était prête à la gagner.

Quand les filles partirent peu de temps après, Jenny vérifia comment allait Hayden avant de se remettre au travail. Elle devait s'occuper, jusqu'à pouvoir parler avec Stan, et termina donc de ranger le dressing. Après avoir organisé les chemises, vestes et costumes de Stan, elle s'attaqua aux tiroirs. Elle venait de terminer la dernière étagère et lissait minutieusement un des tee-shirts de Stan quand il entra dans la pièce.

Elle ne lui avait pas vraiment parlé depuis leur retour du restaurant. Il avait aidé quand tout le monde avait porté ses affaires en haut, mais la conversation était restée d'ordre pratique plus qu'autre chose. Même s'il avait été très attentif plus tôt, elle sentait sa colère sous la surface. Elle l'avait entendue, aussi, quand elle était repassée devant le bureau après que les hommes étaient retournés au travail. Même la porte fermée, elle avait entendu Stan crier après quelqu'un au téléphone. Pourtant, il ne haussait jamais la voix.

Courage, Jen, se rappela-t-elle avant de prendre une grande inspiration et de regarder Stan.

— Tu es en colère après moi ? demanda-t-elle en se forçant à croiser son regard.

— Non. Pas même un tout petit peu, lui assura-t-il en avançant et en observant son travail. Ça semble bien comme ça.

Il effleura des doigts son visage, puis l'attira à lui et enveloppa ses bras autour d'elle avec un soupir. Elle se blottit contre lui et le sentit se détendre contre elle.

— Une douche et au lit ? proposa-t-il.

— C'est tout ?

— Non. Tu es loin du compte.

27

Southampton
New York

Stan, de son côté, ne faisait pas grand-chose. À part espionner les filles, une main sur un pilier de l'entrée. Enfin, pas *espionner* à proprement parler. Il les observait simplement se prélasser dehors, par la fenêtre du salon. Helen et Rosa venaient de prendre les bébés pour les emmener faire la sieste. Peu importait qu'Amanda et Jenny soient des mamans chevronnées, Helen et Rosa pouvaient être territoriales parfois et il était plus simple de céder. Maintenant que Jenny et lui étaient installés là-haut et profitaient de la joie de leur réconciliation, les choses revenaient à la normale. La nouvelle normalité.

Même si John les avait traqués dans la ville, Stan était sûr qu'il ne pourrait pas infiltrer la villa. Même s'il le pouvait, il ne le ferait pas. John était dangereux, mais il voudrait prendre Jenny seule. Il était un tyran, mais aussi un lâche. Il ne prendrait pas le risque d'une confrontation avec l'équipe au complet. Plus que jamais, Stan était convaincu que John ne s'était montré que pour effrayer Jenny. Lui prouver qu'il avait toujours le pouvoir de la faire se sentir toute petite. Visiblement un de ses passe-temps favoris.

Menace immédiate ou non, il espérait que ses hommes le trouveraient vite. Ce bâtard fourbe avait quitté la Virginie sans laisser une seule trace digitale. Stan n'avait trouvé que des impasses sur l'affaire de Maggie et après l'incident au restaurant, il n'avait pas encore eu la chance de parler à Céleste seul à seule. Tous ses contacts encore actifs disaient que la piste de Maggie était froide. Glaciale. Tout le monde, sauf une voyante folle qui avait apparemment partagé un message cryptique comme : *Soyez assuré que Margaret est en sécurité dans l'époque qui lui convient le mieux* ou autres conneries du genre.

D'accord, *folle* était un peu beaucoup, vu qu'il travaillait pour des aristocrates de la Navy britannique qui avaient voyagé dans le temps. Malgré tout, il n'avait pas eu la chance d'aller la voir lui-même et Stan ne pouvait pas accepter trop de distorsion de l'espace-temps d'un coup.

Il leur restait six semaines avant que tout le monde ne plie bagage pour retourner en Californie. Stan espérait clore les deux affaires avant ça. Heureusement, Jenny était d'accord pour déménager et pour autant qu'il sache, elle avait hâte de s'installer sur la côte Ouest pour un temps. Elle aimait l'idée d'être sur les deux côtes et était excitée d'entendre qu'ils resteraient très proches des filles. C'est-à-dire voisins, puisqu'Alex avait acheté la propriété à côté de celle d'Amanda l'année passée. Quand ils y retourneraient, Jenny et lui la reprendraient et il l'avait encouragée à inviter son père et Marisa. Il voulait s'assurer qu'elle sache qu'il voulait sa famille près d'eux.

Stephen apparut dans le couloir, en provenance de la cuisine. Il secouait la tête et semblait alarmé tout en écoutant quelqu'un au téléphone. Cela attira l'attention de Stan. L'appel se termina et Stephen croisa son regard et indiqua de la tête le bureau. Stan acquiesça et le suivit, Trevor et Michael sur les talons. À l'intérieur, Gregor était penché sur un écran sur le buffet.

—J'y suis presque, murmura-t-il.

Stephen rangea la table de réunion pour qu'ils puissent voir les images sur le plateau en verre. Une carte de la propriété d'Abersoch se matérialisa, ce qui étonna Stan. Il n'avait pas vu cela venir. Il n'avait pas repensé à la propriété britannique depuis qu'il l'avait quittée avec Amanda, Callie et Sam pour les États-Unis. Même si ça ne faisait pas si longtemps qu'ils étaient là, il avait l'impression que cela datait d'une autre vie. Une alarme sonna dans sa tête tandis que Stephen élargissait l'image.

— On a un problème.

Stephen encercla un affleurement rocheux et la falaise naturelle à côté.

— Un avion s'est crashé. Un monomoteur. Un mort. L'impact a pu causer un changement de topographie.

Stan et les garçons regardèrent Stephen, attendant en quoi cela pouvait être un problème pour eux. Gregor continuait de taper sur un clavier et était visiblement déjà au courant.

— Le beau-frère d'Amanda, Robert, a été enterré là-bas, expliqua Stephen.

Ils connaissaient tous l'histoire de comment Amanda avait atterri à Abersoch en 1774, mais les détails de l'emplacement du corps de son frère n'avaient pas été nécessaires. Jusqu'à présent.

Vu que sa mort était techniquement survenue un quart de millénaire auparavant, Stan demanda :

— ADN ?

— Sans l'ombre d'un doute. Une enquête avait été ouverte pour Amanda et Robert quand ils ont disparu. Puisque Robert a essayé d'assassiner Amanda, il est probable que son ADN soit présent aussi.

— Ils sont déjà sur place ? demanda Stan qui calculait déjà les potentiels risques.

Ce qu'il avait pu manquer. Ce qu'il avait encrypté et supprimé carrément quand il l'avait accueillie sous sa protection. Normalement, tout irait bien, mais il commençait à comprendre à la dure que rien n'était jamais sûr.

— Sur place, mais ils ne toucheront pas à la scène avant un

jour ou deux. Une équipe sur place dit qu'ils ne sont pas loin. C'est du cinquante-cinquante, soit on est tranquille, soit les os seront trouvés aujourd'hui ou dans quelques jours avec la marée. *Si* c'est bien cet endroit qui a été heurté.

— Et la solution ? demanda Stan.

Il était en mode protocolaire à cent pour cent.

Stephen regarda Gregor.

— Déplacer le corps, répondirent-ils à l'unisson.

— S'il vous plaît, dites-moi que vous voulez dire ses *os*.

Stan espérait que c'était seulement une question de clarification purement rhétorique.

En les voyant secouer la tête, il comprit qu'ils parlaient vraiment de déplacer le *corps* de Robert. Ce qui impliquait d'aller dans le passé. Dans les années 1700. Ce qui voulait dire sauter d'une falaise en espérant et priant, à moins qu'ils ne trouvent où était le portail à l'intérieur des caves.

— Alex ? demanda Stan.

Il venait de se rendre compte que son patron n'était pas là, ce qui était étrange. Quand Stephen sortit de sa poche une oreillette Bluetooth, Stan fut estomaqué.

— Tu l'as coupé des communications ?

Double ouah. Stan avait déjà agi dans le dos d'Alex, quand Amanda était trop fragile pour lui faire confiance. Une fois était suffisant.

— Il a *cru* qu'il m'avait coupé, lança malicieusement Alex en entrant. Même si j'apprécie que tu essaies de me protéger, j'ai reçu une alerte du manager de la propriété.

Alex avança jusqu'à la table et s'arrêta une fois à côté de Stephen. Il toucha l'image du rocher, un air peiné sur le visage.

— Il faut qu'on y retourne.

Pour reprendre l'une des expressions préférées de son patron : *bon sang*.

— Chef, tu n'iras nulle part. Un, Amanda serait dans un état pas possible et...

— J'irai, décréta Stephen.

— Pas tout seul. Je viens avec toi, intervint Gregor.

— Putain, moi aussi, ajouta Stan.

— J'ai besoin de quelqu'un ici avec la famille si Stephen et Gregor partent.

Stan était touché et honoré de savoir qu'Alex lui portait cette confiance.

— Qu'allons-nous dire aux filles ?

— La vérité.

Stan savait ce qu'il voulait dire et franchement, il était content que le temps soit venu.

— On va mettre Jenny au courant alors ?

Alex hocha la tête.

— J'ai parlé avec Evan. Il est convaincu qu'elle tiendra le choc. Tu es d'accord ?

Il acquiesça. Sa femme était plus forte que jamais.

— Oui.

Et puis, il n'aimait pas lui cacher un truc aussi gros.

28

Southampton
New York

La réunion se déroula dans le petit salon, un peu comme lors de la première nuit de Jenny dans la villa. Seulement cette fois, ils entrèrent tous ensemble et le père de Jenny n'était pas présent. Tout le monde s'installa dans son siège habituel – ou du moins le même que la dernière fois. Jenny s'assit dans un fauteuil à côté de Stan. Après un moment de silence, Alex joignit ses doigts ensemble et regarda sa femme, Sam, puis Jenny.

— Nous avons décidé de faire d'une pierre deux coups.

Cela ne clarifiait pas grand-chose aux yeux de Jenny.

— Ça ne semble pas de bon augure, répliqua Amanda en regardant son mari avec inquiétude.

— *Nous ?* répéta Sam.

Elle était un peu plus acerbe et ses yeux plissés allaient d'un frère à l'autre.

— Vous deux ? Ou vous trois ? corrigea-t-elle en regardant Gregor. Ou *nous, tous les gars de cette pièce* ? Non que ça change quelque chose, j'imagine.

Jenny sentit que quelque chose de gros se passait, voire monumental. Son alarme interne s'était déclenchée car Stephen, qui d'habitude cachait un tant soit peu ses sentiments pour Samantha derrière un mince vernis de stoïcisme, tendit la main pour prendre la sienne. Là-dessus, Jenny écarquilla les yeux, tout comme Sam, mais ce fut Amanda qui se leva et demanda :

— Oh mon Dieu, qu'est-ce qui se passe ici ?

— Il y a eu un accident. Un avion s'est crashé sur la propriété d'Abersoch, annonça Alexander.

Jenny ne savait pas ce qu'était cette propriété, mais Amanda hoqueta.

— *Qui ça ?* demanda-t-elle en portant ses mains à sa bouche. À quel point est-ce grave ?

Stephen et Alex secouèrent la tête.

— Personne qu'on connaisse.

— Alors quel est le problème ? Dites-nous.

Ce fut à ce moment qu'Alex et Stephen reportèrent leur regard sur elle. Jenny bougea dans son fauteuil, soudain mal à l'aise et hésitante. Stan recouvrit sa main de la sienne, mais Jenny ne savait pas si c'était simplement pour la soutenir ou si cela signifiait que les frères devraient se calmer. Franchement, elle n'était plus sûre de rien.

— L'engin a chuté sur le côté nord de la propriété. L'avion a heurté la falaise, sous la chapelle.

Jenny n'avait aucune idée de la signification de ce crash près de la chapelle, mais Amanda tourna d'un coup la tête dans sa direction donc c'était forcément important. Alex tendit la main pour réconforter sa femme.

— Maintenant, tu vois le problème.

— Pas moi, dit doucement Jenny, intervenant pour la première fois. Je suis désolée, mais je ne comprends pas ce qui se passe.

— Le beau-frère d'Amanda, Robert, a essayé de la tuer il y a deux ans, Jenny, expliqua Alex en se tournant vers elle, impassible. Son corps a été enterré sous la roche.

Deux choses frappèrent Jenny d'un coup. Un : toute inquiétude de ne pas avoir sa place dans le groupe disparut. Elle en faisait partie et on venait de lui faire le rite d'initiation. On ne dit pas ce genre de choses à des gens qui sont là par défaut. Deux : Sam et elle n'étaient pas les seules à avoir vécu quelque chose d'horrible, Amanda avait souffert aussi.

Malade, Jenny baissa la tête et ferma les yeux, repensant aux mots d'Amanda l'autre jour : *Stan m'a sauvé la vie.* À ce moment-là, Jenny pensait que c'était une manière de dire, mais clairement, ce n'était pas le cas. *Qu'avons-nous donc fait toutes les trois pour mériter tout ça ?* Elle coupa court à ses pensées qui commençaient à partir en vrille, inspira profondément et leva les yeux vers Amanda.

— Je suis vraiment désolée, Amanda. Je ne crois même pas l'avoir rencontré.

— Considère-toi chanceuse, ricana Alex.

— Je ne comprends toujours pas.

— Il est possible que s'ils découvrent les os de Robert, l'ADN d'Amanda soit trouvé. Une équipe jauge la situation à l'instant. On espère que rien n'en sortira. Mais cela nous a fait comprendre qu'il nous fallait rectifier la situation.

— Alors on va en Grande-Bretagne ? demanda Amanda qui ne semblait pas ravie.

— En partie.

L'air dans la pièce devint soudain lourd et Jenny sentit son estomac sombrer. Elle suspectait que l'autre partie, quelle qu'elle soit, était pire, même si elle ne savait pas ce qui pouvait être pire qu'un crash d'avion et une tentative de meurtre.

— Quelle est l'autre partie, Alexander ? l'interrogea Amanda.

Tous les yeux se tournèrent vers Alex.

— Pour éviter d'attirer l'attention sur l'emplacement, qui implique désormais des explosifs, nous avons décidé de déplacer le corps.

Alex se tourna et prit les mains d'Amanda.

— On y retourne, Amanda.

Sam, qui était restée silencieuse, la main sous celle de Stephen tout le long, se tourna vers lui.

— Tu y vas aussi ?

Il la dévisagea un long moment et la pièce plongea dans un silence irréel.

— Oui. Il le faut.

Jenny n'avait toujours aucune idée de ce qui se passait, mais c'était déchirant de les voir. On aurait dit qu'ils n'allaient jamais se revoir. Elle se pencha vers Stan.

— Je ne comprends pas, qu'est-ce qui est aussi grave ? chuchota-t-elle. Qu'y a-t-il de si terrible à aller en Grande-Bretagne ?

Elle avait apparemment été trop bruyante car Sam répondit avant que Stan en ait la chance :

— Ce qui est *grave,* c'est qu'ils doivent sauter d'une putain de falaise pour ça !

Ses mots étaient dirigés vers Stephen et accusateurs. Comme si elle l'avait giflé, celui-ci ferma les yeux. D'après sa grimace à peine perceptible, cela le tuait de lui faire du mal, mais il ne réfuta pas ce qu'elle avait dit.

Jenny était plus perdue que jamais. Même si tout le monde semblait se parler clairement, il y avait quelque chose d'autre qui se passait qu'elle ne comprenait visiblement pas. Les mots de Sam avant qu'elle ne parte n'aidèrent pas plus :

— Et s'ils survivent à ça, il faudra éviter la capture et une accusation de trahison de l'Empire britannique.

29

Southampton
New York

Stan parcourut des yeux la rue, repérant ses hommes en poste à des coins opposés de chaque intersection, leur voiture garée sur le parking en bas de la rue. Ils étaient tous en ville et profitaient d'une jolie pause après la pluie qui s'était abattue sur la côte les jours précédents. Puisque ça n'avait été qu'intermittent toute la matinée et que la météo prévoyait un ciel dégagé pour quelques heures, ils s'étaient hâtés d'en profiter.

Après l'incident au bar-restaurant la semaine précédente, ils avaient voulu augmenter la sécurité. Malgré tout, à part mettre un lien physique sur les filles, ce qui ne passerait pas très bien, il n'y avait pas grand-chose de plus qu'ils puissent faire, alors ils avaient trouvé un compromis en les gardant sous haute surveillance.

Même si les choses avaient été calmes la semaine précédente et que les preuves montraient que John avait quitté la ville – il y avait eu une utilisation de sa carte bancaire à une heure de la Virginie la nuit précédente – Stan ne prendrait pas de risques. Sa carte avait encore été utilisée ce matin dans sa ville et Stan avait lancé des hommes dessus, mais jusque-là, aucune caméra de sécurité ne confirmait que c'était bien lui et il n'y avait pas de trace de lui dans sa maison. Stan ne se reposerait pas tant que le cas de John n'était pas réglé une bonne fois pour toutes.

Les choses semblaient se tasser à l'autre bout de l'océan pour l'instant, même si Stan savait que ça ne durerait pas. Jusque-là, le lieu de l'enterrement de Robert était resté intact, non découvert, et le mieux qu'ils pouvaient faire était d'espérer que ça reste ainsi jusqu'à ce qu'ils puissent planifier pour de bon un retour à Abersoch. Heureusement, Jenny n'avait pas insisté auprès de Stan pour plus de détails. Il détestait lui cacher quelque chose, mais c'était peut-être le seul truc qu'il pensait devoir lui taire. Au moins pour l'instant.

Il observa les filles quitter la boutique dans laquelle elles étaient et scruta la foule pour la millième fois. C'était exagéré ? Peut-être. Pourtant, Stan avait le sentiment que John n'en avait pas fini avec Jenny. Il ne supporterait pas qu'elle soit heureuse et ait trouvé sa voie sans lui. John y verrait une défaite et si Stan savait quelque chose sur lui, c'était que ce bâtard détestait perdre. Malgré la tâche devant lui, le rappel constant et désagréable de John, Stan se sentit sourire et M. Règles – il avait depuis longtemps cédé à ce surnom – agita la main tandis que la femme de sa vie approchait. *Jenny.*

Stan tendit la main, prit son sac et retourna son baiser quand elle se dressa sur la pointe des pieds pour un rapide bisou. Elle leva les yeux vers lui, tout sourire, ses jolis yeux plissés avant qu'elle ne les protège du soleil d'une main quand les nuages se décalèrent. Il ne put résister à l'attirer à lui pour un autre baiser ; qu'y pouvait-il, il avait un truc pour elle.

Elle referma ses bras autour de son cou et s'appuya à lui de tout son poids.

— Peut-on danser encore un peu plus tard, comme hier soir ?

— Toutes les nuits, pour toujours.

Il sourit, savourant son contact. *Eh oui, la nuit dernière était super*, songea-t-il en visualisant le dîner privé qu'il avait arrangé pour Jenny et lui.

À l'origine, il l'avait prévu dans le kiosque du jardin, mais puisqu'il pleuvait – encore –, il avait enrôlé Amanda et Sam – et Callie, qui avait insisté pour participer – pour l'aider à décorer une pièce détente baignée de soleil de la villa. Elles étaient venues avec un carton plein de guirlandes et les garçons les suivaient avec une échelle pour pouvoir les accrocher autour des fenêtres et des grandes plantes. Rosa avait installé une table pour deux couverte d'une nappe en lin avec des bougies et un petit vase de jolies roses. Stan s'était occupé du repas et lui avait cuisiné le poulet en dés qu'ils avaient mangé dans les Keys et qu'elle avait tant adoré.

Il l'avait attendue en bas de l'escalier et avait rougi quand elle était arrivée dans une belle robe bleue sans manches. Quand elle vit qu'ils étaient accordés – il portait cette chemise bleue qu'elle adorait – elle avait souri, trépignant d'excitation. Il avait entrelacé leurs doigts et l'avait menée vers la salle, avec une main sur ses yeux. *Ne triche pas* avait-il dit au moins cinq fois. Une fois enfin arrivés, il s'était placé derrière elle et avait chuchoté à son oreille :

— Prête ?

Elle avait opiné du chef et quand il avait retiré ses mains, elle avait hoqueté, puis failli pleurer en voyant ce qu'ils avaient fait. Elle avait recouvert sa bouche, secoué la tête et s'était tournée vers lui.

— Tu as fait ça pour moi ?

Quelle nouille. La rendre heureuse était tout ce qu'il voulait, maintenant et pour toujours. Et elle était si facile à contenter. Il l'avait menée à table, avait tiré sa chaise et ils avaient ri et picoré le poulet entre eux comme la première fois qu'ils l'avaient mangé ensemble. Après le repas, Trevor avait lancé de la musique via les haut-parleurs, leurs chansons préférées, toutes lentes et pleines de sens. Ils avaient ri quand une boule de disco s'était allumée dans un coin. *Trevor, quel pitre.* Sam s'occupait d'Hayden, mais ils s'étaient assurés de finir avec assez de temps pour lui lire des histoires avant l'heure du coucher. Ils aimaient le coucher ensemble, quelque chose qui devenait de l'ordre de la routine, si une semaine pouvait constituer une routine – Stan décida que oui.

Ensuite, il lui avait fait l'amour et l'avait serrée contre lui. La vie avec Jenny était pleine de piquant.

Alors quand elle lui posa cette question, il n'eut même pas besoin de réfléchir à sa réponse. Elle rayonna, son visage étincelant de joie. Oui, rendre Jenny heureuse était simple, une recette qu'il connaissait à la perfection. La traiter avec respect, lui donner de l'attention, la noyer d'amour et d'affection et la regarder s'épanouir.

Elle prit son visage entre ses mains et articula en silence :

— Je t'aime, Stanley Finch.

Puis, elle se tourna pour partir et rejoignit les filles.

Puisqu'ils n'étaient pas les seuls à avoir sauté sur l'occasion pour sortir, les rues étaient bondées. Après avoir suivi les filles dans une nouvelle rue et les avoir vues entrer dans au moins quatre magasins, il remarqua que les nuages s'étaient développés et entendit le tonnerre gronder au loin. Stan regarda Alex, qui parlait à Stephen et Gregor devant la boutique où les filles étaient entrées. Il attira l'attention d'Alex et tapota sa montre, se demandant combien de temps ils devraient continuer ce cinéma. Alex répondit via Bluetooth :

— Dix minutes.

Faisable.

— Hé, Michael, regroupe les troupes, annonça Stan via son micro.

Il regarda sa montre. Dix minutes s'étaient écoulées. Avec un signe de tête pour Alex, qui s'était avancé vers la boutique où étaient les filles, Stan se dirigea avec les gars vers les voitures. Il était temps de récupérer les filles et de rentrer.

30

Southampton
New York

— Regarde, Céleste, fit Jenny en la tirant vers une vitrine. C'est ce truc de yoga dont tu parlais.

— Oh oui, c'est censé être *super* pour le savasana, répondit Céleste en se tournant pour voir ce que Jenny montrait. Entrons voir.

Jenny était contente que Céleste ait pu les rejoindre cet après-midi-là et qu'elle ait été aussi bien accueillie par les Montgomery et le groupe. C'était la deuxième fois qu'elles se voyaient depuis la nuit au restaurant – elle était venue à la villa la semaine précédente et était restée pour l'après-midi. Malheureusement, ce jour-là, les gars étaient partis le gros de la journée, sans qu'elle sache ce qu'ils faisaient.

Jenny avait appris la leçon et décidé de résister à l'envie de dire à Stan ce qu'il devrait faire, surtout quand il s'agissait de sécurité, son domaine d'expertise. À la place, elle avait préféré laisser Stan et le reste faire ce qu'ils faisaient le mieux. *Mode les hommes de Calder Defense : activé.* Malgré tout quand elle lui avait parlé de la visite de Céleste, Stan était déçu de l'avoir manquée. Apparemment, il voulait lui parler de l'enquête sur Maggie.

Pile à ce moment, le tonnerre gronda et Jenny se tourna à temps pour voir Callie sauter dans les bras d'Amanda et nouer ses bras autour de son cou.

— On devrait y aller, dit Amanda. Alex dit que tout le monde se prépare. Ils seront bientôt là pour nous récupérer.

Jenny hocha la tête, mais elle n'était pas prête à partir aussi tôt et lui dit de partir devant, avant de montrer la boutique bien-être devant elles.

— Je vais juste jeter un coup d'œil ici avec Céleste.

— J'envoie un message aux gars pour leur faire savoir, indiqua Sam.

Mais pile quand elle sortait son téléphone, un Nav de Calder se gara devant. Sam et Amanda montèrent, Callie avec elles. Elles durent informer Stephen des plans de Jenny, car il se tourna vers elle et la prévint :

— Il va bientôt pleuvoir.

— Je ne me noierai pas, plaisanta Jenny. Ne t'inquiète pas.

— On s'inquiète toujours.

Jenny adorait ça chez eux.

— Je sais, merci. Passe un peu de temps avec Sam.

L'expression de Stephen demeura stoïque, mais elle repéra un éclat amusé dans ses yeux. Après l'échange intense entre Samantha et lui dans le petit salon la semaine précédente, elle était soulagée qu'ils aient repris leurs habitudes. Jenny n'avait pas insisté pour avoir plus d'informations sur ce qui se passait en Grande-Bretagne, ni avec les filles, ni même avec Stan. On lui avait confié assez d'informations privées comme ça et elle n'avait pas partagé beaucoup de son côté. Jenny savait que le moment venu, ils lui raconteraient tout. En fait, se raisonnait-elle, c'était sûrement une bonne chose de ne pas être encombrée d'informations graves pour le moment.

En regardant Sam adresser à Stephen un grand sourire tandis

qu'elle montait, Jenny agita la main. Ils s'en allèrent et elle glissa un bras autour de Céleste pour la mener à l'intérieur. Elles s'amusèrent pendant leur visite, essayèrent différentes huiles et crèmes. Au moment de payer et de se préparer à partir, Jenny appela Stan.

— Oui, madame, répondit-il à la première sonnerie.

— Salut.

Elle ne put réprimer son sourire.

— Salut, bébé. Prête ?

— Oui, monsieur, tout juste.

— On a changé de position. Donne-moi cinq minutes, peut-être six... et demie. Attends sous l'auvent, d'accord ?

— D'accord. Je t'aime. *Mouah*, fit-elle en lui.

— *Mouah* toi aussi. Je t'aime.

Quand elle et Céleste sortirent dehors, Jenny vit la voiture se garer et fut surprise qu'il soit déjà là.

— Oh, le voilà, dit-elle à Céleste en montrant le véhicule noir familier et ses vitres teintées à l'extrême. Monte et je vais passer par l'autre côté.

Elle s'apprêtait à courir puisque personne n'était sorti avec des parapluies pour les protéger de l'averse, quand Céleste lui donna un de ses sacs de shopping.

— Utilise ça pour couvrir ta tête, lui cria-t-elle par-dessus la pluie.

Jenny acquiesça, prit le sac et courut. Elle garda la tête baissée puisqu'il pleuvait des cordes à ce stade et heureusement, quand elle atteignit la portière, elle découvrit que Stan était sorti pour la lui ouvrir. Pendant une demi-seconde, elle se demanda pourquoi il portait des chaussures différentes, mais le temps était endiablé et elle allait trop vite pour que son cerveau fasse toutes les connexions. Elles semblaient familières, mais...

Elle ressentit un picotis à la nuque et tomba en avant sur la banquette, remarquant au passage l'expression horrifiée de Céleste face à elle, sur le siège. L'esprit de Jenny lutta pour retrouver son sens de la réalité. Elle savait que quelque chose de très mal se passait, mais c'était comme si ses facultés cérébrales étaient enlisées dans de la mélasse. Elle songea que Céleste avait peut-être crié, mais Jenny n'entendait rien avec la pluie, le tonnerre et le sang qui tambourinait dans ses oreilles. Elle resta là, paralysée, observa Céleste plonger en avant et l'attraper des deux mains. Jenny savait qu'elle était censée les attraper, mais elle ne pouvait pas bouger. Sa vision se réduisit et sa compréhension du temps et de l'espace la quitta.

Soudain, elle vit un grand flou et un éclat de cheveux noirs : quelqu'un avait attrapé Céleste depuis derrière elle.

— COUREZ ! s'écria la personne à Jenny.

Mais elle ne bougea pas – elle ne pouvait pas. L'homme sembla en colère qu'elle n'écoute pas et Jenny voulut lui dire qu'elle ne comprenait pas comment ses membres fonctionnaient, mais les mots ne quittèrent pas son esprit. Elle essaya de le lui dire avec ses yeux. *S'il vous plaît. Aidez-moi.*

Puis, on poussa ses jambes par-derrière et son corps se courba dans un angle étrange. Quand elle s'effondra en avant sous l'impulsion, son téléphone glissa sur le sol et disparut sous le siège où Céleste se trouvait quelques secondes avant. Céleste avait disparu, mais l'homme qui l'avait arrachée de la voiture était toujours là ; il bondit sur les sièges et plongea vers Jenny. Le regard sur son visage était féroce et elle voulut tendre la main pour qu'il puisse l'aider aussi. Mais avant qu'elle ne puisse faire quoi que ce soit, elle sentit un poids sur elle et sa vision se troubla. Puis, tout devint noir.

31

Southampton
New York

Stan s'engagea dans la rue principale, à trois blocs d'où les filles se trouvaient. L'averse s'était calmée un peu et il avait pu baisser d'un cran ses essuie-glaces. Franchement soulagé de quitter la ville, il rit quand il vit le nom de Céleste apparaître sur son téléphone deux minutes seulement après avoir parlé à Jenny. *Tellement impatientes.* Les filles étaient bien trop excitées de continuer leur shopping jusqu'à ce qu'il commence à pleuvoir à verse et *soudain* il fallait venir les chercher DÈS QUE POSSIBLE. Bien sûr.

Après le départ de Stephen, Alex, Sam, Amanda et Callie, Stan avait pris leur place avec Gregor et Michael à l'arrière. Pendant qu'ils attendaient sur le bord du trottoir, les voitures avaient continué à se mettre en double file sur deux rangées – comme dans un aéroport – et il s'était senti mal de prendre cette place. Alors vu que Jenny et Céleste semblaient prendre leur temps, il avait quitté la place quelques minutes avant et continuait de tourner en rond autour de leur position.

Il accepta l'appel et dit :

— Je suis là dans deux minutes, Céleste, peut-être trois. Jenny *vient* de m'appeler il y a une minute. Rongez votre frein et restez sous l'auvent jusqu'à notre arrivée.

Il aurait déjà dû les voir, mais avec la pluie, même réduite, il ne voyait qu'à quelques mètres devant lui. Et c'était une estimation généreuse.

— Il a enlevé Jenny ! s'écria Céleste paniquée. Ils étaient dans un Nav noir, comme le vôtre.

Les veines de Stan se glacèrent en entendant ces mots. Il savait qu'elle parlait de John. Il plissa les yeux de fureur à l'idée que ce monstre ait posé les mains sur Jenny.

— Je crois qu'il l'a droguée.

Il grinça des dents. À côté de lui, un Nav noir avec des vitres teintées passa à toute vitesse, sans se soucier des piétons qui couraient puisque la pluie s'était calmée.

— Dégagez-moi le passage ! hurla-t-il.

Gregor et Michael sautèrent hors de la voiture et poussèrent littéralement les gens et les voitures hors de son passage tandis que Stan enclenchait la marche arrière. Il appuya sur la pédale et un quart de tour et un tête-à-queue plus tard, il était tourné vers l'est.

— Montez ! Montez !

Il avançait avant même que les portières ne soient fermées.

— ALLEZ, ALLEZ ! s'écria Gregor, les yeux sur la voiture de John qui fonçait en bas de la rue.

Un Nav de Calder à sa gauche fit demi-tour pour le suivre. Grâce aux communications par oreillette, Stan savait qu'Alex et Stephen attendaient qu'il explique ce qui se passe et il grinça des dents, détestant chaque syllabe qu'il prononça :

— John a Jenny.

Sans perdre de vue le SUV devant eux, il se pencha sur le volant et plissa les yeux sur la plaque, tout en se rapprochant de lui.

— ECHO, DELTA, ZOULOU, CINQ, ZÉRO, NEUF, DEUX. MAIN STREET, VERS L'EST...

Gregor repéra une pancarte et compléta les indications.

— Je transfère les filles maintenant, annonça Stephen.

Stan marmonna un juron et perdit un temps précieux à éviter des piétons.

— Accrochez-vous !

Putain de merde ! Il repéra le bébé dans la poussette une milliseconde trop tard.

— PUTAIN !

Il appuya sur les freins, tourna le volant avec l'aide du système antiblocage des roues et le véhicule fit un tête-à-queue sur la route mouillée.

Quand il retrouva le contrôle, ils étaient entourés par une foule de curieux.

Les gars sautèrent de la voiture pour dégager le passage, mais Stan ne pensait qu'à Jenny qui s'éloignait encore et encore et allait Dieu sait où, enlevée par celui qu'il avait fait le serment d'écarter de sa vie.

32

Localisation secrète
New York

Jenny revint à elle lentement. Voûtée en avant, elle bougea ses épaules, essayant de se redresser de sa position désagréable. Ses paupières étaient encore lourdes, sa bouche terriblement sèche et elle pressa les mains sur... un sol en carrelage froid, puis essaya de se mettre en position assise. *Oh.* Où était-elle ? Sa nuque lui faisait mal et elle toucha l'endroit tout en ouvrant doucement les yeux. Ses souvenirs étaient flous, mais au fond de son cerveau, elle savait qu'elle était dans un endroit où elle ne voulait pas être.

Sa vision devint claire et la pièce se matérialisa autour d'elle, comme ses souvenirs. *C'est vrai.* La pluie. Le Navigator qui semblait identique aux véhicules de Calder. La drogue qu'elle suspectait d'avoir reçue et qui l'avait bloquée sur son siège, la rendant incapable de se libérer ou de demander de l'aide. Tout lui revenait. Et devant elle, John.

Il regardait quelque chose sur un plan de travail et ne semblait pas si bien. Frustré ou stressé, elle n'aurait pas su dire, mais elle savait d'expérience qu'aucun des deux n'était bon pour elle. Ce qui la frappa le plus fut de constater que l'humeur de John ne la faisait pas se renfermer sur elle-même ou se recroqueviller. Elle se sentait toujours étonnamment calme, maîtresse de ses capacités. Ce n'était pas une bonne situation, mais elle n'était pas paniquée non plus.

Enhardie par cette nouvelle lucidité, elle observa son entourage : ils semblaient être dans une maison, une location de vacances, peut-être. Elle était sur le carrelage de ce qui semblait être l'entrée. Super, il l'avait lâchée près de la porte. Jenny se redressa un peu plus, consciente qu'elle ne méritait pas d'être traitée ainsi. Entre le soutien de Stan et son travail avec Evan, elle avait changé – et tiré une nouvelle force de toute l'équipe des Montgomery.

— Tu m'as droguée ? demanda-t-elle.

Elle voulait le dire avec bravade, mais sa voix n'avait été qu'un croassement. Il tourna d'un coup la tête vers elle.

— Où est ton téléphone ? s'écria-t-il.

Il s'approcha d'elle et la prit par le bras comme s'il allait la secouer. Elle tendit l'autre main, comme si ça allait l'arrêter, et elle essaya de tirer en arrière, mais il n'y avait nulle part où aller.

— Réponds-moi ! reprit-il en resserrant sa poigne. Avais-tu un téléphone ?

Il la souleva par les bras et la secoua si fort que sa tête heurta le mur derrière elle. Comme elle ne répondait pas, il la lâcha et ses mâchoires claquèrent quand elle tomba sur le sol.

Encore une fois, Jenny s'émerveilla de voir que malgré cette mauvaise situation, John n'avait pas le pouvoir de l'effrayer comme avant. Il était toujours physiquement plus fort qu'elle, à l'évidence, mais mentalement, elle n'était plus faible. *Je ne suis plus comme j'étais*, songea-t-elle en fusillant son visage rouge. Avec sa nouvelle lucidité, Jenny pouvait voir la situation telle qu'elle était. Si John n'avait pas son téléphone, où était-il ?

Elle essaya de se rappeler la dernière fois qu'elle l'avait vu.

Après avoir appelé Stan, elle le tenait en sortant avec Céleste. *Céleste.* Où était-elle ?

Jenny regarda autour d'elle, de peur qu'elle ait été enlevée aussi, ou pire. Puis, elle se rappela que Céleste avait été arrachée de la voiture par cet homme qui avait essayé de la sauver aussi. Ah, son téléphone ! Elle se souvint tout à coup que quand Céleste lui avait donné le sac pour couvrir sa tête, elle avait le téléphone dans sa main, sous le sac. Il était tombé sous le siège quand John l'avait poussée dans la voiture ! Et si John ne l'avait pas, cela voulait dire qu'il était toujours dans la voiture. Et toujours allumé, donc Stan pouvait la trouver. *Non, Stan la trouverait.*

Encouragée par l'idiotie de John et peut-être aussi par sa propre assurance, Jenny lança à John un regard vide, feignant la confusion.

— Réponds-moi ! cria-t-il encore.

— Je me déplace avec un groupe de mecs de la sécurité, pourquoi j'aurais besoin d'un téléphone ? répondit-elle sur un ton de défi.

— Tu te crois intelligente ?

— Près de toi ? Mon Dieu, John, je ne crois pas que ce soit permis, lança-t-elle pince-sans-rire.

— La ferme, Jenny.

— La ferme ? C'est tout ce que tu as ? *La ferme ?* Va te faire voir John.

Il ricana. Il était en colère, assez pour que Jenny remette en question son insolence. Avec pour seule envie celle de partir d'ici sans être blessée, elle recula et se pressa contre le mur, regrettant de ne pas pouvoir faire qu'un avec lui. Il s'approcha d'elle et elle grimaça quand il agrippa ses cheveux par le poing.

— Tu vas me frapper ? *Moi* ? le défia-t-elle.

Ses yeux étaient écarquillés et son visage devint rouge. Soudain, elle se sentit étrangement calme et secoua la tête.

— Qu'est-ce que je t'ai fait, John ?

À part lors de l'accident de voiture, qui n'était *pas* un

accident, Jenny n'avait jamais été intentionnellement blessée de toute sa vie, même par John. Alors la force de sa main lorsqu'il heurta sa joue fut un choc. Elle cria, goûta au sang quand ses dents mordirent l'intérieur de ses lèvres et de sa joue. Abasourdie, elle porta une main à sa bouche. Quand elle l'écarta, ses doigts étaient ensanglantés. *Ça*, ça faisait mal. Étonnée, vraiment étonnée, elle le fixa du regard, soudain furieuse.

— Tu t'es mis dans un pétrin pas possible.

Ce n'était pas très clair, avec le goût métallique du sang qui emplissait sa bouche.

— Moi ? Qu'est-ce qui te fait dire ça ?

— Stan va te tuer.

Elle ne pensait pas qu'il irait aussi loin, mais c'était agréable de l'imaginer. Et elle voulait jouer un peu avec John. Il le méritait pour toutes les fois où il en avait fait de même avec elle.

Viens me chercher, bébé. Vite.

33

Southampton
New York

Toute l'équipe, y compris Sam et Amanda, s'était réunie pendant trois minutes sur un parking près de Main Street. Avant que les filles ne soient transférées à un autre véhicule, elles avaient transmis un message très clair : « Allez la chercher. Ne le laissez pas lui faire du mal encore. *Arrêtez-le.* ». Bien reçu. Elles étaient assoiffées de sang et de revanche. Stan aussi.

Darach – Dar, le gars que Stan avait pensé être le garde du corps de Céleste – était derrière lui, à mijoter. Stan était surpris que l'Écossais imposant soit apparu. Une partie de lui avait la sensation qu'ils se recroiseraient, mais il ne savait pas quand ni pourquoi.

Apparemment, Dar était aussi en ville cet après-midi et avait vu toute la scène. Après avoir arraché Céleste de la voiture et l'avoir poussée au sol, il avait bondi pour faire descendre Jenny aussi, mais John lui avait enfoncé une aiguille, probablement du rophynol ou quelque chose de similaire. Darach étant imposant, même parmi son équipe d'hommes costauds, il avait été affecté, mais pas comme Jenny l'avait été. Les effets s'étaient complètement dissipés dans les cinq minutes.

— Tuez-le, dit Dar.

Comme si Stan n'avait pas déjà ça en tête. Pourtant, il aimait sa façon de penser et son dialogue à l'ancienne. Il avait remarqué que Gregor et les frères s'étaient arrêtés sur le jargon de Dar. Les avait vus se regarder. Quoi qu'ils pensent, ils le gardèrent pour eux et Stan n'avait pas le temps de se poser des questions. John avait sa chérie. John allait plonger.

J'arrive, bébé. Tiens bon.

En espérant une bonne conclusion, Stan se dirigea vers l'est, la dernière direction prise par la voiture de John. Il ne pouvait pas avoir plus de dix minutes d'avance, mais beaucoup pouvait se produire en dix minutes. En un clin d'œil, tout pouvait disparaître. *Ne pense pas à ça. Lève la tête, Finch.* Stan menait leur convoi, flanqué de trois véhicules Calder. Stephen, Alex et Evan dans l'un, l'équipe élargie dans les deux autres.

Trevor croisa son regard dans le rétroviseur.

— Le temps trouble les satellites, répondit-il à sa question tacite.

C'était quoi le problème des satellites quand on avait besoin d'eux ? Il espérait que John n'aurait pas détruit le téléphone de Jenny et qu'avec de la chance, *s'il vous plaît*, ils trouveraient un signal au plus vite. Stephen et Alex avaient proposé les hélicoptères à la police du coin pour une recherche aérienne, mais on leur avait dit que le temps était trop mauvais pour ça et que les pilotes attendraient, prêts à partir si ça se dégageait.

— On a un signal ! À cinq kilomètres, s'exclama Trevor. À gauche sur Regency Street, à deux cents mètres de la rue. C'est une maison. *Oui*, une jolie maison.

Dieu merci. Stan fit un signe de tête à Trevor tout en ordonnant à son rythme cardiaque de se calmer. *Accroche-toi, ma chérie. J'arrive.*

— J'y suis, dit Trevor en tapant sur l'appareil sans fil. C'est une location. Y a des photos en ligne. J'ai.

Le soulagement l'envahit quand la voix de Jenny résonna dans son oreille via l'oreillette.

— Qu'est-ce que tu m'as donné ?

Quelle femme ! Elle semblait furieuse.

— La même chose que ce qu'Aaron a donné à Sam.

Même avec les grésillements, il entendait le sourire dans ses mots. Il coula un regard dans le rétroviseur vers la voiture derrière pour voir si Stephen avait réagi. Un regard pour ses yeux enragés, visibles malgré le pare-brise et la pluie, confirma que Stephen savait qu'ils parlaient de *sa* Sam.

Stan reporta son attention sur la route. Il ne pouvait pas se laisser distraire, pas maintenant. John se révélait être un spécimen encore pire que ce qu'il savait déjà, mais leur rage devrait attendre.

Par l'oreillette, Jenny hoqueta et Stan faillit bondir vers le haut-parleur.

— Comment tu sais ça ?

— Tu es tellement bête, Jenny.

Il y eut une pause et Stan imagina le pire jusqu'à ce que John hurle de tous ses poumons :

— Je l'ai aidé à se procurer la drogue !

Là-dessus, Stan cessa de se dire que la rage devait attendre. Si John n'avait pas mérité de mourir avant pour ce qu'il avait fait à Jenny et pour avoir failli la tuer, ce morceau d'information scellait son destin.

— Tu savais ce qu'il allait faire ? *Tu l'as laissé faire ?* Oh mon Dieu, tu es un monstre, John.

Le véhicule près de lui s'approcha délibérément. Il regarda et découvrit sans surprise Stephen qui le regardait derrière Alex pour s'assurer qu'il ait compris le message. Sa furie avait augmenté.

— Peu importe, Jenny.

L'intervention de John brisa la tension entre les véhicules et Stephen le laissa prendre les devants de nouveau.

— Ils vont te tuer. Tu as cherché les problèmes avec les mauvaises personnes cette fois.

Stan s'autorisa à sourire un peu. John n'avait aucune idée de combien cette déclaration était vraie. *Tu es foutu, ordure.*

— Ce flingue me souffle autre chose.

Stan savait que John avait de multiples armes. Des pistolets et fusils – lui et sa famille étaient de gros chasseurs. Gregor désigna à gauche une rue qui approchait et Stan tourna.

— C'est ça ton plan, l'attirer ici et le tuer ?

Stan se sentit un peu triomphant d'entendre le ton de défi dans sa voix et de voir sa chérie tenir bon.

— Cinquième maison à droite, chuchota Trevor.

— Mieux, répondit John en même temps. Je vais te tuer d'abord, puis je m'occuperai de ton copain.

Continue de le faire parler, Jenny ! Plus que quelques minutes. Ils garèrent les Navs et avancèrent à pied rapidement, tout en faisant profil bas. Entre la pluie et les grands arbres, on se serait cru de nuit et au purgatoire. Trevor tendit à Stan son téléphone pour qu'il puisse voir l'intérieur. On n'y voyait pas grand-chose et Jenny n'apparaissait pas à l'écran, mais il distinguait John à côté d'un îlot de cuisine, la main sur une arme. Il fallut à Stan tout ce qu'il avait pour ne pas laisser ses émotions l'emporter et le rendre imprudent, mais le Stan du protocole était central et dominait. Heureusement.

Quand ils arrivèrent à la propriété, Stan fit signe aux autres de faire le tour pendant que Stephen et lui montaient les marches du porche. En attendant que Trevor s'occupe des serrures, ils se dressèrent de chaque côté de la porte tandis que Gregor et Alex rampaient vers les fenêtres. À travers la vitre, Stan entendit Jenny répondre à John. Stan regarda Stephen et vit que ses yeux demandaient du sang. Ayant entendu la conversation de Jenny et John et ce à quoi ils faisaient référence, Stan comprenait. Mais ce n'était pas le moment. Stephen hocha la tête quand la serrure de la porte cliqueta. *Merci, Trev.*

En priant silencieusement que Jenny ne soit pas assise devant la porte, Stan commença le décompte silencieusement : *Trois. Deux. Un.* Puis, il ouvrit la porte d'un coup de pied, franchit le seuil en roulant sur lui-même et arriva à genoux à temps pour voir John bondir de son siège et viser directement sa tête. Heureusement, il s'y attendait. Stan tira, une milliseconde après Stephen, qui couvrait ses arrières.

Du coin de la pièce, Jenny hurla. Peu importait que John mérite de mourir. On ne s'habituait jamais à voir ce genre de choses. Quand on était normal, en tout cas. Stan courut vers elle et s'accroupit près d'elle pour voir comment elle allait, lui bloquant la vue du corps de John. Il remarqua tout de suite que John l'avait frappée, fort.

— Je suis désolée, dit-elle à travers ses larmes qui avaient tout juste commencé à couler.

Elle tendit les bras et il la souleva, la serrant contre lui.

— Je suis tellement fier de toi, murmura-t-il en l'attirant plus près.

— Je ne me suis pas effondrée.

— Non.

— Stan ? dit-elle d'une voix incertaine.

— Oui, ma chérie ?

— Je crois que je vais craquer maintenant.

Il la serra fort et pressa ses lèvres contre son front.

— Vas-y. Je te tiens.

34

Palm Beach
Floride

— Tu prends ? demanda Amanda en brandissant un bloc de lettres en cristal de la chambre d'Hayden.

Jenny acquiesça. Ils étaient dans sa maison de Palm Beach. À plier bagage. Cette maison avait été un endroit où se cacher, où elle s'était isolée de John mais aussi de la vie, le temps de panser ses plaies. Elle avait cru guérir ici, mais non, pas vraiment. Jenny savait qu'elle n'avait guéri que sous les soins chargés d'amour de Stan et du clan Montgomery.

Elle avait été tellement chouchoutée et aimée après son enlèvement que cela aurait pu remplir sa jauge pour toute sa vie. Evan avait vérifié son état dès qu'ils avaient nettoyé la maison de location de John. Il avait envoyé du sang à un laboratoire, mais heureusement, quoi que John ait utilisé pour la droguer, cela avait une courte durée de vie et quand ils testèrent l'échantillon de sang, il n'y avait plus de trace du produit dans son organisme.

Jenny sourit toute seule, repensant à Stan qui l'avait regardée presque nerveusement et avait demandé si ça pouvait affecter une potentielle grossesse.

— Je dis juste ça comme ça, Hayden est arrivé vite, s'était-il justifié quand Jenny avait dit s'être posé la même question. Je suis sûre que sa sœur ou son frère suivront rapidement.

D'un air absent, elle passa une main sur son ventre. Il n'y avait pas encore de bébé, mais elle aimait qu'il y songe. Stan avait toujours pensé à tout. Et même si Evan leur avait assuré que la drogue n'affecterait pas un potentiel bébé, Jenny avait quand même fait un test de grossesse que Sam lui avait acheté. Elle était soulagée qu'il revienne négatif, au cas où Evan aurait eu tort.

En rangeant, Jenny s'émerveilla de la tournure que sa vie avait prise. Tout avait changé depuis la nuit où Stan était venu les chercher, Hayden et elle. D'abord, quand un bébé viendrait, Stan serait là dès le départ. Et puisqu'elle avait vraiment mis le passé derrière elle et pris son envol, elle pouvait dire au revoir à cette maison, d'autant que la menace de John était pour de bon annihilée. En fait, être ici était presque cathartique, surtout avec le soutien de son nouveau groupe d'amis.

À sa grande surprise quelques jours avant, Stan lui avait dit qu'Alex emmènerait la famille en voyage et que vu que Jenny avait toujours des affaires au sud, il pensait que ce serait bien qu'ils puissent tous y aller ensemble. Quelques jours à s'amuser et se soutenir. Il avait même inclus son père et Marisa.

— C'est l'été en Floride, le temps est tropical et humide.

Mais Stan avait haussé les épaules.

— Pas sûr que les frères ou Gregor soient un jour allés dans le centre ou le sud des États-Unis. Ça sera comme un entraînement, avait-il répondu comme si c'était normal.

Jenny avait trouvé l'idée folle, mais s'était ensuite rappelée que Callie reprendrait l'école dans quelques semaines et que c'était le seul moment pour des *vacances en famille* avant Thanksgiving ou Noël. Elle ne voulait même pas penser à l'autre potentiel voyage – le déménagement temporaire en Grande-Bretagne n'avait plus été mentionné, mais elle savait qu'il se profilait à l'horizon, même si les gars ne lui en avaient pas parlé. Jenny avait la sensation qu'ils attendaient leur retour de Floride, pour qu'ils puissent profiter pleinement de ces *vacances en famille*.

Ils étaient arrivés chez elle tard ce matin-là, pour pouvoir rassembler toutes ses affaires pour les déménageurs embauchés pour transporter tout en Californie, puis nettoyer et fermer la maison.

En voyant Amanda poser le bloc en cristal sur la table des choses à emporter, Jenny se rappela le jour où elle l'avait pris. C'était il y a dix mois, à Tiffany & Co, et le même vendeur qui les avait aidés, Stan et elle, le jour où ils avaient fait les boutiques ensemble, était là. Il l'avait approchée d'emblée et Jenny était surprise qu'il se souvienne d'elle, ce qu'elle avait vite regretté.

— Ah, madame Finch, j'imagine, avait-il dit les yeux brillants. Quel plaisir de vous voir. J'ai toujours le cadeau que vous nous avez demandé de garder.

Perturbée par cet accueil, Jenny lui avait lancé un étrange regard et s'était décomposée. Elle se souvenait l'avoir vu baisser les yeux vers sa main. *Oui, pas de bague, idiot !* Pourquoi avait-il supposé qu'ils étaient mariés, elle n'en savait rien, mais elle avait remis la faute sur leur air mièvre plusieurs mois auparavant. Ça n'était pas tiré par les cheveux, en fait.

— Je suis vraiment désolé. Pardonnez-moi, s'était excusé le vendeur, l'air très mal à l'aise. Comment puis-je vous aider ?

Ayant hâte de balayer cet étrange faux pas, elle avait essayé d'être chaleureuse et amicale en demandant à voir les jouets pour enfants. Elle avait choisi le bloc en cristal et quand il était revenu après l'avoir remballé, il avait penché le sac dans sa direction pour qu'elle puisse le voir. Il y avait deux boîtes.

— Votre autre achat, avait-il précisé.

Jenny avait acquiescé et était partie avec les deux.

Elle avait oublié cet étrange incident. Quand Stan et elle avaient été ensemble la première fois, elle s'imaginait se marier dès que le divorce serait prononcé. Rien de grand, juste eux deux. Il ne l'avait jamais demandée en mariage, c'était juste l'image qu'elle avait eue à l'esprit à l'époque.

Maintenant, elle ne savait pas trop ce qu'il avait prévu, s'il avait prévu quelque chose, et ce n'était pas important. Elle supposait qu'il franchirait ce pas quand le moment serait venu. Pour l'instant, elle se satisfaisait d'un couple, d'être les parents de leur fils et honnêtement, elle n'avait pas songé au mariage.

Stan entra alors dans la chambre, tous les gars derrière lui, sans son père. Les filles les regardèrent passer devant elle et Stan les réunit près du lit. D'après l'éclat de ses yeux, Jenny sut qu'il avait hâte de leur montrer son coffre pour son arme. Elle lui laissa avoir son moment. *Ah, les hommes.*

— Prêts ? demanda Stan.

Ils opinèrent du chef et il agita la main devant le capteur. Quand le tableau se souleva du mur pour révéler son Glock, elle obtint six hochements de tête approbateurs et un clin d'œil de Stan.

— J'imagine que si on ne peut pas avoir une armurerie sous la main, c'est la meilleure chose à avoir, affirma Gregor.

Puis, il la regarda et demanda :

— Où est l'argent ?

Personne d'autre n'avait pensé à demander. Stan mit ses mains autour de sa tête pour mimer un *ouah* et Jenny rit. Oui, elle avait un pistolet chargé, une pile d'affaires pour partir en urgence et bien sûr, de l'argent à emporter.

— Dans le coffre.

— Tu es incroyable, Jenny, approuva Gregor.

Elle leva les yeux en l'air.

— On dirait ma sœur.

Gregor fit un clin d'œil et elle vit Marisa rougir avant de se détourner. Callie arriva en sautillant.

— Tata Jenny, on peut aller nager ? La mer est tellement près de la maison !

Jenny sourit. La proximité avec la mer était la raison pour laquelle elle avait choisi cette propriété. À part Hayden, la seule chose qui lui avait procuré de la joie était de se réveiller et de voir l'océan tous les jours. Elle se sentait plus proche de Nonnina ici, réconfortée et c'était ce dont elle avait besoin à l'époque.

Jenny posa une main sur la tête de Callie.

— C'est à ta maman de décider.

Quand Amanda hocha la tête, Jenny lui indiqua où se trouvaient les serviettes. De nouveau seule, Jenny posa le dernier objet sur la table *à emmener*.

— Je crois que ça y est, ma chérie, dit Stan en revenant dans sa chambre.

Ils avaient tout étiqueté et s'étaient octroyé un verre de récompense après cela. À l'intérieur, bien sûr, puisqu'il faisait trente degrés dehors avec un très haut niveau d'humidité.

Elle lui dit qu'elle s'apprêtait à vider les stocks d'argent de son coffre. Un plan B à l'ancienne qu'elle tenait de leur temps à la fac. *Toujours avoir un plan – et les moyens de le mettre à exécution.* C'était le mode opératoire de Derek et même si elle n'avait pas eu à l'utiliser, elle le remercia silencieusement pour ça.

Stan lui tendit un sac en toile de la taille d'un sac à main.

— C'est assez grand ?

— Parfait.

Il la suivit dans le dressing et lui tint le sac ouvert tandis qu'elle sortait pile après pile de billets. Il y en avait plusieurs, certaines plus grosses que d'autres, mais sûrement de quoi couvrir six mois de loyers, repas et vêtements pour elle et Hayden. En prenant le dernier, un éclat bleu turquoise attira son attention et elle vit le cadeau qu'elle avait acheté pour Stan, fourré dans le fond.

Quand elle l'avait placé là, ça semblait l'endroit idéal, caché derrière l'argent et loin de sa vue. Ça avait fonctionné : jusqu'à présent, elle avait tout oublié de ce cadeau. Avec le retour de ses souvenirs, elle se rendit compte qu'elle entretenait des sentiments mitigés à son propos et décida de le laisser en place.

En posant le dernier tas d'argent, elle baissa les yeux sur les grandes mains de Stan qui tenaient le sac.

— Hé. Tu t'en es bien sortie, Jenny. Vraiment bien.

Elle le regarda et lui adressa un sourire doux-amer avant de hausser les épaules. Un instant, elle songea à fermer le coffre, à ne pas revenir sur des sujets qui fâchent. En voyant son hésitation, Stan inclina la tête pour voir.

— Quelque chose d'autre, bébé ?

Jenny inspira profondément et plongea la main à l'intérieur pour sortir la boîte. Peut-être que si elle la lui donnait, cela enlèverait par magie la brûlure provoquée par cet objet.

— Qu'est-ce que c'est ?

— Je l'ai acheté pour toi avant... Eh bien, en revenant des Keys.

Il secoua la tête en la regardant, les yeux remplis de regrets. Elle n'avait pas les mots, mais elle voulait que ces souvenirs les ramènent à l'expérience bouleversante et grisante qu'ils avaient vécue. Peut-être que ce cadeau aiderait.

En secouant la tête, émerveillé, il bascula le sac dans sa main gauche et de sa main droite, la prit par la main pour la mener dans la chambre. Il traitait ça comme un moment sérieux. Il lui fit signe de s'asseoir sur le bord du lit, puis s'assit près d'elle tandis qu'il commençait à défaire le ruban.

— Oh, Jenny, souffla-t-il en ouvrant la boîte.

Jenny l'observa, le cœur dans la gorge. Visiblement, il savait déjà ce que c'était et ses doigts effleurèrent l'argent avant qu'il ne sorte le cadeau de sa boîte. Quand il ouvrit le couvercle, elle l'observa lire l'inscription. Cela faisait longtemps qu'elle l'avait fait graver, mais Jenny n'oublierait jamais ces mots : « Pour ne plus jamais perdre notre chemin : où que tu ailles, emmène-moi avec toi ». Ils eurent tous les deux les larmes aux yeux et il la prit dans ses bras et la serra comme si elle était la chose la plus précieuse au monde. En d'autres termes, comme il l'avait toujours fait.

Un peu plus tard, ils sortirent tous ensemble dehors et elle se demanda, alors qu'ils montaient dans les trois Navs, si tout ça avait été intentionnel. Si le but avait été de l'aider à clore ce chapitre de sa vie pour pouvoir une bonne fois pour toutes avancer avec eux. Connaissant le groupe, elle eut la sensation que tout avait été scénarisé – discrètement, bien sûr.

Elle les imagina assis autour de cette table en verre, à moins que ça n'ait été au bar du salon, à discuter des détails. Perdue dans ses pensées, elle sourit et se blottit contre Stan, sans vraiment écouter les bavardages. Elle avait juste besoin de temps pour décompresser. Elle inspira profondément, réconfortée par son odeur.

Soudain, tout le monde descendit, car ils avaient atteint leur destination. Jenny ne s'était même pas rendu compte qu'ils s'étaient arrêtés ou que du temps était passé. Assise bien droite, elle regarda autour d'elle, puis s'immobilisa et s'adossa au siège, le cœur battant – et pas d'une bonne façon. Ils étaient à l'hôtel. Pas n'importe lequel.

— Pourquoi sommes-nous ici ? demanda-t-elle d'un ton alarmé.

— Hé, fit Stan en lui prenant les mains. Tout va bien.

Il prit son visage entre ses mains.

— J'ai passé parmi les meilleurs jours de ma vie ici, avec toi, Jenny. Allons mettre fin à ces fantômes et créer de nouveaux souvenirs ensemble.

À contrecœur, mais avec la sensation de ne pas avoir le choix, Jenny laissa Stan l'aider à descendre. Rodney, le valet, lui adressa un sourire chaleureux tout en tapotant Stan à l'épaule. Avec un sursaut, elle se rendit compte que pour lui, ils donnaient l'impression d'avoir toujours été ensemble depuis leur premier séjour à l'hôtel – il n'avait aucune idée de l'horrible tournure que leur relation avait prise entretemps. L'idée fit son nid et Jenny sut que le reste du personnel penserait la même chose et quelque part, cela l'apaisa.

Puis, Stan l'attira dans l'entrée, la gardant à côté de lui. L'équipe, qui attendait juste devant les grandes portes en verre, les suivirent. Jenny se dit que c'était bizarre qu'ils n'aient pas continué sans eux, mais elle était trop perturbée par sa présence ici pour y réfléchir plus que ça.

Elle avait toujours aimé la sensation qu'elle avait en entrant dans cet hôtel, avec sa mezzanine, sa table en terrasse où elle avait mangé la première fois avec Stan, ses vues époustouflantes sur la piscine encadrée de palmiers, sur la plage constellée de parasols et de cabanes. Elle avait ressenti ça quand elle était venue la toute première fois avec Nonnina. Et encore quand elle était venue un peu plus d'un an avant et avait jeté toute précaution par la fenêtre avec Stan. Elle le ressentait à nouveau, à côté de Stan, entourée par leur famille et leurs amis.

Quand elle vit le manager de l'hôtel, Henry, sortir du couloir qui menait aux bureaux, elle se rappela combien ces semaines essentielles avaient été spectaculaires. Stan avait raison, elle adorait l'hôtel et chaque seconde passée ici avec lui.

Elle regarda autour d'elle, se plongea dans l'ambiance. Le sol en marbre opulent, les roses fraîchement coupées alignées dans des vases sur une immense table en verre. Et l'un de ses trucs préférés : le canapé doux et circulaire, accentué par des clous. Alors que tout le monde se rassemblait autour de ce sofa, elle se demanda combien de fois il avait été retapissé au fil des années.

Si seulement ils savaient combien de fois elle s'était assise là, petite, puis en tant qu'adulte, des occurrences remplies de joie, de guérison puis d'amour, quand elle était tombée profondément amoureuse de Stan. En le regardant, elle le vit sourire pendant qu'Henry les accueillait.

— Ah madame D'Angelo, Stan, je suis ravi de vous accueillir de nouveau, dit-il en souriant chaleureusement. Et si je peux me permettre, rien ne me rend plus heureux que vous deux ensemble.

Stan serra la main de Jenny. Il était excité, plein d'énergie, ce qui ne lui ressemblait pas du tout. Elle lui coula un regard, se demandant s'il avait bu l'une des boissons énergisantes de Trevor. Ou deux. Il sourit et l'attira *tout* contre lui, comme si le but était d'empêcher le moindre moucheron ou moustique de se glisser entre eux. Elle le regarda encore, se demandant ce qui lui prenait, mais son attention était dirigée vers Henry, qui glissa la main dans sa poche et en sortit une boîte.

— Je crois que je garde ça pour toi depuis un bon moment, lança-t-il avec un sourire complice.

— Merci, répondit Stan en refermant la main dessus. Quand je t'ai dit de la garder, je n'aurais jamais pensé qu'on me donnerait de nouveau cette chance.

Stan prit la boîte avant de se tourner vers elle.

Jenny secoua la tête, complètement perdue.

— Que se passe-t-il ? demanda-t-elle en le regardant lui, puis Henry, puis tous ceux qui s'étaient réunis près d'eux.

Ils les regardaient tous avec impatience. Alex, le patriarche de cet incroyable groupe dont elle était si reconnaissante de faire partie ; Amanda, pressée contre lui et la petite Callie entre eux. Stephen et Sam, pas aussi proches mais qui se touchaient à un endroit pour sûr. Gregor et Evan, près des garçons et même Rosa et Helen, les bébés sur leurs hanches. Son père était là aussi, un bras autour de Marisa et l'autre autour de Regan, les yeux brillants.

Les bras de Jenny commencèrent à la picoter, mais d'une bonne façon, comme si tous savaient quelque chose qu'elle ignorait.

Quand elle se tourna vers Stan, il la regardait avec une expression qu'elle ne lui avait jamais vue. Son sourire était immense et il secoua la tête et prit son visage dans ses mains, se pencha pour presser son front contre le sien.

— Mon Dieu, je t'aime, Jenny.

Elle ne l'avait jamais vu comme ça, aussi... aussi impulsif, nerveux et excité à la fois. Il rit et sourit. Elle adorait quand il faisait ça. Il portait la chemise qu'il avait la nuit où ils avaient marché sur la plage pour la première fois, et ses yeux vert émeraude brillaient.

Il recula et lui prit la main.

— Jenny. *Ma chérie.* Le jour où tu es partie, je t'ai acheté ça.

Pour toi, souffla-t-il en tendant la boîte qu'Henry lui avait donnée.

Elle commença à secouer la tête et inspira profondément quand elle comprit pleinement ce qui se passait.

— J'étais prêt à commencer nos vies ensemble et j'avais hâte que tu reviennes. Et même si nos plans ont été légèrement déraillés, j'espère que tu les suivras avec moi maintenant.

Puis, dans l'entrée, devant tous les clients, leurs amis et leur famille, il baissa un genou au sol et Jenny perdit toute capacité à respirer. Abasourdie, émerveillée, elle le dévisagea, cet homme qu'elle aimait tant. Cet homme qu'elle aimait depuis les tout premiers jours à la fac de droit et chaque jour qui avait suivi.

— Jenny, je t'ai aimée dès le premier regard. Il n'y a personne, *personne* d'autre avec qui je voudrais partager ma vie. S'il te plaît, voudrais-tu m'épouser ?

Ses yeux se remplirent de larmes qui coulèrent tandis qu'elle acquiesçait. Il glissa un époustouflant – *énorme* – diamant à son doigt tremblant, avec un anneau en platine serti d'autres diamants qui brillaient. Il ajusta la bague avec le plus grand soin. Jenny fixa du regard la plus belle et incroyable bague qu'elle ait jamais vue, puis se figea et regarda Stan.

— On peut se permettre ça ? chuchota-t-elle.

Il s'esclaffa.

— Oh, bébé. J'ai quelques petits trucs à te dire.

ÉPILOGUE

Palm Beach
Floride

Stan regarda l'océan, parcourant des yeux la plage où Jenny et lui s'étaient retrouvés l'année précédente, au début du voyage le plus incroyable et fou qu'il ait vécu. Reportant son attention sur le ciel, il comprit enfin ce que Jenny avait dit tout du long : le timing pour eux était tout. En silence, il remercia la grand-mère de Jenny pour les avoir aidés à aller dans la bonne direction. *Je vais la rendre heureuse pour toujours, Nonnina, je vous le promets.*

Après qu'il avait porté Jenny hors de cette maison, loin de John, la semaine était passée en un tourbillon. La police s'était montrée quelques minutes après l'incident, ce qui impliquait écriture et envoi de rapports. Heureusement, la conversation enregistrée et la vidéo correspondante avaient clos l'affaire et Stephen n'avait eu aucune charge à son nom.

En voyant Jenny rebondir plus forte que jamais, il avait décidé avec le soutien du groupe qu'il était temps, littéralement, d'avancer. Tout de suite, il avait planifié l'occasion pour Jenny de clore le dernier chapitre de sa vie une bonne fois pour toutes et d'en commencer un nouveau avec lui. Il avait songé à emmener tout le monde aux Keys, mais le temps n'était pas un luxe qu'ils avaient. Même s'il aurait adoré rester un an à se blottir à la maison avec Jenny et Hayden, la Grande-Bretagne se profilait dans un futur très proche – immédiat même. Les détails n'étaient pas encore dessinés, ils devaient encore décider qui irait, mais c'était quelque chose qu'ils avaient tous en tête.

Aussi urgent était-ce, ce n'était pas le sujet du jour.

Stan baissa les yeux sur sa montre pour la millionième fois, puis sentit Alex s'approcher et lui taper le dos.

— Prêt ?

— Plus que jamais, confirma Stan, les yeux toujours sur l'océan.

Alex lui serra l'épaule. Si quelqu'un comprenait l'importance de ce moment qui les ferait repartir sur de bonnes bases, c'était Alex. Ils échangèrent un sourire et les filles et l'équipe, tous un peu agités, remplirent l'espace. Il était si gonflé à bloc qu'il pouvait à peine se contenir et il regarda de nouveau sa montre. C'était le moment. *Enfin.* Il allait épouser Jenny. Tout était si parfait.

La cérémonie se déroulerait dans l'entrée de l'hôtel, juste en face des fenêtres qui donnaient sur la terrasse où ils avaient déjeuné ce premier après-midi, sur la piscine où ils s'étaient prélassés dans une chaise longue et le littoral où ils s'étaient promenés matin et soir. La réception se tiendrait au bar dansant où Jenny et lui avaient dansé, coup d'envoi d'une nuit incroyable. S'amuser en toute détente, danser, manger et boire. Le bonheur.

Il se détourna de la fenêtre et vit enfin Jenny, escortée par son père. Elle rayonnait et il s'avança et tendit la main vers elle. Il sentit ses yeux s'emplir de larmes quand il l'attira à elle. Il adora qu'elle enveloppe ses bras autour de son cou et s'approche pour l'embrasser. Il en fit de même avec joie.

— Hé ! entendit-il dire. Gardez ça pour après la cérémonie.

Il était trop concentré sur Jenny pour savoir qui avait parlé. Il secoua la tête et rit, souleva la femme de sa vie dans les airs et la fit tourner. Il avait appris il y a quelque temps qu'il n'y avait pas de règles quand il s'agissait de Jenny.

JAMAIS UN ADIEU

Extrait du tome 1 de la série *des Frères Montgomery*

1774, Abersoch, Grande-Bretagne

Amanda s'avança et traversa la salle de bal, ignorant les compliments qu'on lui lançait. Elle ne regardait qu'Alexander et soutint son regard jusqu'à ce qu'elle arrive devant lui.

— Ma représentation est terminée, dit-elle fermement d'une voix douce, avec un sérieux mortel. Bonne nuit, Alexander.

Alors elle quitta la pièce.

En regardant derrière elle, elle le vit se tirer de sa stupeur. Il se retourna et s'apprêta à la suivre, Amanda se hâta. Elle l'entendait derrière elle, mais il ne l'atteignit que lorsqu'elle entra dans sa chambre. L'attrapant par le bras, il lui fit faire volte-face. Il l'étudia et secoua la tête en agrippant ses bras.

— Qui êtes-vous ? chuchota-t-il.

C'était à la fois une question et une accusation.

Prête à se réveiller de cette hallucination, Amanda décida que le moment d'être honnête était venu. Ce n'était pas comme si ceci était réel de toute façon, même si ça semblait l'être. Toutes ses lectures obsessives sur le domaine des Montgomery régnaient visiblement dans son subconscient depuis son coup à la tête.

C'était sûrement pour être *physiquement* sur le domaine qu'elle avait imaginé qu'Alexander lui avait sauvé la vie, pas une fois, mais deux. Merci à son penchant pour les hommes puissants et autoritaires d'avoir inventé cet homme. Exquis, élégant, viril. C'était peut-être aussi pour ça que le baiser qu'il lui avait donné avait paru être l'événement le plus plaisant de sa vie.

Et Callesandra. Amanda avait toujours voulu des enfants, mais elle n'avait jamais trouvé la bonne personne avec qui les avoir. Si Callesandra avait été à elle, elle l'aurait chérie. Une si gentille petite fille.

Cela lui brisa le cœur qu'ils aient tous deux été si maltraités par Rebecca, que les histoires qu'elle avait lues soient vraies.

Un instant, Amanda sentit une attirance forte pour cette vie et souhaita que tout ça soit vrai, pour qu'Alexander soit son mari et Callesandra sa jolie fille. Elle voulut le toucher une dernière fois avant que ce soit terminé et posa ses doigts sur les pans de sa veste, puis ses mains à plat, sur son torse.

— Ce soir, je suis votre femme, je suppose... et la mère de votre fille. Mais je ne vous ai jamais vu de ma vie auparavant.

Mes livres vous attendent sur votre site de vente en ligne, chez votre libraire ou dans votre bibliothèque préférés.

LA PROPHÉTIE

Extrait la premier tome de la série *Les Lairds des Highlands*

25 avril, 1426

Greylen MacGreggor était conscient de l'aube imminente. Si conscient que c'en était presque douloureux. Les ombres jouaient toujours dans les derniers renfoncements de sommeil agité, des ombres qui l'avaient hanté la majeure partie de sa vie. C'était toujours lors des dernières secondes de semi-conscience qu'il se voyait tendre la main dans le noir. Un espoir futile de quelque chose de tangible à sa portée. Pourtant, chaque jour, à son réveil, le vide l'accueillait.

Cette journée n'était point différente.

Comprenant la vérité, il rejeta les couvertures et s'assit sur le bord de la couche. Les pieds sur le sol, les coudes sur les genoux, il posa sa tête dans ses mains un court instant. Puis, comme chaque matin, il passa rudement ses doigts dans ses cheveux avant de se lever.

Une punition pour ses idées saugrenues.

De la douleur pour apaiser celle qui ne s'absentait jamais.

Pieds nus et en pantalon, il quitta sa cabine et monta sur le pont. Dans le ciel, étoiles et pleine lune illuminaient la mer noire. Son capitaine était posté au gouvernail du bateau et quelques membres de l'équipage dans les environs le laissaient à sa solitude. Il avança jusqu'à la proue, pas étonné d'entendre quelques minutes plus tard les bruits de pas du seul homme qui oserait l'approcher à un moment pareil.

— Greylen ? demanda Gavin, son bras droit.

— Oïl ?

— Nous accosterons au port à l'aube.

Greylen tourna la tête et haussa un sourcil.

— Oïl, Gavin, c'est un fait que j'ai déjà en ma connaissance.

Gavin lança à son commandant un sourire en coin.

— Je te suis inestimable, n'est-ce pas ?

Greylen lui rendit son sourire, mais refusa de répondre. Il regarda la mer, de nouveau silencieux, comme toujours l'heure précédant l'aube.

C'était son deuxième endroit préféré pour commencer une nouvelle journée. Son premier était sur la plage sous les falaises de Seagrave. C'était le seul moment où il se permettait de plonger dans les images de ses rêves.

Le seul moment où il y réfléchissait.

— Il reste un mois, annonça calmement Gavin.

Il était dans la même posture que Greylen : les jambes écartées et les bras croisés.

— Tu es un puits d'information ce matin, ironisa Greylen.

Il savait exactement à quoi son second se référait, mais chaque jour l'approchant de sa trente-troisième année, Greylen se faisait plus réservé.

— Je te laisse en paix, proposa Gavin.

Il prit congé aussi vite qu'il était apparu.

En paix ? Avait-il connu cela ne serait-ce qu'une journée ?

Greylen songea à ce sentiment un instant. Il l'avait brièvement ressenti le jour où sa mère l'avait convoqué. Le jour où elle lui avait conté la prophétie.

Mais comment pourrait-il affronter la journée qu'il attendait depuis dix ans si... si elle n'était que néant ?

Les images disparaîtraient-elles ? Ces images qui ne naissaient que la dernière heure de sommeil agité qu'il s'octroyait.

Des images d'*elle*... qui le hantaient depuis toujours.

Non, il ne pourrait jamais les laisser partir.

Il y reviendrait toujours.

Mes livres vous attendent sur votre site de vente en ligne, chez votre libraire ou dans votre bibliothèque préférés.

À PROPOS DE L'AUTEURE

Kim Sakwa est l'auteure de multiples romances best-sellers, comme *La Prophétie, Le Prix, La Parole, La Promesse, Jamais un adieu, Jamais trop tard* et *Jamais dire jamais*. Quand elle n'écrit pas, elle aime écouter les playlists qu'elle crée pour ses romans. C'est une romantique inconditionnelle, accro aux "et ils vécurent heureux et eurent beaucoup d'enfants".